KB134387

삼천아살 2

三千鸦杀

Sanqian Ya Sha

삼천아살

십사랑十四郎 지음 | 서미영 옮김

2

한스미디어

2권 차례

13장

떨어지는 눈물이
끝도 없는 괴로움이었다

담천이 어릴 적 천원국에 대해 알았던 것은 책에서 본 것이 다였다. 서북에 위치한 강대국 중 하나로, 전하기로는 황족이 요괴 혈통이라고 했다. 하나같이 용맹하고 싸움에 능하며, 피를 좋아하고 광폭한 성정이었다.

25년 전 천원국 황후가 첫째 황자를 낳던 날 하늘에서 기이한 현상이 있었다. 황성 고도 밖으로 시커먼 장대비가 내려 사람들이 모두 두려움에 떨었다. 황제는 이를 흉조라 여겨 국사에게 재단에 올라 천기를 내다보도록 청했다. 결과는 예상과 완전히 달랐다. 국사가 아뢰었다.

"아드님은 악신도 피한 명운을 타고났으며, 요괴의 피가 농후하여 장래 천하에 피의 전쟁을 일으켜 중원을 통일할 것입니다. 이는 대단한 길조입니다."

황제는 당연히 그 말에 반신반의했다. 그 후 열흘간은

매일 이상한 일들이 반복되었다. 정오와 자정만 되면 듣도 보도 못한 요괴들이 몰려와 황자의 침궁 밖을 기어다녔다. 요괴들은 사람을 죽이지도, 고함을 지르거나 떠들지도 않았다. 실로 기이한 광경이었다. 신하들의 간청에 황제는 만 한 달을 채운 황자를 태자로 책봉했으며, 그와 함께 전국에 대사면을 공표하기도 했다.

대연국 황성이 무너지던 그때 군사를 이끈 이가 바로 그 태자였다. 잔인하고 난폭한 식인 요괴들은 오로지 그의 수하에서만 양처럼 온순해졌다. 대연국 이황자가 마지막까지 황성을 수호하며 성문을 지키기 위해 태자와 싸웠으나, 결국 한나절 만에 그의 장검에 찔려 죽고 말았다.

태자는 닥치는 대로 사람을 죽였다. 남녀노소 가리지 않았다. 다만 두 종류의 사람은 죽이지 않는다고 공언했는데, 하나는 젊은 미모의 여인이요, 또 하나는 사내도 여인도 아닌 환관이었다. 전자는 차마 죽일 수가 없어서였고, 후자는 죽일 가치가 없어서였다. 좌상이 대연 황궁에 불을 지르고 황족의 머리를 취했을 때, 태자는 자신이 세우려던 공을 좌상이 가로챘다며 길길이 날뛰었다.

최근 몇 년간 천원국은 사방으로 토벌을 감행해 국고가 비어 있었다. 당분간은 숨을 고르며 정비할 필요가 있었다. 오랜 기간 정복 전쟁을 다니던 태자는 평온하고 무료한 고도에서의 삶이 따분하기 그지없었다. 태자부에 젊고 아리따운 처첩들이 많았지만 질투와 쟁투를 일삼는 통에 늘 그의 속을 긁어놓았다. 그는 아예 교외에 비밀 별장을 지어놓았다. 종일 주루와 기루에 빠져 있다가 피곤해지면 별장으로 돌아와 쉬곤 했다.

그가 얼마나 많은 공을 세웠는지 모르지만, 뒤에서 국사가 그를 전력으로 돕고 있었고, 황제도 그의 일탈을 보고도 못 본 척했다. 신경이 쓰이기는 해도 어찌할 도리가 없었다.

담천이 태자와 맞닥뜨린 날, 그는 주루 2층 창가에서 술을 들이켜고 있었다. 아리따운 여인 서넛이 환히 웃으며 시중을 들고 있었다. 근방 다섯 걸음 안으로는 아무도 근접하지 못했다. 주루에 있는 사람들은 그의 진짜 신분을 알지 못했지만 언뜻 보기만 해도 가까이하고 싶지 않은 인물이었다. 건장한 체구에 흉측하고 음침한 얼굴을 하고 있었고, 허리에 찬 장도長刀는 보통 사람 다리보다 길었다.

담천은 적당한 거리에 자리를 잡고 주인장에게 술 두 동이를 시켰다. 하나는 '백화향', 하나는 '신선취'였다. 둘 다 흔한 술이었지만 그 둘을 1대 3 비율로 섞으면 맛과 향이 깊고 그윽해진다는 걸 아는 사람은 많지 않았다. 담천은 술주전자 하나에 그렇게 섞어 부었다. 뚜껑을 열자 취할 듯한 술내가 위층을 가득 채웠다. 어떤 이들은 고개를 내밀며 자기한테는 좋은 술을 내주지 않았다고 점원을 호통치기도 했다.

살짝 취해 있던 태자도 그 향을 놓치지 않았다. 탐심 많은 그가 가만있을 수 없었다. 고개를 들어보니 멀지 않은 곳에 웬 처자 하나가 앉아 있었다. 흰 두루마기 차림에다 까만 머리카락이 구름처럼 아름답고, 소매 아래로 보이는 통통하고 뽀얀 손목은 두루마기보다 두어 배는 더 하얬다. 태자는 자기 옆에 앉은 미녀들을 흘끗했다. 하나같이 속되고 저렴한 연지, 분가루로 치장한 얼굴이었다. 즉시 여인들을 밀쳐냈다.

"낭자께 그리 좋은 술이 있거늘 어찌 내게 한잔 청하지 않는 것이오?"

장화 소리가 뚜벅뚜벅 들려오더니 다음 순간 태자는 이미 담천을 마주하고 있었다. 그는 경박한 눈빛에 음흉한 기색을 띠고 춘화를 바라보듯 담천의 얼굴을 훑어보았다.

담천이 손으로 술주전자를 누르며 옅은 미소를 지어 보였다.

"공자, 송구하나 소인은 기다리는 사람이 있습니다."

태자는 담천의 손에서 주전자를 빼앗아 냄새를 맡더니 고개를 젖혀 단숨에 마셔버렸다.

"좋은 술이군! 맛이 일품이야!"

그리 말하고는 품에서 야광주 하나를 꺼냈다.

"낭자, 이 야광주와 낭자의 술 두 동이를 바꾸는 것이 어떻겠소?"

담천은 조금 짜증스러운 듯이 말했다.

"흔히 보는 백화향과 신선취에 불과한데, 공자께서 그리 비싼 값을 치를 필요는 없지요. 원하신다면 두 동이는 그냥 가져가시면 되실 것을요. 그리고 이미 혼인한 부인에게 낭자라니요."

담천은 술을 다시 1대 3 비율로 섞어 새로운 술 한 동이를 만들어 태자 앞으로 밀어주었다. 태자는 눈 한 번 깜빡이지 않고 담천의 섬세하고 정교한 동작을 지켜보았다. 나이는 많지 않은 것 같았으나 확실히 부인의 모습이었다. 검은 비단 같은 긴 머리카락을 모두 틀어올려 가늘고 매끈한 목덜미를 드러내고 있었다. 그리고 소녀의 부드러운 솜털이 햇살 아래 금빛을 띠고 있어 눈앞에 놓인 미주보다 천만 배는 더 유혹적이었다.

그가 뜬금없이 물었다.

"왠지 부인을 어디서 본 것만 같은데, 언제 우리가 만난 적이 있던가?"

'또 시작이네. 정말 세상 사내들은 왜 죄다 이런 어설픈 말로 여인을 꾀어내려 하는 것인지!'

담천은 그 잘난 천원국 태자마저 별스럽지 않다는 사실이 우스웠다.

"저는 집밖을 거의 나오지 않습니다. 공자처럼 영웅적

기운이 충만한 분은 더더욱 처음 뵙고요.”

담천이 누군가를 기다리고 있다고 여러 차례 눈치를 주었으나, 태자는 기어코 자리를 지켰다. 해가 서쪽으로 기운 것을 보며 담천이 긴 한숨을 내쉬었다. 창밖 먼 곳을 응시하던 그녀의 두 눈이 붉게 번졌다. 그녀가 나직한 목소리로 중얼거렸다.

“이리 늦는 것을 보니 아무래도 오지 못하시는 게 분명해…….”

태자는 알면서 일부러 한 번 더 물었다.

“아…… 누굴 기다리고 있던 거요?”

담천은 말없이 고개를 내젓더니 보이지도 않는 눈물을 훔치며 몸을 일으켰다.

“이만 가봐야 할 것 같습니다. 오늘 공자님과 대화를 나눌 수 있어 기뻤습니다. 그럼 이만.”

담천은 느릿느릿 계단을 내려갔다. 그녀가 떠난 자리에 그녀의 향기만 남았다. 하지만 태자가 어디 그렇게 여인을 그냥 보낼 위인이던가! 곧장 뒤쫓아가서 검을 받쳐 들고 웃으며 말했다.

“날이 많이 늦었는데 부인 혼자 가는 건 위험할 듯하오. 내가 바래다주겠소.”

담천은 몇 번이나 사양했지만 그가 끝까지 고집하자 수줍은 듯 청을 허락했다. 태자는 이내 말을 끌고 와 담천을 부축해 올라타게 했다. 그리고 자신은 고삐를 잡고 걸어갔다. 한 시진도 가지 않아 이미 황성을 벗어난 듯했다. 주변이 모두 황량한 산골짜기였다.

태자가 의아한 듯 물었다.

"댁이 성안에 있는 것이 아니었소?"

담천은 말없이 두 팔을 내려뜨렸다. 소매춤에서 미리 잘라놓은 백지 조각들이 떨어져 뒤쪽으로 흩날렸다. 바닥에 떨어진 순간 종이들은 흉측한 적두귀로 변했다. 와글와글 몰려드는 적두귀들이 일제히 소리 질렀다. 그 기세에 산간 전체가 진동했다.

담천은 놀란 척 바닥에 몸을 구르며 중얼거렸다.

"요괴가……."

입을 열자마자 혼절해버렸다. 태자는 그녀를 끌어안고 고개를 돌렸다. 길 사방으로 적두귀가 겹겹이 둘러싸고 있었다. 그는 요괴를 다루는 법에 관해서는 천부적으로 아는 것이 많았다. 제아무리 잔인하고 흉악한 요괴라도 그 앞에서는 얌전히 머리를 조아렸다. 한데 오늘은 어찌 된 일인지 아무리 포효하며 다그쳐도 소용없었다. 오히려 적두귀들이 조금씩 더 압박해 들어오고 있었다.

태자는 한 손으로 담천을 꼭 붙든 채 나머지 한 손으로 칼을 뽑아 들었다. 포효 소리와 함께 장도의 섬광이 반달 모양을 그리며 석양빛을 갈랐다. 사방의 적두귀들이 찢어진 종잇조각처럼 삽시간에 흩날리기 시작했다. 곳곳에서 타닥타닥 소리가 끊이지 않았으나, 피도 뼛조각도 보이지 않았다. 그저 칼빛이 닿는 곳마다 조각조각난 불빛만 보일 뿐이었다.

태자는 어리둥절했다.

줄곧 품에 안겨 있던 담천이 조금씩 움직이는 것 같더니, 돌연 그의 왼쪽 가슴에서 뼛속까지 차가운 한기가 느껴졌다. 그제야 퍼뜩 깨달은 태자는 병아리 잡듯 담천을 들어올려 매섭게 내동댕이쳤다. 등이 바위에 부딪힌 담천은 통증이 극에 달했다. 눈앞이 캄캄해지자 본능적으로 결계를 치고 그 속에 몸을 숨겼다.

태자는 고개를 숙여 왼쪽 가슴을 찌르고 들어간 단도를 보았다. 붉은 선혈이 도포를 붉게 물들이고 있었다. 분노가 치민 태자는 오히려 웃음이 나왔다.

"미천한 것, 네가 헛수고를 했구나!"

태자는 단도를 잡고 단숨에 뽑아버렸다. 옷에 피가 흥건한 태자는 저들 요괴보다 훨씬 더 무시무시한 몰골이었다. 더 끔찍한 것은 그가 아직 죽지 않았다는 것과, 한 층 더 포악하게 칼을 휘두른다는 사실이었다. 그 기세에 적두귀들이 모두 점점의 빛으로 변해 사라져갔다.

그때 뒤에서 궁현이 팽팽하게 당겨지는 소리가 들렸다. 뒤돌아보니 담천이 철궁을 잡아당긴 채 결계 밖으로 나와 그의 오른편 가슴을 겨누고 있었다. 석양이 흰옷의 그녀를 주황빛으로 물들였다. 옷자락이 바람에 흩날렸고 표정은 엄숙했다. 마치 복수의 차가운 불꽃을 품고 이 땅에 내려온 천녀 같았다.

태자는 우뚝 선 채 가만히 담천을 응시했다.

"넌 날 죽일 수 없어. 나도 널 죽이지 않을 거고. 다만 말해봐라. 왜, 도대체 왜 그러는 건지."

담천은 말없이 활시위를 잡아당길 뿐이었다. 이윽고 화살이 그의 가슴으로 날아가 꽂혔다.

태자는 얼굴에 기괴한 미소를 띠고 뒷걸음치다가 다시 입을 열었다.

"내가 말했을 텐데. 넌 날 못 죽인다고."

'요괴의 혈통이라서? 보통 사람과 다르게 태어나 요괴의 피가 짙은 것 때문에?' 담천은 입을 굳게 다문 채 다시 화살을 올리며 앞서 명중한 위치를 재조준했다. 등에 극심한 통증이 몰려왔다. 조금 전 태자가 그녀를 내던졌을 때 부딪힌 부위였다.

담천은 비릿한 피맛이 나도록 독하게 입술을 깨물며 다시금 활을 당겼다. 그때 갑자기 태자가 단도를 돌려 잡아 담천을 향해 내던졌다. 담천의 손목을 명중했고, 철궁이 손에서 떨어져나갔다. 태자는 산을 뛰어 내려가는 맹호처럼 담천에게 달려들어 그녀의 옷깃을 움켜쥐었다.

그때 눈앞에 자줏빛 연기가 뭉개뭉개 터져 나왔다. 태자는 곧장 앞으로 거꾸러지며 쓰러졌다. 담천도 몇 번 숨을 들이마시자 가슴이 질식할 것처럼 답답했고 머리가 어질어질하더니 온몸에 힘이 빠졌다.

어떤 두 손이 담천을 받쳐 안았다. 쓰러지는 찰나 담천의 시야에 들어온 건 자색의 도포 자락이었다. 마음에 뭔가 스쳐지나가는 것이 있었다. 익숙하고 또 익숙한 느낌……. 하지만 더 이상은 생각할 수가 없었다.

정신이 들었을 때 담천은 푹신한 침상에 누워 있었다. 창문 앞에 언뜻 사람 형체가 보이는 듯했다. 담천은 흠칫 놀라며 몸을 일으켰다. 오랫동안 보지 못했던 좌자진이 창가에 앉아 있었다. 찻주전자를 들고 차를 따르고 있었다. 담천이 갑자기 일어나는 바람에 그도 놀랐는지 찻물을 탁자에 흘리고 말았다.

한참을 말이 없던 자진이 찻잔을 건네며 말했다.

"……차 좀 드시오."

담천은 시선을 떨군 채 잠자코 찻잔을 받아 한 모금 마셨다.

이런 상황에서 자진을 만나게 될 줄은, 게다가 자신이 그의 손에 구해질 거라고는 상상도 못 했다. 따지고 보면 두 사람은 정말 오랜만에 재회한 것이었다. 4, 5년 전 일이었다. 당시 애틋한 마음으로 서로를 향해 이별을 고했고, 5년 만에 다시 만났지만 그 시절에 대해서는 둘 다 차마 할 수 있는 말이 없었다. 향취산에서 다른 얼굴로 함께한 시간은 한때의 촌극 정도로밖에 여길 수 없었다.

자진이 침묵을 지키고 있으니 담천은 더더욱 할 말이 없었다. 무거운 침묵이 지속되자 어색한 분위기가 감돌았다. 결국 먼저 침묵을 깬 것은 자진이었다.

"……옷 좀 벗어보시오. 상처가 어떤지 좀 보게."

담천은 무의식적으로 옷섶을 꼭 붙들었다.

"괜찮아요. 아프지 않아요."

담천은 고개를 돌렸다. 그의 얼굴을 보고 싶지 않았다.

"연연……."

속절없이 안타깝고 서글픈 감정이 자진의 목소리에 더해졌다.

"함부로 부르지 말아요! 연연은…… 오래전에 죽었어요."

담천이 소리쳤다.

자진은 고집스럽게 아래로 떨군 그녀의 옆얼굴을 보았다. 기억 속 순진하고 아리땁던 소녀와 몹시 닮았지만, 어떤 부분에서는 완전히 다른 사람 같았다. 자진의 인생에는 마치 지각변동으로 잘려나간 듯한 단층이 있었다. 끊어진 단층 안이었던 향취산에서는 유유자적한 신선의 날들을 보냈지만, 단층을 빠져나왔더니 그가 알았던 그녀가 낯설기 그지없는 모습으로 변해 있었다.

자진은 마음이 산란했다. 하고 싶은 말이 많았지만 막상 담천을 보니 입이 쉬이 열리지 않았다. 무어라 해명하고 싶기도 했지만, 지금 그런 말을 꺼내는 건 그녀를 모욕하는 것이나 마찬가지였다. 반면에 담천은 아무것도 해명할 필요가 없었다. 그녀는 더 이상 눈 속에 자진만 담고 있던 그 시절의 어린 소녀가 아니었다.

"등은 아직 아프오?"

천원국 태자는 신력神力을 타고난 사람이었다. 그런 그에게 내동댕이쳐졌는데 뼈가 부러지지 않았다는 것은 기적과 같은 일이었다. 하지만 심각한 내상을 입은 것은 분명했다.

담천은 차 한 모금을 힘겹게 넘겼다. 끊임없이 올라오는 피비린내도 함께 삼켰다. 담천은 찻잔을 내려놓은 뒤 이를 악물고 몸을 일으켰다.

"저는 괜찮아요. 도와주어서 고마워요. 그리고 당신과 나, 이제 더 이상 서로에게 빚진 것은 없어요."

자진이 담천의 손목을 붙잡았다. 왠지 확신이 없는 듯, 두려워하는 듯한 표정이었지만 쉰 목소리에는 단호함이 서려 있었다.

"빚진 것이 없다니 그게 무슨 말이오? 그러니까 그 말은……."

"내가 좌상을 죽였어요."

담천이 주저 없이 대답했다. 그제야 고개를 돌려 자진을 똑바로 바라보았다. 그녀의 두 눈이 태양처럼 빛났다.

자진의 얼굴에 주체할 수 없는 고통의 빛이 뒤덮었다.

"……왜?"

담천은 어이없다는 듯 실소했다.

"왜라니요? 부친한테 가서 직접 물어보지 그랬어요? 왜 나라를 팔아먹고 적과 내통했느냐고!"

자진은 담천의 손을 꽉 움켜쥐었다. 살을 파고들 것만 같았다. 핏기가 사라진 얼굴로 그가 말했다.

"그래, 좋소. 내 아비가 대연 황실을 배신했고, 그대는 내 아비를 죽여 원수를 갚았소! 인과응보니 나도 할 말은 없소. 다만 그대가 나라를 잃은 설움이 있다면 나도 가족을 잃은 설움이 있소. 나도 더 이상은 그대를…… 아니, 마땅히……."

자진은 말을 잇지 못했다. 담천의 손을 놓은 그가 벽을 향해 세차게 주먹을 날렸다. 벽에 커다란 구멍이 났다.

담천이 담담한 투로 말했다.

"마땅히 저를 구하지 말았어야 했겠죠. 이 일로 우리 사이의 은원恩怨은 말끔히 사라졌어요. 이제 공자도 나한테 빚진 것이 없고, 나도 공자에게 더는 갚을 것이 없어요."

담천은 곧장 문으로 가서 일말의 미련도 없이 문고리를 당겼다.

그 순간 자진이 뒤에서 그녀를 와락 끌어안았다. 팔심이 너무 세서 담천은 숨이 막힐 지경이었다.

"이 손 놓으세요!"

담천이 이를 악물고 말했지만 자진은 손을 풀지 않았다. 그녀의 머리카락 사이로 더 깊이 얼굴을 파묻었다. 뜨거운 눈물이 담천의 머리카락을 타고 옷깃을 파고들어 목덜미를 적셨다.

사내의 눈물도 원래는 그렇게 뜨거울 수 있는 것이었다. 한 방울 한 방울 떨어지는 눈물이 끝도 없는 괴로움이었다.

담천은 다시금 마음을 다잡았다. 온 힘을 다해 그를 뿌리치고 뒤도 돌아보지 말아야 했다. 긴 아픔보다는 한순간의 고통으로 끝내버리는 게 나았다. 어떤 이유로 끝을 고하든 차일피일 시간을 끄는 것은 서로를 피폐하게 할 뿐이었다. 큰 것을 위해 작은 것을 희생하리라는 결심은 이미 4년 전부터 다져온 것이었다.

그런데 몸이 움직이지 않았다. 마음이 온통 지쳐서 더는 아무 짐도 짊어지지 못할 것 같았다. 이 모든 것을 되돌릴 수만 있다면 담천도 그의 품에 안겨 여인의 삶을 살고 싶었다. 평생을 근심 없이 그의 손안의 보석으로 살아가고 싶었다.

하지만 시간은 결코 거꾸로 흐르지 않는다. 깊이 연모할 때는 천리 길을 떨어져 있어도 마음만은 지척에 있었다. 하지만 지금 이 순간 그가 아무리 거세게 끌어안아도 마음의 거리는 좁혀지지 않았다. 더 이상 그는 과거 고대에서 보았던 풋풋한 소년이 아니었다. 그녀 역시 자신을 거절하면 구족을 멸하리라 고집부리던 소녀가 아니었다. 때로 이미 놓친 것을 알았을 때는 그저 잠자코 받아들이는 것이 순리이기도 했다.

자진은 눈물을 그치고 가만히 담천을 안고 있었다. 어떤 설득의 말도, 변명의 말도 꺼내려 하지 않았다.

담천이 살짝 몸부림치며 목이 잠긴 소리로 말했다.

"이러지 마요……."

자진의 촉촉한 속눈썹이 담천의 목덜미를 간질였다.

"내가 원래 미련한 사내잖소. 그대를 놓을 수가 없소."

담천은 깊은 숨을 들이마셨다. 눈물이 곧 떨어질 것 같았다. 무슨 말이든 하고 싶었지만, 더 이상 입이 떨어지지 않았다. 그때 눈앞이 흐릿해지며 짙은 어둠이 담천의 시야를 뒤덮기 시작했다. 태자에게 입은 상처 탓이었다. 두 무릎에 힘이 풀리며 결국 자진의 품으로 쓰러지고 말았다.

혼몽한 정신 속에서, 잊은 줄만 알았던 과거의 일들이 다시금 담천의 기억을 파고들었다. 모든 여인들이 그러한

지 모르겠다. 한 사내를 향한 사랑이 미움으로 바뀌었을 때 그에 대한 좋았던 기억은 떠올리고 싶지 않았다. 간혹 그 기억이 되살아나도 전혀 아름답게 느껴지지 않았다. 완전히 잊지 못한 것이 한스러울 뿐이고, 아예 아무 일도 없었던 일로 여기고 싶었다.

하지만 담천은 잠잠히 떠올렸다. 고대에서 자신을 기다리던 자진의 뒷모습을 떠올리며 또다시 마음을 터놓고만 싶었다. 자진의 말은 틀린 것이 하나도 없었다. 그는 미련한 사내였다. 말도 할 줄 몰랐고, 무모하게 덤비지도 못했다. 그저 고집스럽게 그 자리에서 기다리기만 할 뿐이었다. 미련한 고집이었다.

담천은 이미 먼 곳으로 떠났다. 세상 모든 것이 변했기 때문이었다. 하지만 그는 여전히 고집스럽게 그 자리에 있었다. 한때 제희였던 한 여인을 기다리고 있었다. 다시는 오지 않으리란 걸 알면서도.

담천은 그저 가슴이 아플 뿐이었다. 기다리지 말라는 말도 나오지 않았다. 무슨 말을 해도 그에게는 상처가 될 것이었다.

등의 상처 부위를 부드럽게 쓰다듬는 손길이 느껴졌다. 그의 손바닥에서 뜨거운 기가 전해지면서 극심한 통증도 차츰 누그러졌다. 담천은 침상에 엎드린 자세로 눈을 떴다. 좌자진이 머리맡에 앉아 허리를 굽히고 있었다. 그의 너른 소맷자락이 그녀의 뺨을 간지럽혔다.

피하려고 몸을 달싹이자 자진의 나지막한 소리가 들렸다.

"움직이지 마시오. 내상이 깊으오."

망설이던 담천이 간신히 입을 열었다.

"왜 날 구해준 거예요?"

자진은 상처 난 등을 한참이나 쓰다듬은 뒤 입을 열었다.

"……당시 천원국이 태자 책봉을 하면서 여기저기 초대장을 보냈소. 그때 아버지도 친히 가서 태자와 국사를 만났는데, 무슨 일인지 몰라도 꽤 충격을 받으셨던 모양이오. 아마 거기서 보통 사람으로선 이해할 수 없는 뭔가를 보셨는지도. 난 원래 아버지 일에 관심이 없어서 당시 아버지가 어떤 계획을 갖고 계신지도 알지 못했소. 그런데 천원국에서 돌아와 갑자기 관직을 내려놓으신다는 말에, 그제야 아버지 계획이 뭔지 짐작할 수 있었소. ……아버지야 물론 좋은 일을 한다는 것처럼, 전란으로 백성들이 힘들어질 일은 없을 거라는 말로 둘러댔소. 나와 형님들이 그 계획에 반대하는데도 아버지는 완강하셨소. 어쨌든 우리는 이 정보가 새어 나가는 건 원치 않았소. 필경 그분은 우리 아버지였으니까. 그리고 그 후…… 우연히 그대를 만난 거요. 그대가 제희라는 걸 알고는 엄청난 혼란에 휩싸였소. 난 그대를 가까이하면 안 되는 처지인지라 매 순간이 힘들었다오. 내가 혹 그 일을 그대에게 말해버리게 될까 봐 두렵기도 했소. 그대가 고통에 빠지는 것도 싫었고, 그렇다고 아버지를 불구덩이로 밀어넣을 수도 없었고……."

자진은 긴 한숨을 내쉰 후 말을 이었다.

"향취산으로 떠나기 전 아버지를 찾아가 계획을 포기하시라 간청했는데 결국 싸움으로 번져버렸소. 그때 난 결심했소. 향취산 산주께 혼인 허락을 받아 그대를 향취산으로 데려가겠다고 말이오. 그런데 아버지가 계획이 새어 나갈까 불안했는지, 사람을 시켜 공자제의 선화 두 폭을 황궁에서 훔쳐다가 산주께 바쳤소. 그 대신 대연에서의 내 기억을 없애달라고……. 그대가 향취산으로 날 찾아왔을 때 내가 과거를 기억하지 못했던 것은 그 때문이었소……."

자진은 자조하듯 웃음을 내뱉었다.

"무슨 하늘의 조화가 이런지, 다 마땅한 보응이겠지……."

그는 자리에서 일어나 창가로 향했다. 창밖 푸른 나무를 바라보던 그가 잠시 후 입을 열었다.

"그대도…… 나라를 배신한 자의 목숨을 뺏어 나라의 원수를 갚았으니, 이제는 편히 사시오. 더는 이런 위험한 일 하지 말고."

이불 끝을 움켜쥐고 있던 담천의 손이 서서히 풀렸다. 손바닥이 땀으로 흥건했다. 얼마나 세게 쥐었던지 뼈마디가 지릿지릿했다. 담천이 눈을 감고 낮은 소리로 말했다.

"내 일에 더 이상 관여치 않아도 되어요. 공자의 호의를 받고 싶지 않네요. 더는 감당할 수 없어요."

자진이 쓸쓸한 웃음을 지어 보였다.

"그대가 향취산을 떠난 뒤 기억이 돌아왔다오. 그제야 사방으로 그대를 찾아다녔소. 그러다 길거리에서 아버지 소식을 들은 거요. 그대가 저지른 일이 아닐까 싶기도 했지만, 만 분의 일이라도 아니기만을 바랐소. 그렇게 천원국에서 두 달을 헤매다 드디어 그대를 찾았고, 결국 그 마지막 그 희망도……."

"맞아요, 내가 좌상을 죽였어요. 나한테 복수라도 할 건가요?"

담천의 물음에 자진의 낯빛이 시퍼레지더니 금세 다시 창백해졌다. 담천에게 손이 닿고 싶은 듯 그가 팔을 뻗었으나 이내 팔을 거두고 거친 목소리로 내뱉었다.

"모르겠소. 난 다만 그대가 위험한 일에서 빠져나오길 바랄 뿐이오!"

담천은 일어나 허리를 굽히고 신을 신었다.

"그럼 천천히 생각하세요. 답이 나오면 그때 다시 날 찾아요.”

“담천!”

자진이 그녀의 손목을 낚아채고 소리쳤다.

“그래도 떠나겠다는 거요? 내가 뭐라고 말했으면 좋겠소? 그대를 증오하니 죽이겠다고 말하리까? 아니면 그대를 원망하지 않는다고, 내 아버지도 아주 잘 죽였다고, 그리 말하리까?”

담천은 거세게 손을 뿌리치고 발갛게 번진 눈으로 말했다.

“그건 내가 묻고 싶은 말이에요. 도대체 나더러 어쩌라는 거죠? 좌상을 죽이면 안 되는 거였나요? 박수 치며 잘하셨다고 칭송이라도 해드려야 했던 건가요? 아니면 당장 이 모든 것을 잊고 예전처럼 얌전히 공자 곁에서, 시도 때도 없이 찾아올 공자의 그 고통과 온정을 오롯이 감내하며 살겠다고 말하길 원하나요?”

자진은 침묵했다. 깊은 영혼이 담긴 두 눈을 굳게 닫은 채. 사람을 매혹하는 빛이든, 깊은 슬픔의 빛이든 다시는 그의 눈에서 그토록 반짝이던 빛을 볼 수 없을 것이다. 담천은 문득 가슴 깊은 곳에 구멍이 난 듯 상실감과 억울함의 감정을 느꼈다. 그녀가 그를 가장 필요로 할 때 그는 모든 기억을 잃었다. 지금 그녀가 고통스러운 과거의 기억을 모조리 잊고 그에게 간다 해도, 그는 이미 모든 것을 다시 기억하고 있었다. 과연 운명은 그를 희롱하는 것일까, 그녀를 희롱하는 것일까?

자진의 손이 천천히 그녀를 놓아주었다. 그의 긴 눈썹이 격렬하게 떨렸다.

"가끔은 이런 생각도 든다오. 기억이 돌아오지 않았더라면 오히려 더 좋지 않았을까……."

담천이 멍한 얼굴로 침상에 주저앉더니 별안간 목 놓아 울기 시작했다. 무릎에 얼굴을 파묻은 채 울먹이는 소리로 말했다.

"더 이상 내 일에 상관하지 마요……. 다시는 보고 싶지 않아요."

자진은 느릿느릿 고개를 끄덕였다.

"……그래, 그대 앞에 다시는 나타나지 않으리다!"

담천은 고개를 들고 큰 숨을 몇 번이나 들이켰다. 그녀의 얼굴에 더 이상 눈물은 보이지 않았다.

"자진 공자, 진심으로 공자를 좋아했고 공자와 혼인하려고도 했어요. 진심이에요. 조금도 거짓은 없어요."

자진은 목구멍이 시큰거리는 걸 느꼈다.

"……나도 안다오. 나도 진심이었소. 조금도 거짓 없이."

"다만 지금은 모든 것이 변했어요. 공자가 좋아했던 연연은 죽고 없어요. 내가 좋아했던 자진 공자도 내 마음 속에서는 이미 죽은 것과 다름없어요. 더는 다투지 말고 이

대로 헤어져요. 서로에게 각자의 길을 내줘요. 적어도 내가 웃으며 떠날 수 있게."

자진은 주먹을 움켜쥔 채 한동안 입을 열지 못했다.

"복수를 계속해서 하겠다는 거요?"

담천은 말없이 두 개의 찻잔에 차를 따랐다. 한 잔은 자진에게 건네고, 한 잔은 자신의 가슴 앞으로 들었다.

"술을 대신해 이 차로 약조해요. 이 잔을 마신 후에는 서로 무관한 사람이 되는 거예요."

자진은 찻잔을 받아 들었다.

담천의 찻잔이 그의 잔으로 다가와 부딪쳤다.

쨍하고 낭랑한 소리가 울렸다. 자진의 가슴속 무언가가 깨지는 소리 같았다.

담천은 단숨에 차를 들이켜고 침상 위로 잔을 떨어뜨렸다.

그러고는 뒤도 돌아보지 않고 문을 열고 나갔다.

그곳은 객잔이었다. 대문을 나서자 고도의 번화가가 나왔다. 당장에 목적지는 없었으나 담천은 결연한 걸음으로 한참을 나아갔다. 문득 누군가 뒤따라오는 느낌이 들었다. 고개를 돌리자 초췌한 몰골의 현주가 그녀를 보고 있었다.

담천은 한참을 쳐다보다 슬며시 미소 지으며 말했다.

"어쩐지 계속 이상하다 했어. 자진 공자가 여기 있는데 왜 현주 언니가 없을까 했지. 지금 보니 숨어서 몰래 지켜 봤나 보네. 그나저나 몰골이 왜 그 모양이야?"

현주는 담천을 위아래로 훑어보며 말했다.

"차마 눈 뜨고 못 봐줄 몰골을 하고서 누가 누구를 지적해? 어쩌다 이리 돼지처럼 살쪄서는! 도대체 무슨 낯짝으로 사람 만날 생각을 했을까?"

담천은 태연하게 웃으며 말했다.

"내가 추해지는 건 언니가 바라던 바잖아?"

"넌 정말 피도 눈물도 없는 냉혈 인간이야!"

"내가 냉혈 인간이 되는 것도 언니가 바라던 거 아니었나?"

현주는 악에 받쳐 소리쳤다.

"맞아! 하지만 내가 더 바라는 건 네가 당장 죽어 없어지는 거야! 더 이상은 자진을 괴롭히지 못하도록!"

담천은 피곤한 듯 어깨를 늘어뜨렸다.

"현주 언니, 언니도 이제는 좀 자라야 하지 않을까? 애처럼 그러지 좀 마. 그렇게 과거에 매여 살지도 말고. 안 그러면 나도 언니를 더 경멸할 수밖에 없어. 물론 지금도 충분히 경멸하긴 하지만."

현주가 더 이상 참을 수 없다는 듯 얼굴을 구겼다. 담천은 그녀가 뭐라 소리치기도 전에 사람들 사이로 사라져버렸다.

14장

전설 속의 공자제 대인

나귀가 청회색 돌판 길을 걸으며 또각또각 청량한 소리를 냈다. 담천은 머릿속을 텅 비운 채 나귀의 발길에 몸을 맡겼다. 어디로 가야 할지 알 수 없었다. 요 몇 년 동안 담천은 늘 앞날을 셈하며 지냈다. 무엇을 하고, 어떻게 할 것이며, 언제쯤 뛰어들 것인지 완벽하게 계획을 세웠다. 그러나 지금 담천은 지쳐 있었다.

왜 이렇게 지친 것인지 그 이유를 생각하기도 버거울 정도였다.

그렇게 망연한 상태로 사나흘을 보냈다. 하지만 그 이상 망연히 있어서는 안 될 것 같았다. 뭐라도 해야 했다. 태자를 죽여야 했고, 국사도 죽여야 했으며, 혼등도 밝혀야 했다……. 해야 할 일이 너무 많았다. 한데 첫 번째 일이 벌써 틀어지고 말았다. 태자를 죽이지 못했을 뿐 아니라 오히려 그에게 잡혀갈 뻔했다.

'왜 죽이지 못했을까? 천원국 황족이 요괴의 혈통을 타고난 것이 정말 사실인 걸까?'

한 번도 경험해본 적 없던 일이라 담천은 그 일을 겪고 한동안 몹시 혼란스러웠다. 더욱이 상대는 그녀가 상황을 파악할 때까지 기다려주지 않았다. 사흘 뒤 고도 곳곳에 지명수배 방이 붙었다. 현상금이 어마어마했으며, 담천의 얼굴 그림까지 나붙었다. 생김새가 꽤 비슷했다. 천원국의 교활한 태자는 담천을 광풍의 소용돌이로 몰아넣었다.

이런 상황에는 잠시 천원국을 떠나 있는 것이 상책이었다. 이대로 마냥 기회를 엿보기보다는 몇 년 후 천원국이 재정비를 마치고 태자가 다시 병사를 일으킬 때 전장에서 그를 사냥하는 것이 나을 것이다. 그런데 여덟 개 성문마다 검문소를 설치해 출입하는 자들을 단속하고 있었다. 이번에는 아예 수련하는 자들의 도움까지 받고 있어, 혹 예리한 촉을 가진 자와 마주친다면 담천의 가짜 얼굴이 발각될 수도 있었다. 그렇게 큰 위험까지 감수할 수는 없었다.

담천은 성문 부근에서 한참 어슬렁거리다가 방향을 돌렸다. 더 완벽한 계획을 세워야만 했다.

갑자기 나귀가 멈춰 섰다. 무슨 냄새를 맡았는지 고개를 내밀고 킁킁거렸다. 나귀가 멈춰 선 곳은 자그마한 밥

집 앞이었다. 날이 아직 일러 문을 반만 열어놓고 있었는데, 안에서 탄내가 흘러나왔다. 그때 한 아낙의 고함 소리가 들렸다.

"이런! 오늘 장사를 하겠다는 거야, 말겠다는 거야! 지금까지 그렇게 먹이고 키워줬으면 이런 거 하나는 제대로 볶아야 할 거 아니야!"

쾅 소리와 함께 문이 열리며 다 타버린 요리가 문밖으로 뿌려졌다. 하마터면 담천이 뒤집어쓸 뻔했다. 문을 연 이는 육중한 몸매의 아낙이었다. 주인인 듯한 그녀가 담천을 발견하고 말했다.

"아직 문을 열지 않았으니 조금 더 이따가 오십시오."

담천은 염낭을 뒤적거렸다. 남은 은자가 많지 않았다. 고개를 들고 간판을 보니 밥집 이름이 눈에 들어왔다.

연연관燕燕館.

절로 웃음이 나왔다. 나귀에서 뛰어내린 담천이 돌아서는 주인장을 불러 세웠다.

"잠시만요, 주방에 마땅한 요리사가 없는가 봐요?"

주인장이 의아한 듯 담천을 훑어보았다.

"딱 봐도 가난한 집 여식은 아닌 것 같은데, 뭐 잘하는 요리라도 있는가?"

담천이 나귀를 끌고 안으로 들어가며 말했다.

"제가 만들어볼 테니 맛보시고 마음에 드시면 제가 여

기 주방장이 되어드리죠.”

스승님께 가르침받던 시절, 손에 물 한 방울 묻히지 않았던 담천은 뭐든 못하는 게 없는 여인으로 거듭났다. 노스승이 나이가 많고 입이 까다로웠던 탓에 요리에 부단히 공을 들였더랬다. 나중에는 동네 아이들이 몰래 훔쳐 먹고 달아날 정도였다.

사실 연연관에도 실력 좋은 주방장이 있었는데 장가를 간다며 고향에 가버렸다고 한다. 그 바람에 며칠째 장사를 하지 못한 상황이었다. 주방을 둘러본 담천은 주저 없이 채소를 골라 들고 계란과 돼지고기도 챙겼다. 불을 지피고 채소를 썬 뒤 기름에 볶기 시작했다. 일련의 과정이 단숨에 이루어졌다. 얼마 지나지 않아 채심 볶음과 피망 소고기 볶음이 완성됐다. 찜통에서 뜨거운 김과 함께 구수한 냄새가 피어올랐다. 고기새우계란찜이었다.

담천이 탁자 위에 요리를 내놓으며 말했다.

“와서 맛 좀 보세요.”

주인장은 넋을 잃은 듯 탁자 위 요리들을 지켜보았다.

한여름, 7월의 고도는 평온하지 않았다.

천하에 둘도 없는 명운을 타고났으며 피의 전쟁을 일으켜 중원을 통일할 인물이라던 태자가 하룻밤 사이 목이 잘려 좌상과 마찬가지로 혼백을 잃어버렸다. 그날 밤 침실 시중을 들었던 시녀 둘은 옥살이를 하며 매일 고문으로 자백을 강요받았다. 살갗이 벗겨질 정도로 심한 고문이었으나 아무런 단서도 얻을 수 없었다.

태자는 날 때부터 줄곧 보통 사람과 달랐다. 짙은 요괴의 피가 흐르고 있어 어떤 방법으로도 그를 죽일 수 없었다. 보고에 따르면 암살한 자의 수법이 재빠르고 지독했다고 한다. 태자가 깊이 잠들었을 때 단칼에 베어낸 것이다. 완력과 그 잔인함이 가히 짐작할 수도 없는 것이었다.

천원국 황제에게 태자의 죽음은 하늘이 무너지는 일이었다. 하늘과 땅을 섬기고 요괴를 신봉했는데도 그런 결과가 돌아오고 말다니! 몸져누운 황제는 머리 없는 태자의 시신을 끌어안고 종일토록 울기만 했다. 타는 불을 종이로 감쌀 수 없듯이 그 소식도 어느새 밖으로 새어 나가기 시작했다. 조정 문무백관들 사이에도 한바탕 술렁임이 있었다.

태자가 이 천원국에서 어떤 의미인지 국사도 물론 잘 알고 있었다. 태자는 용맹하고 전쟁에 능하며 진한 요괴 피를 타고난 인물이었다. 날 때부터 하늘에 기이한 현상을 몰고 온, 천하에 둘도 없는 명운이었다. 바야흐로 한창 중원 통일의 시기를 맞고 있었다. 절대 민심이 흔들려서는 안 되었다.

소문이 절정에 다다랐을 즈음 문무백관들은 놀라운 광

경을 목격했다. 태자가 말을 타고 궁문에서 나오고 있는 것이 아니겠는가. 천원국의 이황자二皇子 정연靖淵과 화기애애하게 담소를 나누는 모습이 평소와 다름없어 보였다. 중신들이 예를 갖추자 뜻밖에 상냥하게 웃으며 예를 거두라 명했다. 신하들을 업신여기던 그가 그날은 달랐다.

그 즉시 소문은 사그라들었다.

물론 이 일급비밀에 대해 백성들은 그 내막을 알지 못했다.

한편, 담천은 연연관에서 일한 지 벌써 한 달이 되었다. 솜씨가 뛰어나서 썰렁했던 밥집이 북적이기 시작했다. 주인장은 담천을 거의 보살처럼 받들었다. 요리 외에 절대 다른 일은 시키지 않았다. 심지어 담천의 옷가지도 다른 사람이 빨게 했다. 이보다 행복한 나날이 없겠다 싶었다.

주인장이 담천을 총애하자 그곳 점원들도 담천을 좋게 보았다. 총각 점원이 엉망진창으로 쓴 연서를 보내기도 했다.

'천아, 내가 널 어마나 사랑하는지 매일 수를 마신 거처럼 치한 느끼미야.'

담천은 틀린 글자를 고쳐서 연서를 다시 총각에게 돌려주었다. 총각은 눈물까지 질금거리더니 며칠 내내 일하러 나오지 않았다.

주인장이 담천에게 마음을 터놓으며 말했다.

"천아, 너도 나이가 적지 않으니 여기서 가정을 이루는 것이 어떻겠니. 우리 가게 녀석들도 다들 성실하고 괜찮단다."

담천은 얼굴이 발개지도록 양볼을 꼬집었다. 그러고는 고개를 들어 애교 섞인 목소리로 속삭였다.

"저, 저는…… 진즉에 마음에 둔 사람이 있습니다. 두두 오라버니가 그랬어요. 혼인할 돈만 모으면 바로 혼사를 청하러 오겠다고."

그때 참견하기를 좋아하는 곽씨 부인이 끼어들었다.

"두두 오라버니? 이름 한번 요상하네. 뭐 하는 사낸데?"

담천은 부끄러운 척 미소를 지으며 생각을 쥐어짰다.

"그, 그 사람은…… 어, 그림을 그려요. 그래서 일 년 내도록 여기저기 그림을 그리러 다녀요. 영감을 받아야 한다며……."

담천은 제 발 저린 듯 찝찝한 마음이 들었다. 왜 굳이 그림을 그린다고 말했을까. 참으로 뜬금없었다…….

곽씨 부인이 더더욱 흥미로운 듯 다가왔다.

"그림을 그려? 화공이야? 아니, 얼마 전에 듣기로 우리 천원국에 엄청난 명인이 왔다더라고. 봉면산風眠山 아래 그분 거처가 있는데, 글쎄 고관대작이며 친왕親王, 왕의 작위 중 가장 높은 등급으로, 황족 중에서는 황제 다음으로 높은 작위이며 죄다 몰려가서 그림 하나만 그려달라고 간청한다지 뭐야. 설마 그분이 천이의 정인은 아니겠지?"

담천 대신 주인장이 격하게 반응하며 나섰다.

"말도 안 되지! 공자제 선생한테 어디 천이가 눈에 차기라도 한대? 그게 진짜면 선생 눈이 삔 게 틀림없지! 천아, 내 말에 다른 뜻이 있는 건 아니고…… 괜히 오해는 마라."

담천은 공자제라는 이름에 흠칫 몸을 떨었다. 그 순간 목이 결리며 통증이 느껴졌고, 그 바람에 하려던 말도 잊어버렸다.

주인장의 말에 곽씨 부인이 대꾸했다.

"맞아! 이름이 공자제였어! 주인장도 알아?"

과연 천하에 이름을 떨친다는 건 이런 것을 두고 말하는 것이었다. 아무 나라, 아무 가게나 들어가도 공자제를 모르는 사람이 없었다. 천원국 사람들 사이에 전하기로, 공자제 선생은 진정한 신선 중의 신선으로, 구름처럼 천하를 떠돌며 유유자적한 삶을 산다고 했다. 해가 뜰 때는 남해南海에서 술을 마시고, 정오에는 봉면산 정상에서 잠시 쉬었다가, 해가 질 무렵이면 옥수하玉水河 강가를 거닐며 그림을 그린다고 했다. 또 누군가 전하기로는 선생이 지나간 곳마다 행운이 따르고, 사내는 그와 몇 마디만 나눠도 병이 없어지며, 여인은 그와 악수 한 번만 해도…… 함께 야반도주하고 싶어질 정도라고 했다.

전해지는 말은 언제나 터무니없고 허황된 것들이었다.

비밀에 싸인 공자제 대인이 무슨 연유인지 천원국에 와서 봉면산 아래에 거하고 있었다. 과거 대연국에서 그린 선화들은 전란을 겪는 사이 행방을 알 수 없게 되었는데, 그 그림을 그렸던 당사자가 눈앞에 나타났으니 누구라도 가서 그림을 청하고 싶지 않겠는가. 조정 대신들이 줄지어 봉면산으로 향하자 그의 집 앞으로 수레와 마차가 줄을 이었고, 속세와 떨어져 고요했던 봉면산이 순식간에 시끌벅적해졌다.

괴팍한 공자제 성격에 그런 소요를 가만두고 볼 수 있겠는가. 그는 아예 짐을 챙겨 고도에서 가장 큰 기루로 들어가 살았다. 그 후로는 자연 풍경 대신 춘화에만 몰두하는 것 같더니, 그리는 족족 그림을 불태워버렸다는 것이다. 그것을 보는 이들은 값비싼 황금을 태우는 것 같아 애석하기 그지없었다.

연연관 주인은 대연국이 멸망하기 전 대연에 다니러 갔다가 그림을 그리는 공자제를 먼발치에서 본 적이 있었다. 공자제 이야기에 주인장이 득의양양한 얼굴로 말했다.

"그분이야말로 용 중의 용, 봉황 중의 봉황이지! 내가 딱 열 살만 젊었어도 저 쓸모없는 남정네는 갖다 버리고 공자제 선생과 야반도주했을 텐데!"

그 말에 다들 웃음을 터뜨렸다. 담천도 따라 웃는 수밖에 없었다. 손으로 목덜미를 쓸었더니 식은땀이 흥건하게 묻어났다.

남보다 능력이 못하다는 것이 이렇게 뼈아픈 일이었다. 부구운은 손 한 번만 뻗으면 천리만리가 그의 손바닥 안이었다. 담천이 구름을 타고 아무리 멀리 날아간들 부구운 앞에서는 날개 부러진 새였다. 그가 이토록 큰 바람을 일으키며 천원국까지 온 것은 숨어 있는 담천에게 경고하기 위함이 분명했다.

담천은 절대 조심해야 했다. 이번에 잡히면 온몸이 조각조각 썰려서 그의 술상에 안주로 올라가게 될 것이 분명했다.

다음 날 곽씨 부인을 따라 채소를 사러 나섰다. 곽씨 부인은 엄청난 수다쟁이였다. 거리 아낙들을 만났다 하면 물 한 모금 마시지 않고 하루 종일 떠들 수 있는 사람이었다. 담천도 한참을 옆에서 들었지만 죄다 그렇고 그런 이웃들 이야기뿐이었다. 무료해진 담천은 혼자 이리저리 구경하며 채소들을 뒤적거렸다.

가지 몇 개를 집어 들려는데 별안간 맞은편 길 끝에서 폭죽 소리가 들렸다. 곧이어 퉁, 퉁, 퉁, 퉁, 징과 북 소리가 귀청이 떨어질 정도로 울렸다. 혼인 잔치라도 벌이는가 싶어 고개를 빼고 길 끝을 내다봤다. 모퉁이 쪽에서 한 무리가 모습을 드러내며 길을 가득 메웠다. 징 치는 자들이 앞에서 길을 열었고, 북 치는 자들은 옆에서 기세를 더했다. 그리고 한가운데에 기름칠한 커다란 마차가 자리했는데, 마차를 따르는 일꾼만 수십 명이었다.

곽씨 부인이 누구에게 물었는지 금세 소식을 캐왔다.

"전가前街 골목에 사는 예부禮部 장張 대인이 작은 초상화 하나 그려달라고 어렵게 공자제 선생을 집으로 모셨대. 기세가 엄청나네. 시집가는 새색시 행렬 저리 가라야! 저 마차에 공자제 선생이 앉아 있겠지?"

전설 속의 공자제 대인이 마차를 타고 지나간다는 소리에 사람들이 우르르 몰려들었다. 저마다 실눈을 뜨고서 마차에 달린 대나무 발 틈새로 안에 앉은 이를 보려고 했다.

담천은 몸을 피해야 했다. 그런데 곽씨 부인이 한사코 손을 놓지 않더니 별안간 그녀를 잡아끌며 맨 앞줄로 비집고 들어갔다. 주변 사람들의 아우성 소리에 귀가 따가울 지경이었다.

마차 행렬이 장 대인 저택 앞에 멈춰 섰다. 관료의 저택이라 평민들은 멀찍이서 숨죽인 채 지켜봤다. 이윽고 마차의 문이 열리고 훤칠한 체격의 사내가 유유히 내려섰다. 그는 옆에 마련된 작은 가마에 바로 올라타지 않고 고개를 돌려 사람들을 힐끔 쳐다보았다. 가면으로 얼굴을 반쯤 가리고 있어 아쉬웠지만, 그 자태만으로도 기품이 넘쳐났다. 게다가 사람들을 향해 손까지 흔들어주었다. 그 순간 곽씨 부인이 환호성을 올렸고, 담천은 귀가 떨어져나갈 것 같았다.

연연관에 돌아와서도 곽씨 부인은 흥분을 가라앉히지 못했다. 보는 사람마다 붙들고 공자제 이야기를 전했다. 공자제가 과연 용 중의 용, 봉황 중의 봉황이더라, 수려한 얼굴이 신선과 같더라 하면서. 가면을 쓰고 있었는데 그 얼굴이 신선처럼 수려했다니, 그야말로 콧방귀가 뀌어질 일이었다.

주인장도 덩달아 흥분하여 담천에게 물었다.

"천아, 정말 공자제 선생을 본 것이야? 무슨 옷을 입었더냐? 어떻게 생겼더냐?"

담천이 고개를 마구 끄덕이며 되는대로 대답했다.

"네, 봤어요. 너무 아름다웠어요. 정말 신선 같았어요."

그 말에 주인장은 가게 문 앞에 의자 하나를 갖다놓고 자리를 잡았다. 공자제가 장 대인 집에서 나올 때 혹시 볼 수 있지 않을까 기다리는 것이었다. 해질 무렵, 골목 쪽에서 또다시 한바탕 소동이 이는 듯했다. 가게 안에 있던 사람들이 일제히 뛰어나와 그쪽을 내다보았다. 공자제가 마차도, 가마도 타지 않고 뒷짐을 진 채 성큼성큼 걸어 나왔고, 일행 한 무리가 그 곁을 둘러싸고 있었다.

주인장은 품안에서 손수건을 꺼냈다. 주변을 둘러보다 문 뒤로 숨어드는 담천을 발견하고 손수건을 건네며 말했다.

"천아…… 내가 부끄러워서 그래. 그래도 우리 가게에 젊은 처자라고는 너 하나뿐이잖니. 공자제 선생이 처자들한테는 절대 곤란하게 하지 않는다더구나. 우리 집안의 묵보墨寶, 귀한 글씨나 그림로 삼게 네가 대신 가서 선생께 친필 함자를 좀 받아와 주지 않겠니?"

담천은 껑충 뛰다시피 하며 손사래를 쳤다.

"아…… 아니요, 안 돼요!"

묵보라는 말에 그곳에 있던 청년들까지 급히 각자의 땀수건을 꺼내 담천의 손에 쑤셔넣었다.

"천아, 부탁한다!"

곽씨 부인은 가게로 들어가 장부 여남은 권과 외손자가 글씨 연습 할 때 쓰던 선지宣紙까지 꺼내 왔다.

"자, 이것도 부탁한다!"

손수건과 땀수건과 장부를 품에 안은 담천은 울상이 되어 푸른 하늘을 바라보았다. 하는 수 없이 가게 앞으로 걸어가는데 한 발 한 발이 칼날 위를 걷는 듯했다. 청목 가면을 쓴 그 사내가 눈에 들어왔다. 간신히 다가가 고개를 들었지만 얼굴을 대할 용기는 나지 않았다.

"저기…… 선생님 함, 함자 좀 써주시겠습니까?"

전설의 공자제 대인은 담천의 목소리를 듣지 못한 듯 그냥 지나쳐버렸다. 공자제를 둘러싼 사람이 너무 많았고,

담천의 목소리는 너무 작았다.

담천은 꼬리에 불이라도 붙은 듯 잽싸게 가게로 돌아왔다.

"안 써주시는데요? 저한텐 신경도 안 써요!"

가게 안 사람들이 실망과 원망의 눈빛으로 담천을 째려보았다. 결국 곽씨 부인이 만인도 당해내지 못할 용기로 군중 속을 파고들었고, 강산을 뒤엎을 듯한 기개로 친필 함자를 청해 결국 얻어내고야 말았다. 주인장은 먹 자국으로 물든 손수건을 보물처럼 다뤘다. 그날 이후 매일 가슴 앞에 받쳐 들고 다니며 만나는 사람마다 용과 봉황이 나는 듯한 필체의 '공자제' 세 글자를 하나하나 짚어가며 손수건의 존재를 알렸다.

담천은 개탄스러웠다. 날 때부터 바람기가 다분한 사람은 과연 어딜 가도 그 능력을 발휘하며 살았다. 가면을 쓰고 있어도 바람기는 숨길 수 없는 모양이었다.

이 일은 이대로 일단락되었다 생각했는데 며칠 지나지 않아 주인장이 물었다.

"천아, 네가 특별히 잘하는 요리가 무엇이냐?"

담천은 영문을 모른 채로 솔직하게 대답했다.

"제가 하는 요리들은 전부 집에서 보통 먹는 것들이에요. 특별히 잘한다고 할 수 있는 요리가 없어요."

예전에 담천이 요기하러 들어갔던 큰 주루의 주방장은

두부를 깎아 사람 모양으로 만들고 속에다 고기를 쑤셔넣어 찜통에다 쪘는데, 그 모양이 끝까지 유지되었다. 담천은 때려 죽인대도 흉내낼 수 없는 솜씨였다.

"괜찮아. 네가 제일 자신 있는 것으로 하자!"

주인장은 직접 장바구니를 들고 담천을 이끌고 나가 장을 봤다. 심지어 장사까지 하루 접고 담천을 주방에 들여보내 요리를 하게 했다. 요리 하나가 완성되면 맛을 보았고, 맛이 괜찮다 싶은 것은 종이에 적었다.

해가 질 때쯤 심혈을 기울여 고른 반찬 네 가지와 탕 요리가 완성되었다. 주인장은 김이 모락모락 나는 요리를 찬합에 담고 바람이 들지 않도록 조심스럽게 밀봉했다.

"천아, 이걸 청풍루淸風樓에 갖다드려라. 식기 전에 어서."

담천은 불길한 예감을 안고 물었다.

"청풍루는 먹을 것이 넘쳐날 텐데, 어찌 그리로 음식을 보내려는 겁니까?"

주인장은 부끄러운 듯 먹으로 물든 손수건을 돌돌 말며 말했다.

"공자제 선생이 기루로 거처를 옮기셨다잖니. 소란스러운 곳이라 찬이 입에 맞지 않을 게야. 요 며칠 청풍루 별실에 묵고 계신 모양이야. 거기 음식들은 죄다 진수성찬이라 담백한 가정 요리가 그리울 테지……. 우리한테 그리 화통하게 친필 묵보를 주셨는데 뭐라도 보답을 해야지, 안 그래?"

담천은 찬합을 도로 주인장의 품에 쑤셔넣고는 옷을 털었다.

"이건 주인 어른께서 직접 가져다주시죠!"

'이렇게 파릇파릇한 새끼 양을 바람기 충만한 늙은 호랑이 입에다 던져주려고? 꿈도 야무지시네!'

주인장은 담천의 다리라도 붙들고 매달릴 기세였다.

"그게…… 나야 진즉에 가봤지. 한데 선생께서는 젊은 처자만 만나신다 하니…… 천아, 우리 가게에서 네가 제일 젊잖니……."

'젊은 처자? 길거리에 차고 넘치는 게 젊은 처잔데?'

담천은 거리로 눈을 돌리더니 바구니를 들고 있는 젊은 처자 하나를 데려와 찬합을 건네며 말했다.

"제가 은자 한 전錢, 냥(兩)의 10분의 1을 드릴 테니 저 대신 청풍루에 있는 공자제 선생한테 이 찬합 좀 가져다줄 수 있겠어요?"

처자가 자신의 바구니를 마구 흔들어 보이며 대꾸했다.

"꿈 깨세요. 저는 제 걸로 직접 공자제 선생께 드릴 거거든요! 은자 한 전으로 저의 진심을 살 수 있을 거라 생각하세요? 한 냥이면 몰라도."

가난뱅이 담천은 결국 울상이 되어 찬합을 들고 나섰다. 은자 한 냥, 그리 많은 액수는 들어본 지도 오래된 것 같았다. 부구운은 정말 화근 덩어리였다. 살아서 걸어 다니는 화근 덩어리!

청풍루에 가니 입구부터 줄을 선 사람들이 곧 큰 거리까지 이어질 지경이었다. 대충 내다보니 대부분 담천처럼 찬합이나 바구니를 든 젊은 처자들이었다.

이곳이 다들 이렇게 오고 싶어 하는 곳일 줄이야! 저마다 자신이 싸온 요리를 은근슬쩍 다른 이들 요리와 비교하는 것 같았다. 하지만 요리라 해봤자 다 거기서 거기일 테니, 나중에는 찬합과 바구니의 외형으로 시선이 갔다. 담천은 오래된 나무 찬합을 들고 있어서 적잖은 이들이 무시하는 눈빛을 보냈다.

청풍루는 이 모든 상황을 예상하고 진즉에 대비한 모양이었다. 사내 서너 명이 입구를 막아서고 크게 외쳤다.

"자, 자, 각자 공평하게 몫이 있으니 서두르지 마십시오! 은자 한 전의 등록비가 있습니다. 등록비를 내시면 음식을 다 전달해드립니다. 여기 명부에 음식점 혹은 개인의 이름을 쓰시면 됩니다. 공자제 선생께서 약조하셨습니다. 음식은 모두 꼼꼼하게 맛보실 거라고요. 그중 입맛에 맞는 것이 있다면 큰 상을 내린다 하시니 다들 많이 참여하십시오. 날이면 날마다 오는 기회가 아닙니다!"

등록비까지 받는다니! 담천은 냉큼 몸을 돌렸다. '차라리 내가 먹고 말지! 저렇게 많은 요리를 다 먹으려면 배가

아주 터지시겠구먼!'

하지만 그냥 돌아가면 주인장에게 무슨 말로 변명을 한단 말인가. 담천도 방법이 없었다. 살짝 눈속임하는 수밖에……. 주위를 둘러보던 담천은 아무도 보지 않는 틈에 외진 골목으로 슬쩍 접어들었다. 아직 김이 모락모락 나는 요리를 꺼내놓고 두 손을 모으고 빌었다.

"하늘이 보고 있는데 아까운 음식을 버릴 수는 없지. 너희들이 부구운과는 인연이 없는 것 같으니 내가 다 먹어 치워 주마."

담천은 오리발배추 볶음을 한 젓가락 크게 집어 입안에 넣었다.

절반쯤 먹었을까, 머리 위에서 끼익 소리가 나더니 창문 한짝이 열리는 것 같았다. 거기서 사내 하나가 몸을 반쯤 내밀고 말했다.

"맛있겠군. 배가 고프구나."

고개를 쳐든 담천은 청목 가면과 마주했다. 순간 입안의 음식이 목구멍에 걸려 아래로 내려가지도, 위로 올라오지도 않았다. 숨이 막힐 듯한 고통으로 담벼락을 박박 긁고 있는데 구운이 몸을 날려 창밖으로 뛰어내렸다. 그녀 옆에 웅크리고 앉은 그가 빙긋이 웃으며 물었다.

"너도 요리를 선물하러 온 것이냐? 한데 왜 주지 않고 여기 몰래 앉아서 혼자 먹고 있는 것일까?"

벽을 긁던 담천은 허리를 굽히고 벽에다 어깨를 힘껏 들이박았다. 목구멍에 막힌 음식물을 토해내려는 것이었다.

"흥분하지 말고. 그리 떨 것 없다. 자, 그럼 무슨 요리인지 한번 볼까?"

구운은 찬합 속을 들여다보았다. 옆에서 담천이 몸을 비틀며 괴로워하든 말든 아랑곳하지 않았다.

"오호, 고사리볶음도 있군! 내가 고사리 좋아하는 건 또 어떻게 알고?"

'으윽, 숨막혀 죽을 거 같아요…….' 담천은 세상에서 가장 보고 싶지 않은 사람 앞에서 음식이 목에 걸린 채 흰 거품을 물고 죽어가고 있었다. 그녀가 손가락을 비틀어 돌연 구운의 옷자락을 붙잡았다. 그 순간 구운이 담천을 향해 몸을 기울였다. 손으로 담천의 볼을 감싸고 떨리는 그녀의 입술에 자신의 입술을 갖다 댔다. 그가 가볍게 숨을 한 번 내쉬자 담천은 막혀 있던 목구멍이 시원하게 뚫리는 것을 느꼈다.

그녀는 온몸에 힘이 빠져 바닥에 주저앉은 채 기침을 하기 시작했다.

"이제 먹어도 될까?"

구운의 목소리에 담천은 경계하는 눈빛으로 고개를 돌렸다. 구운이 그녀가 썼던 젓가락을 들고 남은 요리를 먹기 시작했다. 고기가지 볶음을 한 젓가락 집어 정성스럽게 씹어 먹었다. 젓가락에는 조금 전 담천이 먹다 남긴 배추 쪼가리가 붙어 있었고, 밥그릇 주변에 조심성 없이 떨어뜨린 밥알이 여기저기 흩어져 있었다.

'낯선 여인이 먹다 남긴 걸 저렇게 아무렇지 않게 먹을 수 있다니!' 담천은 누구 앞에서처럼 볼을 손으로 꼬집을 필요도 없었다. 얼굴이 절로 붉게 물들었고 눈에 눈물이 차올랐다. 기침 때문인지, 다른 이유 때문인지 담천도 알 수 없었다. 바닥에 주저앉은 채 바보처럼 멍하니 구운을 바라보았다. 그가 밥 한 톨 남기지 않고 말끔히 음식을 먹어치웠다. 그리고 직접 그릇을 챙겨 찬합 안에 넣어주었다. 문득 그의 기다란 손가락이 눈에 들어왔다. 가운뎃손가락에 난 익숙한 연청색 작은 점도 보였다.

담천은 구운이 자신을 알아보지 못했을 거라고는 생각지 않았다. 영민하기로는 귀신 같은 이였다. 어쩌면 진즉에 몰래 숨어서 그녀가 그물망에 걸려들기만을 기다리고 있었는지도.

혹여나 그 그물망에 걸려들면 어떤 상황이 펼쳐질지 담천은 수없이 생각했었다. 단 한 번 휘두른 그의 손에 이끌려 돼지 머리처럼 팅팅 부은 채로 향취산에 끌려갈 거라 생각했다. 머리끄덩이를 잡아당기고, 옷을 찢어발기고, 강제로 추행을 하는 등 자신에게 별 흉한 짓은 다 저지를 거라 생각했다.

한데 구운은 담천을 모르는 척 무심한 태도를 보이고 있었다. 그녀를 사랑한다고 말했던 사내는 그저 허상이었던 것처럼 여겨졌다.

담천이 물었다.

"제가…… 누군지 몰라요?"

그러자 구운이 찬합을 그녀 옆에다 두고 담담하게 되물었다.

"음? 네가 누군데?"

담천은 불편한 마음이 들었다. 귀신이 곡할 노릇이었다. 다시 나지막한 소리로 물었다.

"음식은 맛있었나요?"

가면 뒤에 가려진 공자제의 얼굴에서 입꼬리가 살짝 올라갔다.

"……아주 맛있더군."

또다시 귀신이 곡할 노릇이었다.

"맛있었다면 잊지 말고 자주 와서 드세요. 연연관이라고 성 북쪽 백수강白水巷에 있어요. 멀지 않아요."

그의 입꼬리가 한층 더 올라갔다.

"그래, 내 잊지 않으마."

그날 가게로 돌아온 담천은 몰골이 말이 아니었다. 옷은 먼지투성이였고, 머리는 마구 헝클어졌고, 얼굴에는 불그스름한 홍조가 여전히 남아 있었다. 그리고 두 눈에 마치 복사꽃이 피어난 듯 눈동자가 붉은 빛으로 반짝였다.

곽씨 부인은 비틀비틀 걸어오는 담천의 몰골을 보고 화들짝 놀라며 그녀를 껴안았다.

"천아! 어떤 나쁜 놈이 널 모욕한 게야?"

주인장은 한 술 더 떴다. 야단법석인 곽씨 부인을 문 안으로 힘껏 밀어놓고 가게 문을 단단히 잠갔다. 그리고 조심스럽게 담천의 손을 잡고 물었다.

"무슨 일이야? 혹…… 겁간을 당한 것이냐? 어디…… 다친 데는 없고?"

주인장은 담천이 힘들어할까 봐 자세히 캐묻지도 못했다.

담천은 고개를 내저으며 찬합을 탁자에 내려놓았다.

"아니에요. 그냥 넘어진 것뿐이에요. 음식은 갖다드렸어요. 공자제 선생이…… 앞으로 가게에 자주 오시겠대요."

실내에 정적이 감돌았다. 담천이 헛기침을 하며 말했다.

"정말이에요."

그 순간 지붕이 무너질 듯 날카로운 환호 소리가 울려 퍼졌다. 소란스러움을 뒤로하고 담천은 자기 방으로 들어갔다. 머리가 어지러웠다. 소심한 심장이 말을 듣지 않고 몸 밖으로 튀어나올 것 같았다. 정말로 튀어나올까 봐 이불로 가슴을 꽁꽁 눌렀다.

방금 전 일이 떠올랐다. 연연관에 오라는 말에 구운이 너무 쉽게 응한 바람에 그 순간 담천은 머리가 하얘질 정도로 헛기침을 했다. 그러다 간신히 물어보았다.

"정…… 정말 맛있으세요? 다른 이유 때문에 오신다는 건 아니고요?"

공자제가 거침없이 대꾸했다.

"너는 어떤 이유이길 바라는데?"

담천은 자신의 혀를 원망했다. 자신을 알아본 것인지 확실히 묻지도 못한 건 둘째 치고라도, 괜한 걸 물어서 어수룩한 자신만 드러내 보이고 말았다. 구운만 만나면 왜 이렇게 바보가 되고 지레 겁을 먹는 걸까? '날 혼내고 나무랄까 봐 겁이 나서 그런 거야.'

담천이 대답하기도 전에 구운이 다시 말했다.

"정말 맛이 좋았어. 내가 연모하는 어떤 여인의 맛이 느껴졌다고나 할까?"

담천의 몸이 움찔했다. 향취산에 있을 때 하루는 무료하여 계란찜을 만들어 먹고 있었다. 그런데 그날따라 일찍 돌아온 구운이 그녀가 먹고 있는 계란찜을 보고는 남은 것을 혼자 다 먹어치우는 것이었다. 그때는 자신이 먹던 걸 아무렇지 않게 먹는 구운에 대해 별생각이 없었더랬다. 한데 이제 와 떠올려보니 왠지 온몸이 움찔하며 묘한 느낌이 들었다.

'참! 아까 내가 목이 막혔을 때 그 사람이 나한테 대고 뭘 한 것 같았는데?' 담천은 무의식적으로 입술에 손을 갖다 댔다. 하지만 어떤 일이 있었던 것인지 확신할 수가 없었다.

'아우, 몰라, 몰라!' 구운을 만난 뒤로 잘 되어가던 일들이 엉망진창이 되어버렸다. 담천은 몸을 뒤척이며 이불을 머리끝까지 올렸다. 그가 입에 올린 '연모하는 어떤 여인'이라는 말이 자꾸만 머릿속을 어지럽혔다.

어느덧 잠이 든 담천은 꿈에서 구운의 처연한 눈동자를 보았다. 그 눈으로 가만히 그녀를 바라보고 있었다. 긴긴 상전벽해桑田碧海의 꿈을 들여다보고 있는 듯한 눈빛이었다.

15장

애틋하고 모호한 감정

담천이 공자제를 만나고 온 지 사흘 뒤였다. 장사를 마친 연연장 주인이 문을 닫고 막 돌아서는데 청목 가면의 사내가 눈 앞에 서 있었다. 주인장은 너무 놀라 그 자리에서 혼절해버렸다. 곽씨 부인이 얼른 달려와 주인장을 일으키려 했으나, 공자제가 이미 선수를 친 뒤였다. 그가 주인장의 허리를 그러안더니 포동포동 살이 오른 그녀를 단숨에 들어올리는 게 아닌가. 전혀 힘에 부치지 않은 얼굴로 소녀처럼 발그레해진 곽씨 부인을 가만히 내려다봤다.

"어디에 눕히면 좋겠소?"

곽씨 부인이 급기야 코피까지 흘렸다.

잠시 후 담천이 당황한 점원들에게 이끌려 나왔다. 머리를 감다 말고 나온지라 물이 뚝뚝 떨어지는 머리카락을 손으로 틀어 올린 채 대청으로 고개를 내밀었다. 주인장과 곽씨 부인이 녹초가 되어 쓰러져 있고, 청목 가면을 쓴 공자제가 여유롭게 차를 마시고 있었다. 한쪽 다리를 올려 앉은 자세가 그렇게 우쭐해 보일 수 없었다.

"공자제 선생님 오셨습니까."

담천이 능청스럽게 다가가 허리를 굽혔다. 머리에서 물 두 방울이 떨어져 구운의 손등을 적셨다. 그가 움찔하더니 말없이 자신의 손등을 내려다봤다.

옆에서 손수건 하나가 건네졌다. 울상을 한 주인장의 목소리가 들렸다.

"선생님, 애가 원래 좀 덤벙거리는 아이라…… 여, 여기 손수건으로 닦으시지요……."

구운은 손등을 코끝에 살짝 대보더니 입꼬리를 올리고 말했다.

"향이 좋구나. 치자나무 향유를 섞은 게지?"

'또, 또! 저 꼬리치는 것 좀 봐! 좀 점잖은 수법은 쓸 줄 모르나?'

담천은 속으로 헛기침을 한 뒤 말을 돌려 물었다.

"식사는 하셨는지요? 괜찮으시다면 지금 가서 간단하게 차려 오겠습니다."

"그것도 좋지. 그럼 일단 밥부터 먹고 본론은 그다음에 얘기하지."

'본론? 무슨 얘기를 하자는 거야? 설마 지난번처럼 병

주고 약 주고 하면서 향취산으로 끌고 가려는 건 아닐까?' 대체 무슨 꿍꿍이인지 종잡을 수 없었다. 그런 담천의 발 옆에서 맹호가 불안한 듯 으르렁거렸다. 그날 객잔에서 구운에게 호되게 한 대 맞았던 것을 기억하는 모양이었다. 마치 원수를 맞닥뜨린 듯한 얼굴이었다.

"나오지 말고 숨어 있어. 흥분하지 말고!"

담천은 맹호를 발로 가볍게 차고 주방으로 향했다. 고사리를 좋아한다던 구운의 말이 생각나 고사리를 포함한 볶음 요리 세 가지와 탕 하나를 준비했다. 상을 차려 대청으로 나왔더니 주인장과 곽씨 부인이 구운 곁에 앉아서 웃음꽃을 피우고 있었다. 고사리가 듬뿍 담긴 접시를 본 구운이 과연 미소를 지었다.

"마음을 담았군. 고맙구나."

담천은 괜히 큼큼거리며 아무 소리도 듣지 못한 체했다. 귓불이 살짝 뜨거웠으나 다행히 가짜 얼굴로 가려져 있어 붉어진 모습은 겉으로 드러나지 않았다.

어느새 쥐죽은듯 고요해졌다. 밥을 먹는 구운을 모두가 숨죽인 채 지켜보았다. 기괴하기 짝이 없는 분위기였다. 구운은 사람들의 시선을 한몸에 받으며 태연하게 밥을 먹었다. 느긋하게 먹는 것 같더니 그릇들이 금세 바닥을 보였다.

주인장은 더없이 사근사근한 음성으로 물었다.

"조금 더 드릴까요, 선생님?"

구운이 젓가락을 가지런히 내려놓으며 고개를 저었다.

"아니오, 배불리 잘 먹었소."

구운이 투명하고 정교한 모양의 금꽃 하나를 품에서 꺼냈다. 또다시 정적이 흘렀다. 모든 이의 시선이 금꽃으로 쏠렸다. 희미한 불빛 아래서 손바닥 크기만 한 금꽃이 눈이 부시게 빛났다. 얇고 가는 금색 꽃잎 위로 이슬 방울이 굴러가는 듯했다. 값비싼 황금인 것은 둘째 치고라도 정교한 조각이야말로 결코 흔한 솜씨가 아니었다. 구운이 여유로운 얼굴로 입을 열었다.

"내 이 어린 주방 찬모가 마음에 드오. 아쉽겠으나 혹 내게 양보할 의향이 있는지 모르겠소. 이걸로나마 성의를 표하고 싶소."

순간 담천이 벌떡 일어나는 바람에 의자가 튕겨나갔다. 주인장도 얼떨떨하여 더듬더듬 대답했다.

"어, 저, 저희야 괜찮은데, 천이 얘가……."

곽씨 부인이 재빨리 끼어들었다.

"그럼요! 공자제 선생 눈에 들었다니 천이가 얼마나 복이 많은지! 한데 천이 얘가 이미 마음에 둔 도령이 있다지 뭡니까. 그 뭐라더라, 두두 오리버니라던가, 화화花花 오라버니라던가. 그 왜 그림을 그린다던……."

"컥컥!"

담천이 큰 소리로 기침하며 곽씨의 말을 끊었다.

구운이 어리둥절한 표정으로 담천을 보며 물었다.

"두두 오라버니? 오, 수련은 그만두고 이젠 그림으로 전향한 건가?"

담천의 입가에 잠시 경련이 일더니 억지 미소가 떠올랐다.

"그러니까요, 수련은 앞날이 어둡다며 또 업을 바꿨다네요?"

"그랬군. 그럼 그 두두 오라버니 좀 만나게 천이가 나를 데려다주면 되겠구나. 그림을 그린다니 궁금하구나. 간 김에 내가 조언도 좀 해주고 말이야."

담천은 혀를 조각조각 깨물고 싶은 심정이었다. 도끼로 제 발등 찍는다는 말을 체득하는 순간이었다.

"그…… 그 사람…… 지금 엄청 먼 곳에 있어요."

"먼길 가는 걸 내가 또 즐겨하지."

구운이 씨익 웃으며 몸을 일으키더니 담천의 어깨를 당기며 금꽃을 뒤쪽으로 훌쩍 던졌다. 주인장이 급히 손을 뻗어 금꽃을 받아냈다.

"주인장, 이 찬모는 내가 데려가겠소. 지금껏 돌봐줘서 참으로 고맙소."

금꽃을 손에 쥔 주인장의 얼굴에 주름꽃이 활짝 피어 있었다. 주인장이 싱글싱글 고개를 끄덕인 뒤 금꽃만 뚫어져라 쳐다보는 데 반해 담천의 얼굴은 꽈배기 꽃이 핀 듯 마구 뒤틀려 있었다. 아무리 뿌리쳐보아도 구운의 손은 꿈쩍도 하지 않았다.

"주인 아주머니! 곽씨 아주머니! 저, 저는 가고 싶지……."

악에 받쳐 소리쳤지만 이내 구운의 팔이 그녀의 몸을 휘감았다. 금꽃에 정신이 팔린 주인장이 문득 고개를 들었을 때 두 사람은 이미 가게를 벗어난 뒤였다.

"잠깐만, 방금 천이가 가고 싶지 않다고 하지 않았나?"

그러자 곽씨 부인이 연거푸 고개를 내저었다.

"아니야, 좋아서 눈물이 그렁그렁하던데, 뭐."

"공자제 선생이 천이를 그리 마음에 들어 하실 줄은 꿈에도 몰랐네. 과연 눈이 삐었든지, 뭐가 씌었든지, 문제가 있는 게 분명해……."

구운은 정말 뭔가에 씌었었다. 한데 그 씐 것에 매우 만족한 듯했다. 기분이 안 좋은 건 담천이었다. 뿌리치고, 물고, 뜯고, 당겨도 그의 손은 강철처럼 그녀의 어깨를 감싼 채 꿈쩍도 하지 않았다.

"구운! 이 손 놓으라고요!"

담천이 소리치자 구운은 억울하다는 듯 고개를 기울였다.

"누굴 부른 게냐? 구운이 누구지? 내 이름은 공자제니라."

"아무것도 모르는 척하지 마요! 당신이⋯⋯."

그때 구운이 품에서 다섯 치한 치는 약 3.3센티미터 정도의 시커먼 무언가를 꺼냈다. 구운의 손에 가늘고 긴 꼬리가 잡힌 그것이 몸을 바둥거렸다. 두 사람 뒤에서 줄곧 쭈뼛쭈뼛 따라오고 있던 맹호가 그놈을 보고 두 눈을 번뜩였다.

"착하지, 우리 예쁜 녀석. 요놈 줄 테니까 맛있게 먹어."

구운이 손에 든 작은 요괴를 흔들며 맹호에게 말했다. 물속에서 사는 이런 요괴는 맹호 같은 영수들에게 그 무엇보다 탐나는 요깃거리였다. 하지만 맹호는 우물쭈물했다. 지난번 이자에게 제대로 한 방 먹었던 경험 때문이었다.

담천은 그런 맹호가 대견스러웠다.

"역시 우리 맹호! 나쁜 사람이 주는 건 절대 받아먹으면 안 돼!"

구운은 당황하지 않고 시끄럽게 몸을 비트는 요괴들을 좀 더 꺼냈다.

"맛보고 싶지 않아? 여기 엄청 많아서 배불리 먹을 수 있는데?"

맹호가 두 눈을 껌뻑이며 침을 질질 흘렸다. 그러다 두 귀를 뒤로 내리깔고 슬그머니 걸음을 내디디며 입을 벌렸다. 구운이 요괴 십수 마리를 맹호의 입속에 던져주었다. 배불리 먹은 맹호는 금세 적개심을 풀고 아예 구운 앞에 발라당 드러누워 그가 쓰다듬어주기를 기다렸다.

구운이 맹호의 부드러운 뱃가죽을 어루만졌다. 그리고 웃는 듯 마는 듯한 표정으로 담천을 흘끗한 뒤 맹호에게 말했다.

"정말 나쁜 주인이다, 그지? 이렇게 맛있는 걸 지금껏 한 번도 먹여주지 않다니! 앞으로 저런 주인은 상대도 하지 마라."

'비겁하고 뻔뻔해!' 담천은 자신의 영수가 고작 먹는 거에 넘어가서 주인을 배신했다는 사실에 할 말을 잃었다. 게다가 녀석은 구운에게 잘 보이려고 그 주위를 맴돌기까지 했다. 새 주인의 얼굴을 부드럽게 핥아주지 못해 아쉽다는 듯이.

구운이 맹호의 머리를 쓰다듬으며 뼈 있는 말을 했다.

"찬모, 이리 좋은 영수를…… 키울 능력이 안 돼서 그런가? 아니면 키우고 싶지 않은 게야? 대체 얼마나 못 먹였으면 이렇게 게걸스럽게 먹을까?"

담천은 그 말에 상대도 하고 싶지 않았다. 모든 걸 내려놓은 채 그저 구운이 끌고 가는 대로 목석처럼 따를 뿐이었다.

"네 그 두두 오라버니가 어디 있다고 했지? 불러서 나좀 보여주지 그래, 응?"

담천은 순간 울음을 터뜨릴 뻔했다. 쥐구멍이라도 찾아

들어가고 싶었다.

구운은 청풍루로 향하지 않았다. 다른 기루로 가는 것
도 아니었다. 날이 밝을 무렵 봉면산 자락에 겨우 도착했
다. 그곳 작은 마을에 죽림이 있었고, 죽림 뒤편에 있는 기
와집이 구운이 머물던 곳이었다. 밤새 어거지로 걸어온 담
천은 피곤해서 화낼 기운도 없었다. 기와집으로 들어선
그녀는 방문이 열리자마자 눈앞에 보이는 침상에 드러누
워버렸다.

앞으로의 일은 일단 생각지 않기로 했다. 구운의 손에
향취산으로 끌려가든, 혼등을 빼앗기든, 어떻게 대처할지
는 일단 자고 나서 고민하기로 했다.

하지만 구운은 그녀가 편해지는 꼴을 가만히 두고 볼
사람이 아니었다. 그가 담천의 이불을 확 젖혔다.

"어찌 그냥 자려는 것이야? 어서 일어나 밥을 차려야지.
배가 고프구나."

담천은 이불 끝을 붙잡고 투덜거렸다.

"구운, 정말 양심도 없지, 제발 잠 좀 자게……."

"내 공자제 선생이라 그리 말했건만 대체 구운이 누구
인 게야? 너는 찬모가 아니더냐! 내가 널 잠이나 자라고
데려온 줄 아느냐?"

구운이 작은 종이를 돌돌 말아 담천의 콧구멍에 넣으려

했다.

담천은 이가 갈릴 정도로 화가 났다. '끝까지 모른 척한다 이거지? 그래, 누가 이기나 두고 보자고!'

담천은 문을 벌컥 열어젖히고 군말 없이 주방으로 향했다. 밀가루 반죽에 소금을 한 움큼 집어넣고 초_{醋, 쌀과 수수 등을 원료로 만든 식초로 주로 검은색을 띤다}를 반병이나 들이부었다. 얼마 후 찜통에서 새까맣게 번들거리는 찐빵 네 개가 나왔다.

"선생님, 아침 챙겨왔습니다."

문이 열리더니 구운이 머리를 풀어헤친 채 서 있었다. 어느새 가면도 벗어 맨얼굴을 드러내고 있었다. 눈 밑의 매혹적인 눈물점을 본 담천은 저도 모르게 손이 떨려 찐빵을 떨어뜨릴 뻔했다.

시종 빙긋이 웃고 있던 구운이 웬일인지 무거운 얼굴로 말했다.

"한쪽에 놓아두어라."

그가 탁자 앞에 앉아 족제비털 붓에 먹을 묻히고 옥판선지_{玉版宣紙, 선지 중 최고급품으로 결이 곱고 광택이 있다} 위에 뭔가를 그리기 시작했다.

담천은 쟁반을 갖다놓으며 호기심에 슬쩍 건너다보았다. 그가 그림 그리는 모습을 직접 보기는 처음이었다. 과거 공자제의 그림 때문에 그와 교류하고 싶었고, 그래서 몇 번이나 출궁을 감행했었다. 그리고 세월을 건너 오늘 갑자기 그 기회가 온 것이다.

그는 여인의 눈썹을 그리고 있었다.

눈썹을 살짝 찡그린 모습이 뭔가를 참는 것도 같고, 아파하는 것도 같고, 어지러워하는 것도 같았다. 옷을 반쯤 벗고 있었으며, 얼굴은 기쁜 듯 놀란 듯, 혹은 어쩔 줄 몰라 하는 듯한 표정이었다. 놀랍게도 그는 춘화를 그리고 있었다.

'백주대낮에 고작 그린다는 것이 춘화라니!'

담천은 귓불이 붉어졌다. 소심한 심장이 터질 것처럼 뛰기 시작했다. 문을 박차고 도망이라도 치고 싶었으나, 두 발이 바닥에 못박힌 듯 꿈쩍도 하지 않았다.

춘화가 아니라 자연 풍경을 그리는 것처럼 구운은 무덤덤했다. 몹시 차가운 목소리로 그가 물었다.

"어여쁜가?"

그림 속 여인은 곱고 야릇한 얼굴에 살짝 곁눈질하는 눈빛이었다. 꽤 낯이 익었는데 고도에서 가장 큰 기루에서 보았던 이름난 명기와 닮아 보였다. 한번은 기루들이 거문고, 바둑, 서화 같은 풍류 대회를 연다는 말에 연연장 식구들과 구경간 적이 있었다. 그때 그 명기가 담천의 기억에 인상 깊게 남아 있었다. 그날 〈동풍도화〉를 추었기 때문이다.

담천은 대답할 말을 찾지 못해 입이 바짝바짝 말랐다.

놀랍게도 약간의 질투심마저 들었다. 그런 자신을 깨달은 순간 졸음이 순식간에 달아났다. 이런 상황이라면 응당 이 저급하고 뻔뻔한 자에게 욕을 한 바가지 퍼부어야 하는 게 아닐까? 그게 아니면 수줍고 교태 있게 '선생님, 나빠요……'라고 하든지, 두 손으로 얼굴을 가리고 뛰쳐나가기라도 하든지. 그러나 담천은 우물쭈물하기만 했다. 그러다 무슨 영문인지 이런 물음이 흘러나왔다.

"……누구예요?"

"누군지 모르겠어?"

웃음기 어린 그의 대꾸에 담천은 심장이 터질 것 같았다. 민망함을 감추고 문밖으로 줄행랑을 치려는데 구운이 붓을 내려놓고 찐빵을 집어 들었다. 코에 대고 냄새를 맡은 그가 태연한 얼굴로 말했다.

"냄새가 좀 이상한데? 시큼한 식초 냄새야."

담천은 당황했다. 이자가 개코라는 걸 어쩌자고 까맣게 잊고 있었던 건지! 하긴 그리 많은 식초를 들이부었는데 눈치채지 못하는 게 더 이상했다.

구운이 찐빵을 내려놓고 싱긋이 웃더니 고개를 살짝 기울였다. 그의 시선이 담천의 몸에 머물렀다. 그제야 담천은 구운의 상의가 꽤 많이 벌어져 있다는 걸 알았다. 긴 머리카락이 어깨를 덮었고, 쇄골이 반쯤 드러나 있었다. 매끈한 가슴 위로 올라온 근육이 촛불 아래서 기어이 야릇한 빛을 발했다. 담천은 눈동자를 이리저리 굴리다가 구운의 머리카락을 보았다. 그리고 다시 그의 발끝을 보았고, 또 잠시 창가를 내다보았다. 절대 그의 눈만은 쳐다보지 않았다. 당장 어디론가 도망치고만 싶었다.

"찬모."

구운이 오래된 술처럼 짙고 나직한 목소리로 그녀를 불렀다.

"연모하는 여인을 향한 내 마음은 일편단심이고, 죽어서도 변치 않을 마음이지. 그러니…… 다음 음식부터 내 여인의 맛은 뺐으면 좋겠네."

질푸른 하늘에서 석양빛이 사라지고 금세 날이 어두워졌다. 종일토록 잠을 청한 어린 찬모도 일어나야 할 때가 되었다. 구운은 흩어진 선지를 정리한 뒤 창문 너머로 보이는 바깥채 창을 내다보았다. 등불이 밝혀진 방 창문에 그녀의 그림자가 아스라이 드리워졌다. 유난히 나른해 보이는 자태였다.

구운이 건너가 창문을 열려는 순간 돌연 안쪽에서 먼저 확 열렸다. 담천이 창턱에 팔을 올리고 고개를 쳐들고 있었다. 우스꽝스러운 가짜 얼굴은 어느새 사라지고, 그 안에 감추어져 있던 진줏빛 얼굴을 드러내고 있었다. 잠기운이 덕지덕지한 그녀가 어리광 부리듯 말했다.

"배고픈데 꼼짝도 하기 싫어요. 공자제 선생님은 뭐든 능하시니 가서 먹을 것 좀 만들어보는 게 어때요?"

이제 구운이 뭐라 하든 나몰라라 하려는 모양이었다.

담천은 한숨 자고 났더니 이제 좀 살 것 같았고, 불안하던 마음도 말끔히 씻긴 터였다.

구운이 담천을 위아래로 살폈다. 몇 달 사이 많이 변했다. 바람 불면 쓰러질 것 같던 가냘픔은 온데간데없고 전체적으로 굴곡지게 살이 올랐다. 귀엽고 사랑스러운 이미지 대신 흐드러지게 핀 꽃처럼 요염한 분위기였다. 구운이 상냥한 목소리로 대답했다.

"그것도 좋지. 무슨 음식을 좋아하지?"

담천은 마치 보물 세듯 손가락을 하나하나 꼽았다.

"고기면 홍소육紅燒肉, 고기완자, 갈비탕…… 고기만 들어가면 다 좋아요. 저는 가리는 거 없어요."

"어쩐지 살이 심하게 쪘더라니. 몇 달 사이 돼지를 대체 몇 마리나 먹어치운 거야?"

담천의 입가에 경련이 일더니 이내 억지웃음이 떠올랐다.

"그쪽은 여전하네요. 살이 찌지도 빠지지도 않고, 여전히 훤칠한 풍채로 만인의 사랑을 받고 계시니까요."

그때 머리 위에서 음매음매 하고 늙은 소의 울음소리가 들렸다. 줄곧 그늘진 구석에서 자고 있던 맹호가 벌떡 일어났다. 녀석이 위풍당당하게 구운 곁으로 다가오더니 하늘에서 내려오는 우차牛車를 향해 이를 드러내고 으르렁거렸다. 아부 떠는 솜씨가 어찌나 대단한지 담천의 낯이 다 뜨거울 지경이었다. 녀석이 주인을 바꾼 것이 분명했다.

구운이 우차로 향하자 담천이 맹호의 머리를 쓰다듬으며 말했다.

"우리 맹호 착하지? 저 인간 따라봤자 소용없어. 절대 좋은 놈이 아니거든."

맹호는 담천을 거들떠보지도 않고 코를 벌름거리며 발톱으로 바닥을 긁어댔다. 삐뚤삐뚤하지만 '肉고기 육' 자를 쓴 것이 분명했다. 구운을 따르면 고기를 먹을 수 있다는 뜻이었다. 빈털터리인 담천은 눈물을 머금고, 구운 뒤에서 알랑거리는 자신의 영수를 보고 있는 수밖에 없었다.

우차에는 별다른 기호 같은 것이 없었다. 다만 홀로 우차를 끄는 늙은 소의 목에 나무판 하나가 달려 있었다. 나무 판자에 이런 글이 적혀 있었다.

'부구운, 어서 와서 이 어르신께 술 한잔 올리지 않고 뭐해!'

그 글을 확인한 구운이 빙긋 웃으며 소매춤에서 술병 하나를 꺼냈다. 소에게 반병쯤 먹였더니 소가 만족스러운 듯 머리를 흔들었다. 동시에 네 발굽 아래서 시뻘건 불꽃이 일었다.

"어서 챙겨라. 같이 어디 좀 가자."

구운이 소 목에 달린 나무판을 툭 치고는 담천을 향해 눈을 찡긋했다.

우차에 올라타자 곧장 높이 솟아올라 남쪽으로 날기 시작했다. 그제야 담천은 예전 향취산에 있을 때도 구운이 종종 우차를 타고 출타했었다는 걸 떠올렸다. 달이 환히 떠오르면 하늘에서 우차가 내려와 구운을 모셔갔고, 구운은 다음 날 동이 터서야 술내를 풍기며 돌아왔다.

"예전에 선생께 자주 술을 청했던 그 벗인가요?"

담천이 물었다.

구운은 창문 가림막 끝자락을 들어 뭇별이 박힌 밤하늘을 바라보며 옅은 미소를 지었다.

"미산군眉山君이 엄청난 술고랜데 그와 우열을 가리지 못한 지가 오래됐구나. 그에게 뭘 부탁할 땐 그 어떤 금은보화나 미인을 바쳐도 소용없어. 그저 주량으로 이기면 뭐든 들어주지."

바람을 타고 나는 우차의 위세를 보니 미산군도 필시 신선일 터였다. '신선이 원래 속세의 일에도 간여하던가? 미산군이 무슨 부탁을 들어준다는 거지? 범인이 손 모아 빌면 산에서 내려와 악귀를 몰아내고 복이라도 빌어준다는 걸까?'

반 시진쯤 날아갔을까, 우차가 서서히 아래로 내려가

붉고 흰 꽃이 만발한 나무 다리 앞에 멈춰 섰다. 다리 뒤로 저택의 뜰이 넓게 펼쳐져 있었다. 황토색 나무문이 굳게 닫혀 있었는데, 문 앞에 자정향紫丁香, 라일락이 가득해 비단을 뭉게뭉게 펼쳐놓은 듯 사방이 향기로웠다. 뜨거운 여름밤인데도 청량한 기운을 뿜어내고 있어 문 안과 밖이 전혀 다른 세상이었다.

구운이 담천의 어깨를 끌어안고 문으로 다가갔다. 문고리에 걸린 작은 나무 막대를 빼 들고 옆에 놓인 가죽 북을 세 번 쳤다. 잠시 후 나무문이 열리고 쌍둥이처럼 생긴 남녀 아이 한 쌍이 걸어 나왔다. 두 아이는 붉은 치마와 흰 상의로 옷차림도 똑같았다. 밝고 사랑스러운 아이들이었다.

두 아이가 구운을 향해 정갈한 예를 갖추며 말했다.

"구운 대인, 주인님께서 오래 기다리셨습니다. 들어오시지요."

문 안쪽으로 꽃이 가득한 오솔길이 나 있었다. 얼마쯤 걸어가니 길이 두 갈래로 갈라졌고, 여자아이가 담천을 왼쪽 길로 안내하며 말했다.

"저를 따라오셔서 목욕하고 옷을 갈아입으시면 됩니다."

"……목욕하고 옷도 갈아입으라고?"

담천이 놀라서 묻자 아이가 대답했다.

"저희 주인님의 손님 접대 규율이 그렇습니다. 인간 세상의 제왕이라 해도 이 미산거眉山居에 오시는 분은 예외 없이 따르셔야 합니다."

'미산군이라는 자가 대체 얼마나 대단한 인물이길래…….'

왼쪽 길로 들어서 길 끝에 이르니 정원이 또 하나 보였다. 천연 온천수가 뿜어져 나와 뽀얀 유백색 빛깔로 가득했다. 열기가 피어오르고 약제 냄새가 그윽했다.

담천은 기꺼이 오랫동안 목욕을 하고 나왔다. 아이가 부드러운 흰색 적삼과 새 나막신을 가져다주었다. 옷을 갈아입고 나니 몸과 마음이 상쾌해졌다. 아이를 따라 꽃향기 나는 길을 돌아갔다. 흰 적삼 사이로 부드러운 밤바람을 맞으니 마치 바람 위를 걷는 듯했다.

구운이 자정향 나무 아래서 기다리고 있었다. 하나로 모은 머리카락이 어깨 한쪽으로 길게 내려뜨려졌고, 헐렁한 흰 적삼이 구름처럼 그의 몸을 감싸고 있었다. 사내아이와 농담을 주고받던 구운이 담천이 오는 것을 보고는 말을 멈췄다. 그녀를 바라보는 표정이 유난히 부드럽고 애틋해 보였다.

보석같이 아름다운 두 눈의 시선을 한몸에 받는 게 늘상 있는 일이 아니었기에 담천은 귀까지 발갛게 달아올랐다. 최근 얼굴 피부가 너무 얇아진 것 같았다. 걸핏하면 충혈되어 붉어지니 여간 난감한 게 아니었다.

그녀의 어깨로 따스함이 전해졌다. 구운이 팔을 둘러 감싸 안은 것이다. 동작이 너무나 자연스럽고 친숙해서 마땅히 이렇게 가까워야 하는 것처럼 느껴졌다. 담천은 그에게 한번은 일깨워줘야겠다고 생각하면서도, 그가 자신을 정말 낯선 사람처럼 대하고 떠나버릴까 봐 두렵기도 했다. 두 가지 모순된 감정 때문에 혼란스러웠다.

달아오른 그녀의 귓바퀴로 구운의 입술이 다가왔다. 뜨거운 입김이 흩뿌려지자 담천은 숨이 멎는 것 같았다. 그의 부드러운 목소리가 귓속을 간질였다.

"오늘은 허리끈 풀고 마음껏 마시도록 하자꾸나. 마시고 싶은 만큼 마셔라. 어쨌든 내가 있으니 흠뻑 취해도 괜찮다."

담천은 그를 흘겨보았다. '당신이 있어서 허리끈 풀고 마음껏 마시기가 꺼려진다'고 말하고 싶었다. 의외로 그의 얼굴에 희롱의 기색은 보이지 않았다. 어리둥절해하는 담천에게 그가 왼쪽 눈을 찡긋했다.

"아무튼 내 말대로 해. 알았지?"

미산군은 정원 깊숙한 곳, 자그마한 전당에서 기다리고 있었다. 전당에는 늑대꼬리풀로 짠 깔개 위에 작은 단향목 탁자들이 늘어서 있고, 흰 적삼 차림의 사람들이 어지러이 드러누워 있었다. 늙은이와 젊은이, 사내와 여인이 모두 있었고, 심지어 요괴도 있었다.

농밀한 술기운이 따뜻한 바람에 실려 얼굴을 덮쳤다. 다들 술에 취해 쓰러져 있는 것 같았다. 하지만 아무도 상관하는 이가 없었다. 그곳에 오직 한 사람만이 움직이고 있었다. 그는 엄청나게 큰 술단지에서 주전자에 술을 퍼 나르고 있었다. 말도 못하게 마른 체형의 젊은 사내였다. 마치 뼈다귀에 옷을 걸쳐놓은 듯했고, 짙은 홍조를 띤 양 볼이 병자처럼 보였다. 발소리가 들리자 그가 고개를 돌렸는데 의외로 눈빛은 맑고 예리해 보였다. 사람 마음을 꿰뚫어 보는 것 같아 담천은 자신을 훑어보는 그의 시선에 그만 걸음을 멈추고 말았다.

미산군은 구운을 보자 바로 술단지를 들어 던졌고, 구운은 재빨리 받아 단지의 술 절반을 단숨에 들이켰다. 미산군은 그제야 미소를 띠고 옆에 있는 방석을 치며 말했다.

"드디어 왔군. 어서 앉게. 술이나 마시자고. 낭자도 이리 오시오."

구운은 담천의 어깨를 감싸 안고 미산군 곁으로 가서 앉았다.

"이쪽은 담천……."

구운이 입을 열기 무섭게 미산군이 바로 말했다.

"자! 대연국의 제희, 내 그대에게 한 잔 올리겠네."

그가 올린다는 술은 한 잔이 아니라 한 주전자였다. 담천은 그가 이끄는 대로 술주전자를 받아 들었다. 그는 손목에 오색 유리구슬 팔찌를 차고 있었다. 세상을 뜬 노스승도 팔에 똑같은 것을 차고 있었다. 담천이 알겠다는 듯 미소를 띠며 말했다.

"저희는 같은 문하생인가 봅니다. 이 술은 제가 사숙께 올려야 마땅한 잔인 듯합니다."

그녀는 이내 고개를 젖히고 단숨에 술을 들이켰다. 마신 주전자를 뒤집어 보이자 술은 한 방울도 떨어지지 않았다.

미산군이 웃으며 말했다.

"역시 안목이 좋으시네. 그때 대사형大師兄이 스승님을 떠나 은혜를 갚기 위해 대연국 황족들에게 백지통령술을 가르치셨지. 그리고 눈 깜빡할 새에 백 년이 지나버렸어. 대사형은 반선半仙, 절반의 신선이었으니 지금은 응당 돌아가셨겠지?"

"네, 서방 경국瓊國에 위치한 만란산挽瀾山 아래에 묻히셨습니다. 뒷일은 제가 돌봐드렸습니다."

미산군은 덤덤하게 다시 술주전자를 들어 담천에게 건넸다. 자신도 하나 집어 들고는 담천의 주전자에 자신의 주전자를 부딪쳤다.

"이 술은 내가 제희에게 올리는 것이오. 사형의 뒷일을 봐주어서 참으로 고맙소."

담천이 아무리 밑 빠진 술독이라지만 미산군이 매번 주전자째로 술을 권하니 그녀도 여간 버티기 힘든 것이 아니었다. 게다가 술도 평범한 독주가 아니었다. 분명 세 가지 이상의 술이 한데 섞인 것이었다. 하물며 담천은 하루 종일 잠만 자느라 쌀 한 톨도 먹지 못한 상태였다. 공복에 벌써 수십 주전자를 들이부으니 머리가 어질거렸다.

다행히 미산군보다는 나았다. 서른 주전자쯤 되었을까, 미산군이 눈에 띄게 손을 떨기 시작했다. 술을 따르는 족족 반 이상을 흘렸다. 그가 긴 탄식 소리를 내며 말했다.

"과연 대단한 취중 여장부야. 오늘 종일 마셨더니 더 이상은 안 되겠네. 두 사람 내일 나랑 다시 붙자고."

미산군이 소매춤에서 백지 한 장을 꺼냈다. 바닥에 던지자 순식간에 붉은 치마와 흰 적삼 차림의 남녀 아이 십수 명으로 둔갑했다. 대문에서 두 사람을 맞이했던 아이들과 똑같이 생긴 그 아이들에게 미산군이 명했다.

"아무짝에도 쓸모없는 저 술꾼들을 죄다 밖에 내다 버려라. 대문을 잠그고 앞으로 다시는 손님으로 받지 말거라."

미산군의 백지통령술은 대연국 황실의 것보다 훨씬 뛰어난 수준이었다. 담천은 지금도 잘해봐야 영수를 불러내는 정도였고, 사람 모습의 영물로 둔갑시키는 건 할 줄 몰랐다. 미산군이 비틀거리며 몸을 일으키더니 두꺼운 서신 한 통을 구운의 품에 던져주었다.

"오늘은 내가 졌으니 국사의 내력에 대해서는 일단 반만 넘겨주지. 내일 다시 이기면 나머지 반을 줌세."

그러고는 짙은 술 냄새만 남긴 채 어디론가 번쩍하고 사라졌다.

담천은 머리가 웅웅거릴 정도로 취한 상태였지만, '국사'라는 말이 나온 순간 벼락이라도 맞은 듯 정신이 번쩍 들었다. 의문스러운 눈빛으로 구운을 보았으나 그는 아무 해명도 없이 서신을 품에 넣었다. 담천을 향해 눈을 찡긋하며 이렇게 말할 뿐이었다.

"아주 훌륭해! 내일 한 번 더 분발해보자고."

담천은 잠시 침묵하다 불쑥 물었다.

"국사? 천원국 국사?"

"자, 우리 천이 너무 많은 건 묻지 말고."

담천은 더 이상 캐묻지 않기로 했다. 술상을 짚고 일어나려는데 다리에 힘이 실리지 않아 풀썩 주저앉고 말았다. 구운이 그녀를 일으켜 세우고 함께 회랑을 지나 뜰을 나왔다.

담천이 푹신한 침상에 눕자 대나무거나 소나무 향인 듯 맑은 향을 품은 이불이 그녀의 몸에 덮였다. 담천은 그대로 잠이 들었다.

얼마나 잤을까, 문득 잠이 깨 눈을 뜨니 방안이 손가락도 보이지 않을 만큼 어두웠다. 옆에 한 사내가 누워 있었고, 그의 팔이 그녀의 어깨를 받치고 있었다. 그의 몸에서 익숙한 향기와 술 냄새가 났다. 부구운이었다. 몸을 살짝 움직여보았으나 그는 아무 반응이 없었다. 콧숨이 규칙적으로 들고 나는 걸 보니 분명 잠들어 있었다. 담천은 두어 번 기침 소리를 내고 조용히 그를 불러보았다.

"구운, 구운?"

그는 잠투정처럼 앓는 소리를 내며 담천을 끌어안았다. 담천이 이불이라도 되는 양 그녀에게 몸을 두어 번 비비적거리더니 곧 다시 잠잠해졌다.

담천의 가슴이 두방망이질했다. 조심스럽게 손을 움직여 구운의 옷 속을 파고들었다. 서신을 찾으려는 것이었다. 더듬고 더듬다 매끈하고 튼실한 근육에 손이 닿자 황급히 손을 뗐다. 계속해서 다른 곳을 뒤졌다. 옷 안주머니가 손에 잡혔는데 서신 같은 건 만져지지 않았다. 다시 더듬어나가는데…… 갑자기 그가 맹렬한 힘으로 담천의 손목을 붙잡았다.

화들짝 놀란 담천은 자는 척하며 눈을 감았다. 몸이 꽉 조여왔다. 구운이 담천을 자신의 몸속으로 욱여넣을 듯 꼭 껴안았다. 옷을 사이에 두고 있었지만 그의 몸에서 나는 뜨거운 열이 고스란히 전해졌다. 담천은 자는 척해봐야 소용없을 것 같아 입을 뗐다.

"그게……."

그 순간 구운의 입술이 담천의 입을 눌렀다. 담천은 타들어가는 듯 입술로 전해지는 그 뜨거움에 부구운의 머리카락을 잡아당기며 몸부림쳤다. 그제야 입술과 입술 사이가 벌어졌다.

"서신이요!"

담천이 한마디를 내뱉었다. 구운은 대꾸도 없이, 담천이 입을 벌린 틈을 노려 그녀의 성곽 안으로 진격해 들어갔다. 그리고 바들바들 떨고 있는 입속의 혀를 급습했다.

휘몰아치는 그의 격정에 담천은 막다른 골목으로 내몰리는 것만 같았다. 예열하는 과정도 없이 급하고 거침없었다. 그의 입술은 담천을 삼키려는 열망으로 가득했고 조금의 빈틈도 주지 않았다. 그녀의 모든 것이 오롯이 그의 것이 되어야 했다.

인두처럼 뜨겁게 달궈진 구운의 손이 담천의 적삼 안을 헤집고 들어왔다. 그녀의 등을 조금씩 조금씩 쓸고 내려간 손이 가장 아름다운 각도의 굴곡진 허리를 사로잡았다. 담천은 혼미하고 아득했다. 거대한 공허함이 그녀를 휘감았다. 그와 더 가까이 붙고 싶어 그를 꼭 붙들었다. 마치 소중한 것을 잃을까 두려워하는 사람처럼 꼭 끌어안았다.

붙어 있던 입술이 살짝 떨어지자 구운의 거칠고 뜨거운 호흡이 담천의 얼굴 위로 뿜어졌다. 거의 알아들을 수 없게 쉰 목소리로 그가 속삭였다.

"……내게 나쁜 짓을 하려고 했던 거야? 그럼 우리 같이 나쁜 짓을 해볼까?"

'같이 나쁜 짓을 하자고? 단지 서신을 훔쳐보려 했던 것뿐인데…….'

16장

그럼 우리 같이
나쁜 짓을 해볼까?

담천은 머릿속이 질퍽한 아교풀로 가득 찬 느낌이었다. 그의 깊은 품에서 익사할 것만 같았다. 헐떡이며 큰 숨을 내뱉어도 들이마실 수는 없었다. 손과 발, 몸 전체가 이미 자신의 것이 아닌 듯했다. 부구운은 마음에 영서靈犀, 신령한 코뿔소라도 품고 있는지, 어쩔 줄 몰라 하는 담천의 두 팔을 잡아 자신의 어깨에 둘렀다.

그의 촉촉한 입술이 이번에는 몹시 부드럽게 그녀의 입술로 떨어졌다. 담천의 입술 깊은 곳, 여린 속살이 천천히 차근차근 그의 장단에 맞춰 움직였다. 뒤엉킨 혀끝이 해초처럼 조금씩 서로를 어루만지며 떨어질 생각을 하지 않았다.

담천의 몸에 걸친 적삼은 왼편에 옷고름이 있고 오른편에는 속고리가 달려 있어 입기가 번거로운 편이었다. 하지만 구운의 손 앞에서 적삼은 고분고분하기만 했다. 그의 손끝이 닿는 곳마다 적삼의 틈이 벌어졌다. 그는 벌어진 적삼을 입으로 물어 어깨에서부터 서서히 끌어내렸다.

담천은 금방이라도 온몸이 풀어헤쳐질 것처럼 부르르 몸을 떨었다. 그녀의 열 손가락이 구운의 탄탄한 어깨를 파고들 듯 꽉 움켜쥐었다. 피하고 싶었지만 그가 온 힘으로 그녀의 등을 끌어안고 있었다. 무섭게 용솟음치던 파도가 잇따라 절정에 이르렀고, 죽을 것 같은 달콤함과 함께 그녀를 통째로 삼켜버렸다. 차갑고 부드러운 구운의 긴 소맷자락이 담천의 허리를 스쳤고, 그의 입술은 담천을 태워버릴 듯 뜨거웠다. 담천의 몸이 먹음직스러운 간식이라도 되는 듯 끝없이 깨물고 핥았다. 그 느낌은 참을 수 없으나 참아야만 하는 미세한 간지러움과도 같았다.

담천은 또다시 죽음으로 내몰리는 기분이었다. 저 멀리 가슴 깊은 곳에서 목소리가 들렸다. '멈춰, 멈춰야 해. 더 이상은 안 돼…….'

그러나 멈추지 못했다. 한층 더 또렷한 목소리가 들렸다. '그에 대한 네 감정은 뭐지? 미련? 도피? 사랑? 아니면 그저 편안히 기대고 싶은 품속을 찾았던 건가?' 담천 자신도 정확히 알 수 없었다. 어쩌면 그 모든 것일 수도 있었고, 모두 다 아닐 수도 있었다. 구운은 그녀에게 향기로운 독주와 같았다. 목이 마르다 하여 독을 마시겠는가! 그 의미를 잘 알기에 지금 그녀는 마땅히 그에게 시원한 따귀를 날리고 냉정하게 돌아서야 했다.

그러나 그러지 못했다. 오히려 어떤 희생을 감수하더라도 그 독주의 달콤함을 맛보고만 싶었다. 그야말로 미친 생각이었다. '이제 더 잃을 것도 없어. 그래, 내가 언제 뭘 잃을까 겁낸 적이 있던가? 내게 빚진 사람은 많지만, 내가 빚진 이는 부구운밖에 없어. 갚을 수 없는 거라면…… 그래, 그냥 이렇게…….'

긴 시간 동안 철저한 계획 아래 사람과도 싸우고 요괴와도 싸웠다. 담천은 이제 지쳐 있었다. 이 복수의 시간이 빨리 지나가기만을 바랐다. 그나마 이 모든 것이 끝나기 전까지는 그를 안을 수 있으리라. 담천은 자신을 탐하는 그를 아직은 존재하는 두 팔로 꼭 안아주었다.

막 뭍으로 끌어올려진 물고기처럼 담천이 몸을 위로 튕겼다. 주체할 수 없는 어지러움 속에서 흐느끼는 듯한 신음소리가 흘러나왔다.

"구운……."

담천의 가녀린 두 팔이 넝쿨처럼 그의 목을 휘감아 끌어당겼다. 구운은 갑자기 손을 멈췄다. 손을 떼지는 않았으나 그 자리 그대로 가만히 손을 얹고 있었다. 호흡이 가빴다. 그는 그녀의 몸을 짓누른 채 주저하는 중이었다. 팽팽하게 당겨진 현 하나만 머릿속에 남아 있었다. 그냥 이

대로 풀어버릴 것인지, 아니면 끊어질 때까지 당길 것인지……. 담천은 이미 마음을 활짝 열었고, 그런 그녀가 지금 눈앞에 있었다. 그녀를 원했다. 마치 이다음 순간에는 죽음밖에 남아 있지 않은 것처럼 더는 기다릴 수도, 참을 수도 없었다.

그는 그토록 담천을 원했다.

긴밀하게 붙어 있는 몸이 예민하게 그녀를 감지했다. 담천의 적삼이 헐겁게 풀어져 일부분만 가리고 있었다. 그렇게 가려진 모습이 매끈하고 풍만한 그녀의 몸을 더 매혹적으로 보이게 했다.

이제 그녀가 미치지 않으면 그가 미칠 것만 같았다.

얼마나 지났을까, 그의 손이 천천히 담천의 몸에서 떨어졌다. 담천은 실망해서인지, 안도해서인지, 세차게 밀려오는 허무감 속에서 망연자실한 표정을 지었다. 그녀의 기다란 속눈썹에 물방울이 맺혔다. 그 물방울이 구운의 입김에 흔들리며 곧 떨어질 듯했다.

"……나쁜 짓을 하고 싶어."

구운은 담천의 양볼을 손으로 감싸고 그녀의 얼굴에 입술을 붙인 채 중얼거렸다.

'하면 되잖아!'

담천은 눈을 감은 채 그의 아랫입술을 살며시 깨물었다.

언제부터인지 창밖에 비가 내리고 있었다. 가랑비가 창

문 아래 놓인 파초芭蕉 잎을 적셨다. 가늘고 구성진 빗소리가 아스라이 들리는 구운의 귓속말 같았다. 소리는 촉감이 되어 귓가에서부터 입술 언저리를 타고 구불구불 아래로 내려갔다. 조금씩, 조금씩.

구운이 다시 담천의 귓불을 깨물었다. 그리고 그와 그녀만 아는 이야기들을 속삭였다. 낮게 깔린 목소리가 몽환적이었다. 위로하는 것도, 유혹하는 것도 같았다. 자신의 그물로 그녀가 걸려들기를, 다시는 애써 벗어나려 하지 않기를.

구운은 이제 담천을 꼭 껴안고만 있었다.

담천은 자신의 몸이 불안한 듯 아우성치는 걸 느꼈다. 그 아우성에 더 큰 허무감이 밀려왔다. 눈을 뜬 담천의 속눈썹 아래로 눈물방울이 떨어졌다. 그녀가 애원하듯 구운을 바라보았다.

구운은 두 눈을 감고 단호히 고개를 내저었다.

"아니야."

담천의 눈이 다시 붉게 번졌다.

구운이 그녀의 뺨에 붙은 젖은 머리카락을 귓등으로 넘겨주었다.

"그래, 네가 날 기억했으면 좋겠어. 하지만 난 이것보다 훨씬 더 소중한 것을 원해."

그가 그녀를 사랑하는 만큼 담천도 그를 사랑해야만 했

다. 담천의 마음이 구운으로 가득 차야만 했다. 그는 자신과 담천이 대등하길 바랐다. 그녀의 마음과 몸, 모든 곳에 오로지 자신 한 사람만 있기를 바랐다.

담천은 다시 눈을 감으며 미간을 찡그렸다. 끝도 없는 피로감과 허무감이 그녀를 휘감았다. 그녀는 말없이 구운의 손을 힘껏 밀어냈다. 구운은 굴하지 않고 방향을 바꿔 또다시 그녀를 끌어안았다. 그녀가 몇 번을 밀쳐냈지만 그는 끝까지 놓지 않았다. 우악스러웠지만 손길은 부드러웠고, 밀쳐질 때마다 어김없이 그녀를 안았다.

담천은 구운의 손을 잡아채 지독하게 깨물어주었다. 입안 가득 피맛이 날 때까지.

구운은 담천의 입에 한 손을 맡긴 채 다른 한 손으로 그녀의 머리를 끌어안았다. 손가락 끝으로 다독거리며 그녀의 머리를 어루만졌다.

담천은 온몸이 부서질 것만 같았다. 부드러운 그의 손길에 녹아 없어질 것만 같았다.

"그만 괴롭혀요."

목소리가 살짝 잠겨 있었다.

구운은 그녀를 두어 번 더 힘껏 끌어안은 뒤 중얼거렸다.

"그래, 그만 자자. 어디 안 가고 여기 있을게."

다음 날 다시 미산군을 만났다. 그는 군자답게 아무것도 묻지 않았다. 두 사람이 왜 해가 중천에 가까워서야 일어났는지, 이리 더운 여름에 담천은 왜 비단천을 목에 둘렀는지. 그가 사려 깊은 눈빛으로 구운을 바라보며 물었다.

"오늘 내기는 할 수 있으려나 모르겠네? 힘들 것 같으면 나중에 다시 날을 잡든지."

구운의 눈 밑에 옅은 검은빛이 도는 것은 누가 봐도 알 수 있었다. 밤새 잠을 설치고 꽤 시달렸던 것이 틀림없었다. 담천은 모른 척 창밖으로 얼굴을 돌려 작은 다리 밑으로 흐르는 물을 바라보았다. 구운이 웃으며 대꾸했다.

"무슨 소리야? 내가 언제 자네랑 내기해서 진 적이 있던가?"

미산군은 즉시 아이들 서너 명을 시켜 사람 크기만 한 술단지 세 개를 들고 오게 했다. 세 사람 옆에 술단지가 하나씩 놓였고, 술을 푸는 데 쓰는 큰 나무 국자가 단지마다 두 개씩 걸려 있었다.

"내 원래는 오늘 자네와 둘이서 이 취생몽사醉生夢死, 취한 듯 몽롱한 상태, 또는 술 이름 한 독을 다 마셔 치워버리려 했네. 하지만 자네가 이리 피곤한 상태인데 초대한 주인 입장에서 자네보다 유리한 조건을 취할 수는 없지. 이 나무 국자로 마시는 걸로 하고, 제희의 판단하에 신시申時, 오후 3시에서 5시 사이가 됐을 때 가장 많은 국자를 마신 사람이 이기는 걸로, 어때?"

"편하실 대로."

구운이 피곤한 듯 관자놀이를 문질렀다. 그 모습을 본 담천의 입에서 내내 참고 있던 말이 튀어나왔다.

"구운, 내가 마실까요?"

구운이 그녀를 향해 입술을 오므리며 어여쁜 표정까지 지어 보였다.

"왜, 내가 힘들까 봐 마음이 아픈가? 아프려면 어젯밤에 아팠어야지."

담천은 아무 대꾸도 못 하고 얼굴을 돌려버렸다. 그녀의 귀뿌리가 벌겋게 달아올랐다.

담천은 두 사내가 술 마시는 모습을 잠자코 지켜보았다.

시간이 흐를수록 무료하기 짝이 없었다. 참다 못한 그녀가 자리를 뜨려는데 밖에서 떠들썩한 소리가 들려왔다. 아이들 몇 명이 몹시 놀란 얼굴로 뛰어와 소리쳤다.

"주인님! 어떤 흉악한 놈이 대문을 부수고 쳐들어왔습니다!"

세 사람이 일제히 고개를 돌렸다. 멀리서 긴 채찍을 든 거구의 사내가 안채를 향해 달려오고 있었다. 그 뒤로 사람 형상의 영물들이 따르고 있었는데, 어떤 이는 다짜고짜 사내를 붙잡고 늘어졌고, 어떤 이는 가차없이 발로 차고 주먹을 휘둘렀으며, 어떤 이는 술법을 부려 시간을 끌려 했다. 하지만 누구 하나 사내를 막아내지 못하고 안채로 향하는 그를 속절없이 지켜봐야 했다.

미산군은 재빨리 탁자 밑으로 몸을 숨긴 채 나오려 하지 않았다.

사내가 안채로 뛰어 들어와 주위를 둘러보고는 미간을 잔뜩 찌푸리며 구운에게 물었다.

"그 찌질한 신선놈은 어디 있소?"

구운이 어깨를 으쓱하고 웃는 얼굴로 대답했다.

"누가 알겠소? 취해서 어디 온천물에라도 빠졌을지."

사내의 낯빛이 한층 더 차가워졌다.

"좋소, 나중에 대신 좀 전해주시오. 신미辛渼는 내가 데려갈 테니 앞으로 근처에 얼씬할 생각은 추호도 말라고! 얼씬거렸다간 내가 정말 가만있지 않을 테니 그때 가서 원망 말라고!"

그는 곧장 발을 돌리더니 얼마 지나지 않아 어느 곁채에선가 여인 하나를 품에 안고 나와 성큼성큼 걸어나갔다. 오는 것도, 가는 것도 원체 바람과 같아서 한 걸음도 막아설 수 없었다.

구운은 탁자 아래 숨어 훌쩍대고 있는 미산군을 발로 툭툭 건드렸다.

"갔네, 갔어. 그만 나오게. 참 어디 갖다놔도 쓸데도 없겠어. 간이 그리 콩알만 해가지고 남의 여인 뺏어올 생각은 또 어찌했을까."

미산군은 애처롭고 절절하게 '신미'를 불러대며 눈물 콧물 범벅이 되도록 울어댔다. 앞서 봤던 고결하고 청아한 자태는 온데간데없었다. 담천은 웃음소리가 새어 나가지 않도록 손으로 입을 틀어막았다. 그리고 이제 어떡하면 좋겠느냐고 구운을 향해 눈으로 물었다.

　구운은 담천에게 한쪽 눈을 찡긋한 뒤 우느라 엉망진창이 된 미산군을 일으켜 세웠다.

　"미산, 그저 여인 하나에 불과하지 않은가. 자네는 천하에 당당한 신선인데 원하면 어떤 여인인들 없겠나? 그녀는 그만 잊고, 마저 술을 마시는 것이 낫지 않겠는가?"

　미산군이 더 격하게 울며 소리쳤다.

　"신미는 다르단 말이네! 천하에 하나밖에 없는 여인이라고! 겨우 자기 발로 나를 찾아온 것인데 그렇게 가버리다니⋯⋯."

　"그리 아끼는 여인이라면 지금 가서 뺏어오지 그러나."

　"그자가 어떤 놈인데⋯⋯ 전사자 혈통이라 내가 싸워서 이길 수가 없단 말일세."

　미산군은 그 사내를 떠올리며 몸을 부르르 떨었다.

　"미산, 그냥 여인의 마음만 공략하면 되는 일이야. 신미의 마음만 뺏는다면 전사자 혈통 열이 와도 두 사람을 떼어놓을 수 없을 테니."

　"그것도 어려워. 신미의 마음에 내 자리는 없거든!"

미산군은 땅을 치고 가슴을 치며 펑펑 울었다.

과연 찌질한 신선이었다.

구운은 묵묵히 그에게 술을 따랐다. 미산군은 한 국자 한 국자 들이켜면서 이야기를 늘어놓았다. 봇물이라도 터진 듯 같은 얘기를 또 하고 또 했다. 어떻게 그녀와 만났는지, 어떤 점에 반했는지, 그녀가 얼마나 착한지, 얼마나 사랑스럽고 아름다운지 등등을 지겹도록 늘어놓았다. 담천은 듣다 못해 등을 돌려 하품을 했다.

기분이 안 좋을 때는 술을 마시지 말라고들 한다. 쉽게 취하기 때문이었다. 미산군이 지금 그런 상황이었다. 구운이 다른 꿍꿍이로 한 국자 한 국자 독주를 퍼주었으나 미산군은 그 독주를 들이켜면서 쉬지 않고 말을 이었다. 그러다 갑자기 흐느껴 울더니 이내 탁자 위에 엎드려 대성통곡했다.

구운이 담천에게 눈짓을 보냈다. 즉시 알아챈 담천은 눈을 가늘게 뜨고 웃으며 말했다.

"사숙, 많이 취하셨는데 들어가서 좀 쉬시는 것이 어떻겠습니까?"

미산군은 고개를 저으며 자기는 취하지 않았다고 고집 부리더니 얼마 지나지 않아 코를 골기 시작했다.

구운은 영물을 불러 미산군을 침실로 모시라 명했다.

"우리가 이겼어."

구운이 담천을 향해 이를 훤히 드러내며 말했다.

과연 다음 날 미산군은 안색이 매우 좋지 않은 상태로 구운을 찾아와 서신 한 통을 던져주었다.

"남의 위기를 그렇게 이용해먹다니! 물건은 줬으니 어제 일은…… 어, 어디 가서 말하지 말고!"

투덜대는 미산군의 말에 구운이 고개를 끄덕였다.

"그런 걱정은 말게. 내 면도 있는데 그리 창피한 일을 어디 가서 떠벌리겠나."

미산군의 낯빛이 붉으락푸르락해졌다.

"자, 자네가 내 고통을 아나?"

구운은 미산군의 어깨를 다독이며 정색한 얼굴로 말했다.

"미산, 그 처자가 정말 좋으면 흠씬 두들겨 맞는다 해도 그건 일도 아니지. 그런데 자네는 그녀에게 고백 한마디 못 하고 그저 징징거리고만 있으니, 그게 어디 사내가 할 짓인가? 날 그만 실망시키라고."

미산군의 낯빛이 더더욱 붉으락푸르락해졌다.

"그자는 상고 적 전사자의 후예란 말일세! 남 일이라고 쉽게 말하나 본데 어디 자네가 가서 한번 싸워보든가!"

"내가 사랑하는 여인은 신미가 아니라서 말이지."

그러자 미산군의 얼굴이 덜 익은 복숭앗빛이 되었다.

그가 갑자기 소매를 떨치고 발을 구르며 말했다.

"자네 말이 맞아! 그, 그자랑 싸워야겠어!"

미산군은 곧장 밖으로 나가 영금靈禽, 상서로운 영물 중 조류를 일컫는다인 선학仙鶴을 불렀다. 선학에 올라탄 그가 제법 신선의 풍모로 도포 자락을 휘날리며 연적을 찾아 날아갔다.

담천은 동정심 가득한 눈으로 비쩍 곯은 미산군의 뒷모습을 바라보았다. 옆을 보니 구운이 간사한 웃음을 흘리고 있었다. 미산군이 구운 같은 벗을 둔 것은 천추의 재앙이 아닐까 싶었다. 사람을 어르는 걸로는 일류급 솜씨인 구운이었다.

"미산이 평소에는 침착하고 무엇보다 천하 돌아가는 일에 훤한 사람이야. 수많은 자들이 찾아와 그의 정보를 얻으려 하지만 억만금을 들여도 얻기가 힘들어. 문제는 가끔씩 저렇게 골통처럼 군다는 거야. 뭐, 익숙해지면 괜찮을 거야. 그건 그렇고 우리는 여기서 며칠 더 묵었다가 떠나자고."

"왜 당장 떠나지 않고요?"

구운이 가엾다는 듯 멀리 허공을 내다보며 대답했다.

"미산이 반죽음이 되어 돌아오면 그때 좀 웃어주고 가야 하지 않겠어?"

"……."

보름 후 푸르뎅뎅한 코에 얼굴이 퉁퉁 부은 미산군이 돌아왔다. 그 모습에 담천과 구운이 통쾌하게 웃어대다가, 창피하고 분이 난 미산군에게 된통 쫓겨났다. 두 사람은 그길로 봉면산 자락 죽림의 기와집으로 돌아왔다.

그즈음 고도에서는 큰일이 벌어졌다. 예부의 장 대인이 도성을 지키는 무장 몇 명과 함께 하룻밤 사이에 직위가 강등되고 집안 남녀노소가 모두 충군充軍, 고대의 유배형으로 변방 부대로 보내 군역과 노역을 시키는 형벌에 처해진 것이다. 명이 떨어진 그날 저택 내 사람들의 통곡 소리가 동네를 가득 메웠다. 주변 사람들도 그들의 처지를 가엾이 여겼다. 그들의 죄명은 군왕을 속인 죄였다.

천원국에서는 7월 말이 되면 후궁을 보강했는데, 그 방법이 대연국과는 사뭇 달랐다. 먼저 품계 있는 관원들 중에 열여섯 살을 채운 여식이 있으면 화공을 청해 초상화를 그려 올렸다. 초상화에 이름과 출신 배경을 적어 궁에 올리면 황상과 황후가 직접 후궁을 간택했다. 장 대인도 부구운에게 1천 금의 거액으로 여식의 초상화를 청했는데 일언지하에 거절당했다.

'나 공자제는 처녀의 초상화는 그려본 적이 없소. 춘화 외에는.'

그래서 장 대인은 집안 내 처첩들 중 자신의 여식과 용모가 비슷한 이를 택했다. 구운에게 끈질기게 청해 그녀의 초상화를 받아냈고, 그것을 딸의 초상화 대신 궁으로 보냈다.

바람 새지 않는 벽은 없다고, 그 소식을 들은 다른 관원들이 잇달아 부구운을 찾아가 초상화를 청했다. 이런 일에 얽혀드는 게 꺼림칙했던 구운은 담천을 데리고 아예 미산거로 가서 보름을 은신해버렸다.

천원국 황제는 태자의 죽음으로 화병과 악질愚疾에 시달리느라 이번 후궁 간택에 그리 신경을 쓰지 못하고 있었다. 한데 우연히 황제의 눈에 쏙 들어온 초상화가 있었으니 바로 장 대인이 보내온 것이었다. 그 초상화를 보니 아픈 몸마저 생기가 도는 느낌이었다. 황제는 그 여인을 후궁으로 간택해 당장 그날 밤부터 침소 시중을 들게 했다.

그런데 황제 앞에 나타난 장 대인의 여식은 초상화의 인물과 다른 모습이었다. 황제는 맹렬하게 화를 냈다. 금쪽같이 키워져 순진하기만 한 장 대인의 여식은 황제의 분노에 기겁하며, 엉겁결에 그간의 일을 소상히 불어버렸다. 황제는 더욱 격노하여 사람을 보내 이 일을 조사하라 일렀고, 결국 사실이 밝혀져 거짓 초상화를 올린 관원들 모두 충군형에 처했다.

가엾은 장 대인의 여식을 포함해 그의 집안 남녀노소가 모조리 변방으로 끌려갔으나, 유일하게 초상화 속 여인만 은밀히 남겨져 황제의 처소에 보내졌다. 황제는 그 여인

을 사나흘간 죽도록 농락했고, 그제야 태자 잃은 고통이 조금 누그러진 듯했다

그 후 황제는 초상화를 그린 자가 공자제인 것을 알고 즉시 그를 불러들이라 했다. 공자제의 명성에 대해 익히 들은 바가 있던 황제는 그가 신선일지도 모른다는 생각이 들었다.

성지聖旨, 황제의 뜻를 전하는 태감太監, 환관의 우두머리이 죽림 앞에 도착할 즈음이었다. 구운은 최근 그려놓은 춘화를 말아 기다란 화통에 넣고 문밖에서 초조하게 기다리고 있던 상인에게 건넸다. 춘화 한 폭에 무려 3백 금이었다.

문 안쪽에서 비파 열매를 까던 담천이 혀를 찼다.

"그림은 팔지 않을 줄 알았는데."

구운은 담천에게 다가가 그녀의 손에 들린 반쯤 먹은 비파를 뺏어 먹었다.

"지금은 상황이 좀 달라. 윗사람이 내 존재를 좀 알았으면 좋겠거든."

담천은 자신의 텅 빈 손을 내려보다가 물었다.

"그, 그래서 또 뭘 계획 중인데요?"

구운은 대답도 없이 의미심장한 눈으로 죽림 쪽을 흘끗했다. 아니나 다를까 곧이어 태감 특유의 가늘고 날카로운 고음이 넘어왔다.

"공자제 선생, 황제 폐하의 성지요! 어서 나와 성지를

받으시오!"

담천은 방금 막 까기 시작한 비파를 떨어뜨렸다. 담천이 달아나려 하자 구운이 그녀의 어깨를 붙잡았다.

"가만히, 그냥 편하게 앉아 있어."

'정말 천원국 황실에 접근하려는 걸까?' 담천은 구운을 노려보았다. 구운은 태연한 얼굴로 담천이 떨어뜨린 비파를 주워 껍질을 까고 알맹이를 입에 넣었다. 태감이 연달아 세 번 소리쳤으나 구운은 대답하지 않았다. 태감이 약이 오를 만했다. 드디어 댓잎을 밟으며 죽림 안으로 쳐들어오는 소리가 들렸다.

구운은 미끌미끌한 비파 씨 몇 알을 죽림 쪽으로 던졌다. 아무 기척이 없었다. 이리저리 왔다갔다하던 태감은 결국 들어오지 못했다. 한바탕 끙끙대며 우는 소리를 하더니 풀이 죽은 채 돌아가 버렸다. 담천이 어리둥절한 얼굴로 구운을 보았다.

"엥? 이대로 그냥 가게 돼요?"

구운이 심술궂은 미소를 떠올리며 말했다.

"한 번 부름에 냅다 달려가면 명인이라 할 수 없지."

"……황실에 접근하는 이유가 뭐죠?"

담천은 그 답을 알 것 같았지만 기어이 묻고 말았다. 왜 물어야만 했는지는 담천 자신도 알지 못했다.

구운은 고개를 내저을 뿐이었다. 죽림에는 대나무들이

한창 자라고 있었다. 초록의 빛깔이 아름답기 그지없었다. 대나무를 어루만지던 구운은 갑자기 흥이 난 모습으로 자신의 이름 석 자 '부구운'을 대나무 줄기에 새겼다.

"나중에 이 대나무가 자라면 내 이름도 덩달아 높이 올라가겠지. 그러면 이 대나무가 내 것인 줄 다들 알아볼 거 아니야."

평소답지 않은 치기 어린 모습에 담천도 우습다 생각하며 다른 대나무에 자신의 이름을 새겼다. 그리고 득의양양하게 말했다.

"그럼 이건 내 거."

두 사람은 아직 어린 대나무마다 경쟁하듯 그렇게 생채기를 냈다. 계속해서 밀리던 담천은 마지막 남은 대나무 하나를 부득불 껴안았다. 그리고 그 줄기에 잽싸게 '담천'이라는 두 글자를 새겼다. 이 대나무는 자기 거라고 선언하기도 전에 구운이 불쑥 비집고 들어왔다. 그리고 담천의 이름 옆에 자신의 이름을 새겼다.

"이건 우리 두 사람 걸로 하지."

담천이 주먹을 날렸으나 구운이 재빨리 붙잡고 말을 이었다.

"나중에 죽어서 재로 변한다 해도 이 대나무는 우리의 존재를 증명해주겠군. 모든 것이 다 사라지지는 않을 거야."

담천은 그에게서 얼굴을 돌렸다. 대나무에 나란히 새겨진 두 사람의 이름만 멍하니 바라보았다. 지금 자신의 감정은 스스로도 이해가 되지 않았다. '맞아. 나중에 몸이 죽고 혼백이 망천忘川, 황천길과 명부 사이에 놓인 망각의 강에 씻기고 나면 세상의 고통스럽고 아름다웠던 기억이 모두 사라진다고 하지만, 이곳 죽림만은 우리가 존재했다는 사실을 증명해 줄 거야. 지조와 절개의 청죽靑竹은 거짓말할 리 없으니까.'

나란히 새겨진 두 사람의 이름은 천 마디 말보다 나은 것이었다.

담천은 한참 동안 멍하니 있었다. 기뻤다가 갑자기 슬프기도 했고, 가슴이 두근거렸다가 금세 낙담하는 마음이 들기도 했다. 무엇에 홀린 듯 묘한 감정이었다.

'황천길로 떠난 가족들은 지금의 나를 내려다보며 책망할까, 아니면 기뻐할까?'

담천은 살고 싶은 욕망이 강하게 들었다. 처음 느끼는 감정이었다. 잠시 잠깐 스쳐가는 찰나의 욕망이 아니었다. 생생하고 피처럼 뜨거운 마음속 깊은 바람이었다. 이러한 담천이야말로 구운이 그토록 원했던 그녀의 모습일지도 몰랐다. 그는 담천이 그저 평범한 여인들이 누리는 삶을 살아가길 바랐다. 지금 이 순간 담천도 어렴풋이 그런 삶을 그리는 자신을 느꼈다.

그런 삶이 불가능하다는 걸 알면서도 기대하고 바라는

마음은 거짓이 아니었다. 꿈결에서만이라도 그런 삶을 살아보고 싶었다. 구운과 함께 이곳 죽림이 한층 무성해지는 풍경도 보고 싶고, 두 사람의 이름을 새긴 청죽이 높이 자라는 것도 보고 싶었다. 백발이 성성해서 함께 그 청죽을 올려다보며 영원히 사라지지 않는 것들에 대해 이야기하고 싶었다. 이토록 아름다운 꿈은 사람을 원래 자리로 쉬이 돌아갈 수 없게 만드는 법이었다.

담천은 피곤한 듯 눈을 감으며 손바닥에 이마를 파묻었다. 더는 생각하고 싶지 않았다. 그 아름다운 꿈속에 어째서 당연한 듯 구운만이 등장하는 것인지, 다른 사람이 대신 나타날 수는 없는 것인지, 심지어 좌자진조차 그 꿈속 사람이 될 수 없는 이유는 무엇인지…….

더 이상 생각할 필요도, 생각할 기력도 없었다. 이미 탈진한 듯 그 일에 관해서는 더 이상 깊은 생각을 떠올릴 수 없었다.

구운이 뒤에서 살며시 담천을 껴안았다. 우묵하게 팬 담천의 어깨에 턱을 괸 채 아무 말이 없었다. 담천은 더 이상 저항하지 않았다. 그의 품속 깊이 온몸을 맡겼다. 전쟁에서 패한 것처럼, 무기를 버리고 투항하는 것처럼.

"바람이 부네. 이만 돌아갈까? 저녁에 갈비찜 만들어 줄게."

구운이 나지막이 말하며 담천의 머리를 토닥였다.

아무 반응이 없던 담천은 문득 몸을 움직이며 짓궂게 말했다.

　"요리사님, 갈비찜은 됐고요, 요리사님이 제일 잘하는 요리를 먹고 싶은데요?"

　구운은 즉시 몸을 펴고 주위를 둘러보며 망설이는 듯한 모습을 보였다.

　"뭘 그리 두리번거려요?"

　기이한 미소를 지으며 구운이 대답했다.

　"이 동네 어느 집에서 양을 키우는지 찾아보는 거야. 내가 제일 잘하는 요리를 먹고 싶다며? 이 구운 대인이 제일 잘하는 요리가 바로 양구이거든. 내 가서 몰래 한 마리 훔쳐다가 구워야겠다."

17장

태자의 초대

양구이는 결국 먹지 못했다. 부구운이 소고기를 사와 손바닥 크기로 편을 썰어 철망에 올려 구웠다. 구우면서 소금 가루와 기름을 뿌렸다. 맛있는 향이 사방에 퍼졌다. 담천은 맛있다고 한마디할 겨를도 없이 순식간에 먹어치웠다. 하마터면 혀까지 씹을 뻔했다. 구운이 요리도 다 하다니 정말 의외였고, 솜씨도 보통이 아니었다.

마지막 고기 한 점을 남겨놓고 둘 사이에 눈치전이 벌어졌다. 바로 그때 죽림 밖에서 여러 명의 발소리가 들렸다. 죽림 안으로 쳐들어올 기세였다. 귀 기울여 소리를 듣던 구운이 우습다는 듯 말했다.

"나를 우습게 봤겠다? 황제가 고작 2백 명으로 나를 치려 하는군."

담천도 눈치를 챘다. 천원국 황제가 자신의 위신이 떨

어진 것에 분개해 아예 병사를 보내 구운을 포위하려는 것이었다. 아마도 이 역시 한번 떠보려는 의도가 다분한 것이리라. 전설처럼 떠도는 소문의 명인이 과연 어느 정도로 대단한 인물인지 말이다. 구운이 바깥 동정에 신경 쓰는 사이 담천이 마지막 고기 한 점을 날름 집어먹었다.

"당신이 초래한 거니까 당신이 알아서 해결해요."

고기를 씹으며 오물오물 말하는 그녀의 얼굴을 구운이 살짝 꼬집었다.

"이건 나중에 다시 계산하지."

구운은 손에 잡히는 대로 작은 돌멩이 몇 개를 주워 내던졌다. 땅에 떨어진 돌멩이들은 즉시 금빛이 번쩍이는 군사들로 둔갑했다. 다들 키가 두세 사람 높이만 했다. 군사들이 죽림 바깥을 향해 버티고 서자 바깥에 몰려온 병사들이 잇따라 뒷걸음질쳤다. 얼마 지나지 않아 죽림 안에서 새하얀 비둘기 한 마리가 천천히 날아올랐다. 비둘기는 천원국 병사의 대장 앞을 두어 바퀴 돌더니 대장의 손바닥 위에 다리를 내리며 안착했다. 안착한 순간 바로 백지로 둔갑했고, 백지에는 이 한 마디가 적혀 있었다.

돌아가시오.

순식간에 사기가 떨어진 병사 2백 명은 제대로 싸워보

지도 못하고 패잔병이 되어 돌아갔다.

한 번이 있으면 두 번이 있고, 두 번이 있으면 세 번도 있다고 하지 않던가. 다음에는 천원국 황제가 더 많은 병사들을 보내올 거라고 구운은 예상했다. 하지만 열흘이 지나도 그런 일은 없었다. 다만 죽림 밖에서 얇은 무쇠 화살이 날아와 청죽 줄기에 꽂혔다. 청색과 하늘색이 어우러진 서신이었다.

서신을 손에 든 담천은 종이에 찍힌 인장을 보고 눈썹을 한껏 추켜올렸다. 천원국 태자가 보낸 것이었다.

서신을 펼쳐보았다. 첫머리에 적힌 글자를 보고 담천의 마음이 무겁게 가라앉았다.

띠연국 재희, 그간 무탈하게 지냈는가?
보름, 호천루昊天樓에서 고아한 흥취를 즐기길 바라네.
함께 달을 감상하며 술 한잔 기울일 수 있었으면 좋겠군.

부구운에 관해서는 한 마디 언급도 없었다. 상대는 담천만 콕 집어서 이야기했다. 그녀가 구운과 함께 있다는 걸 익히 알고 있으면서 말이다.

어쩌면 담천도 이런 날이 오리라는 걸 이미 알고 있었는지도 모른다. 그날 태자를 죽이지 못했기에, 태자가 조금이라도 뒷조사를 했다면 그녀의 진짜 신분을 알아낼 수 있었으리라. 다만 그녀가 놀란 것은 자신의 신분이 드러난 것 때문이 아니라, 서신에 동봉된 물건 때문이었다. 손바닥 크기의 비단천이었는데, 자색에 검푸른 실로 구름 문양이 수놓여 있었다.

아는 사람은 알 것이다. 이런 색과 이런 문양의 옷은 좌자진만 입는다는 사실을. 좌자진 외에는 누구도 이런 걸 입지 않았다.

담천은 서신을 잘게 찢었다. 어떤 감정이 가슴속에서 탄탄하게 조이고 풀리기를 반복했다. 마치 온몸이 끈적끈적한 물속으로 서서히 추락하는 것만 같았다. 담천은 본능적으로 죽림 뒤편의 기와집을 돌아보았다. 집 앞이 휑하니 비어 있었다. 멍하니 있던 담천은 구운이 주방에서 상을 차리고 있다는 사실을 떠올렸다. 최근 들어 식사 준비는 그의 전담이 되었다.

담천은 죽림 앞에서 오랫동안 생각에 잠겼다. 목 근육이 뻐근하게 아파올 때까지.

큰 바람이 불면서 댓잎이 우수수 떨어졌다. 담천은 그제야 몸을 움찔하고는 천조각을 품에 넣고 돌아섰다.

8월 15일, 달이 밝고 바람은 청량했다. 밤바람에 달콤한 계화桂花 향이 함께 실려왔다. 온 가족이 모여 술잔을 나누며 달을 감상하는 경사스러운 날이었다. 담천은 죽림 옆에서 노란 종이를 태웠다. 마을에서 은박으로 만든 자그마한 월병과 술상 도구를 팔기도 했는데, 담천은 그것들도 대야에 넣고 함께 태웠다.

불꽃이 타오르며 슬픈 기색을 띤 그녀의 얼굴이 불빛에 드러났다. 구운 곁에 찰싹 붙어 있던 맹호도 지금 이 순간은 묵묵히 그녀 곁에 엎드려 있었다.

"……어쩌면 다시는 보지 못할지도 몰라."

담천이 중얼거렸다. 그리고 건곤 주머니를 쓰다듬었다. 혼백 하나가 켜진 혼등은 이상하리만치 무거웠다.

"이번에는 정말 위험할 거야. 하지만 어떤 상황이 와도 이 혼등을 반드시 제대로 밝히고 말 거야."

바람이 흐느끼는 소리를 내며 지나갔다. 담천의 말에 반응하는 이는 아무도 없었다. 고개를 돌리니 구운의 방에 등불이 밝혀져 있었다. 분명 그림을 그리는 중이리라. 이제 떠나야 할 때가 되었다. 담천은 맹호의 머리를 쓰다듬으며 상냥히 말했다.

"너는 따라오지 말고 구운 옆에 있어."

맹호는 마뜩잖은 표정이 되어 낮게 으르렁거렸다. 구운이 맛있는 것도 주고 잘 놀아주어서 잠시 매수당한 것은 사실이나 맹호도 불굴의 기개를 지닌 영수였다. 자신의 진짜 주인을 포기하는 일은 결코 없을 터였다.

"그만하고 어서 가!"

담천이 맹호를 밀어내며 말했다.

"네가 구운 곁에 있으면 내가 사라진 걸 그가 바로 눈치 채지는 못할 거야. 그러니 괜히 따라오지 말고 여기 있어."

맹호는 섭섭한 듯 얼굴을 가렸다. 발톱 사이로 정말로 떠나가는 담천을 보고는 눈물을 꾹 참으며 집으로 발을 돌렸다. 구운의 방 창밖에 엎드린 맹호는 눈물을 흘렸다. 맹호의 모습을 본 구운이 창문을 열고 말했다.

"봄이 지난 지가 언젠데, 설마 호랑이가 여름까지 발정을 하나?"

맹호는 묵묵히 눈물 콧물만 쏟을 뿐이었다. 구운이 의아해하며 물었다.

"네 주인은?"

맹호가 말로 대답한 것은 아니었지만, 구운은 직감적인 깨달음으로 창밖을 휘둘러보았다. 죽림 안은 고요하고 칠흑같이 어두웠다. 밤바람이 얼굴을 덮쳐왔다. 죽림 옆에서 종이를 태우고 있어야 할 그림자가 좀체 보이지 않았다.

천원국 태자가 서신에서 언급한 호천루는 성 동쪽에 있었다. 온갖 진귀한 요리를 내는 청풍루와 달리 호천루는 순전히 술만 파는 주루였다. 술을 좋아하는 사람들이 즐겨 찾는 곳이었다. 8월 보름, 성안 주루와 음식점 대부분이 진즉에 문을 닫았지만, 이곳 호천루만은 여전히 불이 환하고 떠들썩하기 그지없었다.

담천이 흰 적삼에 아리따운 자태로 호천루에 들어서자 사람들의 시선이 그녀에게 쏠렸다.

태자가 눈앞에 보였다. 지난번 습격이 미수로 그친 이래 몇 달이 지났다. 낯빛이 죽은 사람처럼 시퍼렇게 변한 것 말고 태자의 모습은 그대로였다. 이번에는 혼자가 아니었다. 옆에 한 사내가 앉아 있었다. 눈썹과 눈매가 수려했고, 얼굴에 미소를 띠고 있었다. 심지어 낯을 가리는 듯 수줍은 미소를 띠고 있어 묘한 매력이 느껴졌다.

낯선 사내가 미소를 머금고 말했다.

"과연 제희는 의리와 정이 있는 분이군요. 소인은 천원국의 이황자 정연이라 합니다. 경국지색으로 유명한 대연국 제희와 이렇게 함께 술을 나누며 달을 감상하게 되다니 참으로 영광입니다."

"오늘 자리가 그저 술 마시고 달이나 감상할 정도로 그리 간단한 것만은 아닐 텐데요."

담천의 목소리는 차가웠다. 말장난할 기분이 아니었던 그녀는 차라리 단도직입적으로 본론에 들어가고 싶었다.

정연은 웃기만 할 뿐 아무 대꾸도 없었다. 술을 한잔 따라 담천 앞으로 내밀고는 자신의 잔을 높이 들었다.

"제희께 한잔 올리지요. 솜씨가 어찌나 뛰어난지, 그

신속하고 깔끔한 처리와 비범한 담력에 우리가 얼마나 탄복했는지 모릅니다.”

잔 속에 든 것은 핏빛에 가까운 자홍색으로 맑은 향이 사방으로 번졌다. 포도를 발효해 빚은 술인 듯했다. 담천은 손으로 잔을 덮으며 거절의 뜻을 내비쳤다.

“죄송합니다. 제가 술을 못해서 부득불 이황자의 호의를 사양할 수밖에 없겠습니다.”

태자는 맞은편에 목석처럼 앉아서 꿈쩍도 하지 않았다. 아무래도 의아했다. 자리에 담천을 부른 것은 태자인데 줄곧 이황자만 떠들고 있었다.

정연은 담천의 시선을 따라 태자를 흘끗하고는 어색한 기색을 보이며 말했다.

“지금 생각해보면 국사가 망령을 모아 그걸로 태자의 머리를 대신한 것은 참으로 무모하기 짝이 없는 일입니다. 뱀을 굴 밖으로 유인하듯 그런 걸로 제희를 속여 유인할 수 있다 생각하다니요. 뭐든 확실하고 깔끔하게 해내는 제희가 어찌 그런 비열한 술책에 넘어갈 거라고! 서신에 오랜 벗의 옷 조각을 함께 보내지 않았더라면 오늘 이곳에 나오지도 않았겠지요. 이왕 왔으니 이 정연이 하나만 묻고 싶습니다. 태자의 머리와 혼백은 지금 어디에 있습니까? 숨김없이 말씀해주시기 바랍니다.”

순간 담천의 소매 밑에 있던 술잔이 넘어지며 그녀의 흰 치마 위로 술이 뿌려졌다. 마치 붉은 선혈이 번진 것 같았다. 담천이 천천히 고개를 들어 기이한 낯빛의 태자를 매섭게 노려보았다. 마음속 거센 파도가 끝없이 공격해왔다.

'소문이 다 사실이었단 말인가? 내가 모르는 사이에 누가 태자의 목을 베어갔고…… 혼백까지?' 충격적인 소식이었다. 그토록 오랫동안 고심하고 갖은 고민 끝에 일격을 가했지만 막판에 허무하게 실패를 경험했더랬다. 그래서 다시금 정비하며 심기일전했건만, 자신의 손에 죽어 마땅한 원수가 다른 이에게 죽임을 당했을 줄이야! 담천은 기뻐해야 할지, 아쉬워해야 할지 알 수 없었다.

미간을 찌푸린 채 묵묵부답인 그녀에게 정연이 다시 말했다.

"국사도 제 생각과 같습니다. 당신이 태자의 혼백만 넘겨준다면 당신의 옛 벗도 돌려보내줄 것입니다. 저희도 당신을 힘들게 할 생각은 없습니다."

담천은 살짝 움찔하더니 태자를 가리키며 조용히 물었다.

"태자가, 정말 죽었다고요?"

정연은 대답 대신 태자의 어깨를 가볍게 쳤다. 목 위에 올려져 있던 머리가 탁자 위로 굴러떨어져 술잔들이 엎질러졌고, 탁자 밑으로 떨어진 머리는 담천의 손 바로 옆에까지 굴러와 멈췄다. 담천은 그제야 태자의 머리가 나무로 조각한 속이 텅 빈 모형인 것을 알아차렸다. 그 모형 속에 부적 종이로 망령을 봉인해놓아 태자의 시신이 움직이고 말할 수 있었던 것이다.

그때 주루 안이 쥐죽은듯 고요해지더니, 다음 순간 누군가 비명을 내질렀다.

"아악! 머, 머리가 떨어졌어!"

사람들이 꿈에서 깬 듯 놀라며 문 쪽으로 허둥지둥 뛰쳐나갔다.

"그것 봐요. 이거 참 번거롭게 됐네요."

정연이 탄식과 함께 피식 웃으며 말했다. 그가 품에서 마름모 모양으로 접힌 부적 종이를 꺼내 촛불 위로 떨어뜨렸다. 종이는 바닥으로 떨어지지 않고 가는 불꽃 위에서 빙글빙글 돌았다. 그 순간 사방이 어둠으로 뒤덮였다. 어둠은 흐르는 물질로 변해 호천루 안을 맴돌았다. 이 기묘한 현상은 눈 한 번 깜빡했더니 순식간에 사라졌고, 소란스럽던 주루도 갑자기 고요해졌다. 너무 고요한 것이 기이할 정도였다.

담천은 등골이 오싹해지며 식은땀이 났다. 바깥쪽을 보니 사람들이 밖으로 내달리던 자세 그대로 멈춰 있었다. 마치 조각상 같았다. 담천은 목구멍이 조여왔다. 아무래도 자신이 국사뿐 아니라 속을 알 수 없는 이황자까지 그간 너무 쉽게 본 것 같았다.

정연이 머리를 집어 들어 다시 태자의 목에 올려놓았다.

"저는 이런 이상하고 요사스러운 것들이 참 싫습니다. 한데 어쩔 수가 없네요. 일단 저들은 잠시 저렇게 두죠. 국사가 와서 처리하면 별일 없을 겁니다."

정연이 온화한 목소리로 말했다.

담천은 자신의 옷자락에 은근슬쩍 손을 문질러 닦았다. 손바닥에 식은땀이 흥건했다. 그녀는 살아생전 가장 가혹한 시험을 겪고 있다고 느꼈다. 이곳에 오기 전까지만 해도 어느 정도는 요행을 바라는 마음이었다. 어쨌든 좌자진도 어릴 때부터 수련을 하지 않았던가. 그렇게 쉬이 협박을 당하리라고는 생각지 못했다. 이제 보니 그 생각은 그야말로 헛된 바람이었다.

문득 부구운이 국사의 내력을 얻기 위해 미산군을 찾아갔던 일이 떠올랐다. 그때도 갑작스럽다는 느낌은 들었지만 별다른 의심은 하지 못했다. 그런데 이제 와 돌이켜보니…… 순간 담천의 가슴이 무섭게 떨리기 시작했다.

'설마 태자를 죽인 것이 부구운?'

목을 베고 혼백을 취했다. 너무 극단적인 수법이었다. 혼등을 밝히는 것 외에 사람의 혼백은 아무짝에도 쓸모없는 것이었다. 게다가 혼등이 담천의 손에 있다는 걸 아는 사람도 구운밖에 없었다.

구운이 태자를 죽였다면 국사 또한 처치하려는 것인지

도 모른다. 하지만 생각보다 상대가 쉽지 않다는 것을 알게 된 것이다.

그래서 미산군을 찾아가 국사의 내력을 알려고 했던 게 아닐까? 국사의 내력이 만만치 않다는 걸 알고는 기습적인 공격을 포기하고, 정식으로 천원국 황실에 접근하는 쪽으로 방법을 바꾼 것일지도…….

'부구운은 왜…… 정말 나를 위해 대신 복수라도 하려는 걸까?'

손목이 미세하게 떨렸다. 담천은 애써 담담한 척 말했다.

"그럼 그전에 일단 그 벗을 만나야겠습니다."

정연이 싱긋이 웃으며 몸을 일으켰다.

"저를 따라오시지요."

호천루는 지하로 5백 자_{한 자는 약 30.3센티미터} 깊이에 비밀 궁궐이 있었다. 좁은 돌계단이 꼬불꼬불 굽이지며 차곡차곡 아래를 향했다. 눈앞에 보이는 깊은 미지의 어둠은 두려움 그 자체였다.

정연이 손에 쥔 촉대를 담천에게 건네며 말했다.

"천하에 유명한 공자제 선생이 갑자기 고도에 온 것이 설마 제희 당신 때문입니까? 부황께서 그에게 병사 2백 명을 보냈는데도 아무 소득이 없었지요. 참으로 대단한 자입니다. 내가 감히 추측해보건대…… 혹 공자제 선생이 태자의 일과 관련해 당신에게 힘을 보탠 것일까요?"

담천이 시큰둥한 어조로 대꾸했다.

"누가 알겠어요? 그 가능성에 대해 이황자께서 한번 열심히 고민해보시죠. 어차피 내려가는 길도 길고 무료하니."

정연은 개의치 않는 듯 웃으며 말했다.

"당신의 그 벗은 국사를 습격하다가 붙잡히게 됐지요. 무모하긴 하나 확실히 담이 보통 아니더군요. 성격도 완강하기 그지없고요. 뜻밖입니다. 대연국 황실 사람들이 다들 그렇게 남다른 기개를 지녔을 줄이야! 감탄이 절로 나오더군요."

촛대를 잡은 담천의 손에 순간 힘이 들어갔다.

'정말 그 사람이 좌자진이라면 구해야 할까? 무슨 수로 구하지?'

깊이를 가늠할 수 없는 국사와 총명한 이황자, 둘 다 실력이 담천보다 몇 배는 더 뛰어났다. 담천이 이들과 대적하기 위해서는 최대한 시간을 끌며 이들의 허점을 찾아내는 수밖에 없었다.

계단을 반쯤 내려갔을 때 정연이 돌연 멈춰 섰다. 담천은 고개를 돌려 그를 보았다. 기이한 미소를 띤 정연이 그녀를 위아래로 자세히 훑어보았다. 담천은 온몸의 털이 곤두섰으나 애써 태연한 척 물었다.

"무슨 하실 말씀이라도 있으신가요?

"아니요. 그저, 생각을 좀 하고 있었습니다. 제희는 분명 주도면밀하게 계획을 세웠을 텐데, 어찌 실력을 발휘하지 못해 국사를 미리 죽이지 못했을까, 참으로 아쉽다, 뭐 그런 생각이요."

'대체 무슨 말이지?' 담천은 가슴이 요동쳤으나 억지웃음을 보이며 말했다.

"제가 꼭 그렇다 할 수는 없지요. 그런데 제가 약속을 지키지 않을까 걱정되진 않으십니까?"

"나중 일을 누가 알겠습니까?"

정연도 웃으며 대꾸했다. 더 이상은 아무 말도 오가지 않았다.

계단을 다 내려가니 과연 지하 궁궐의 문이 보였다. 문 앞에 온몸이 화염으로 덮인 요괴 괴수가 엎드려 자고 있었다. 두 사람을 본 괴수는 비틀거리며 일어나 거만하게 고개를 쳐들었다.

정연이 담천을 향해 공수하며 말했다.

"제희, 들어가시지요. 옛 벗이 국사와 함께 기다리고 있습니다."

담천이 괴수를 피해 문으로 다가갔다. 손가락 끝을 돌문에 갖다 대자 소리도 없이 문이 열렸다. 담천은 놀라서 눈이 휘둥그레졌다.

"그래서 제가 이런 이상하고 요사스러운 것이 제일 싫

다는 겁니다. 알아서 몸조심하시오, 제희."

정연이 미간을 찌푸린 채 웃으며 말했다.

지하 궁궐 안은 불이 환하게 밝혀져 있었고, 돌침상과 돌의자가 놓여 있었다. 화려한 공간에 음침한 한기가 느껴졌다. 담천은 걸음을 떼며 무의식적으로 건곤 주머니를 손으로 만져보았다. 혼등은 그대로 있었다. 어쩌면 그것이 담천이 이길 수 있는 유일한 수단일 수 있었다. 그녀는 국사를 격노케 할 작정이었다. 사람은 분노할 때 쉽게 허점을 드러내는 법이었다. 그렇게만 된다면 담천도 희망이 있었다. 그를 죽이고 결국 혼등을 밝힐 수 있으리라.

멀지 않은 곳에서 돌연 날카로운 비명소리가 들려왔다. 텅 빈 지하 궁궐이 크게 울렸다. 담천은 뭔가에 심장이 움켜잡힌 듯 낯빛이 하얗게 질렸다.

그때 목이 잠긴 듯 걸걸하고 차가운 목소리가 들렸다.

"태자의 혼백은 어디에 있지?"

비명소리가 점점 약해지더니 흐느끼는 소리로 바뀌었다. 언뜻 듣기로 사내의 목소리는 아닌 듯했다. 담천은 급히 걸음을 떼며 차갑고 얇은 겹겹의 휘장을 걷어냈다. 대전 한가운데 사람 모양을 한 석대石臺가 있고, 그 위에 자색 옷을 입은 여인이 묶여 있었다. 석대 맞은편에는 은발의 한 사내가 앉아 있었다. 그는 팔딱거리는 선홍빛 심장을 손에 놓고 쥐락펴락하고 있었다. 그 손동작에 따라 여인의 비명소리도 높아졌다 낮아졌다를 반복했다. 곧 숨이 끊어질 것 같았다.

인기척을 들었는지 천천히 몸을 돌린 사내가 담천과 눈을 마주쳤다. 긴 머리카락이 눈처럼 새하얬으나 뜻밖에 젊은 얼굴이었다. 이목구비는 평범했지만, 미간에 자리한 차갑고 음험한 기운 때문인지 슬쩍 보기만 해도 온몸에 소름이 돋았다.

담천의 위아래를 훑어본 그가 또다시 쉰 목소리로 입을 열었다.

"대연국 제희?"

이자가 천원국 국사임이 틀림없었다. 담천이 대답하기도 전에 석대 위에 묶여 있는 여인이, '제희'라는 말에 몸을 부르르 떨었다. 그러다 이내 몸부림을 치며 증오의 눈빛으로 담천을 노려보았다.

"어째서…… 어째서 네가 온 거지?"

담천은 또다시 심장이 옥죄이는 느낌을 받았다. 머리가 어지럽고 눈앞이 혼미해지려 했다. '현주 언니가 왜? 현주 언니가 왜 여기 있지?'

천만번 고심하며 상대의 계략을 꿰뚫어 보았던들 이곳에 갇힌 사람이 현주일 거라고 상상이나 할 수 있었을까!

천천히 몸을 일으킨 국사가 평온하고 깍듯한 목소리로 자리를 권했다.

"앉으시오. ……대연국 제희가 이렇게 연소한 이라고는 예상치 못했소. 어린 나이에 그리도 독한 수를 쓰다니, 절로 감탄이 나오는군."

담천은 현주를 흘끗 쳐다본 뒤 태연하게 돌의자로 향했다. 국사는 거칠게 뛰는 심장을 손에 쥐고 있어서 소맷자락이 피범벅이었다. 그야말로 기괴한 모습이었다. 의자에 앉은 담천은 가슴이 뭔가에 틀어막힌 듯 숨을 쉬기가 버거웠다.

맞은편에 앉은 국사가 담담한 표정으로 말했다.

"근래 계속 드는 생각인데, 아무래도 대연 황실에 대한 내 관점을 바꿔야 하지 않나 싶소. 그대의 부황 보안제는 나약하고 이기적인 자였는데, 뜻밖에 자녀들은 기개가 넘치니 말이오. 제후국 공주마저 어찌나 독한지, 심장을 도려내는 술법을 썼는데도 저러고 며칠을 버티고 있다오. 과거 대연 황실을 철혈서연鐵血瑞燕, '철혈'은 무쇠처럼 강한 의지, '서연'은 행복과 안락을 뜻한다이라 부르더니, 과연 허명은 아니었던가 보오."

담천은 아무 말도 하지 못했다. 앞에 앉은 사람은 천원국 국사였으며, 그녀가 막연히 상상했던 모습과는 완전히 달랐다. 천원국 국사에 대한 명성은 익히 들어 알고 있었다. 온갖 기이한 술법에 능하며 진중하고 말을 아끼는 사람이었다. 담천이 떠올렸던 그의 모습은 한 치의 빈틈도 허용치 않는 성격에 노련한 노인의 외양이었다. 한데 머리카락만 백발이지, 얼굴은 완연한 젊은이였다. 그 젊은 얼굴에 깊은 깨달음과 심오함이 깃들어 있었으며, 어떠한 감정도 내비치지 않았다. 그 모습 자체만으로 간담을 서늘하게 했다.

국사는 담천의 침묵에 개의치 않고 말을 이었다.

"천원국이 대연을 멸망시킨 후로 결국 중원 통일이 대세의 흐름이 되었소. 그대가 나라와 가족을 위해 복수를 포기 못 하는 것도 어쩌면 당연한 일이겠지. 그대가 연소한 것을 보니 나도 차마 독하게 하진 못하겠군. 태자의 혼백만 내어주면 그대들을 풀어주고 살길을 내줄 것이오. 더는 뒤쫓지도 않을 것이고."

담천은 깊은 숨을 들이마시고 잠시 뜸을 들인 뒤 대답했다.

"일단 저 여인부터 풀어주시죠. 아무것도 아는 것이 없는 사람입니다."

국사가 손에 들고 있던 심장을 집어던졌다. 심장은 곧바로 현주의 가슴으로 들어가 자리를 잡았고, 현주는 고통이 심한 듯 몇 번 헐떡이다가 혼절해버렸다. 그녀의 사지를 고정해놓았던 쇠고리가 팅팅 소리 내며 제자리로 돌아갔다. 그러자 현주의 몸이 허물어지듯 바닥으로 쓰러졌다. 몰골이 딱하기 그지없었다.

담천은 매무새를 다듬으며 잠시 생각에 잠겼다가 입을 열었다.

"저는 천원국으로 오기 전, 이미 죽을 채비를 단단히 해 두었습니다. 살아서 나갈 생각은 한 번도 해보지 않았다 는 말입니다. 그런 제가 목숨 하나 얻자고 태자의 혼백을 내줄 거라 생각하나요?"

국사가 담천을 유심히 쳐다보았다.

"제희, 그대가 좌상을 죽이고, 태자를 죽이고, 심지어 나 와 황상을 죽인다 해도 이 중원 각국의 정세는 결코 변하 지 않을 것이오. 우리 천원국 황실은 상고 적 요괴 혈통이 흐르고 있으며 천하 통일의 명운을 가지고 태어났소. 더 강성한 중원 대지가 탄생할 것이오. 당신들 대연의 좌상 은 시대의 흐름을 알아차렸을 뿐이오. 대연의 부패한 실 상과 천원국의 강대함을 알아차리고 현명한 선택을 내린 것이지. 심지어 그는 명리名利를 탐하지도 않았소. 그런데 제희, 그대는 대체 어떤 명분으로 사적인 복수를 위해 그 를 죽인 것이오?"

담천이 희미하게 웃으며 대답했다.

"내가 당신에게 그걸 설명할 필요는 없을 것 같은데요. 어찌하여 요괴를 숭상해야 하는지 당신이 내게 설명할 필 요가 없듯이 말이죠. 대체 무슨 명분으로 나를 질책하는 거죠?”

“요괴들은 인간과는 달리 서로 시기하고 의심하거나 남을 속이는 일이 없소.”

국사는 비단천을 꺼내 손에 묻은 피를 꼼꼼히 닦았다.

“태자가 본디 단순하고 남을 쉽게 믿는지라 그대의 수에 넘어간 것이오. 지금의 흐름은 그 누구도 바꿀 수 없소. 설사 천원의 황족이 모조리 그대에게 몰살당한다 해도 이 천하는 변함없이 천원국의 것이오. 그러니 그대의 모든 행동은 본인과 다른 사람들에게 고통만 더해줄 뿐, 다른 어떤 의미도 없는 것이오.”

“괜찮네요. 나도 천원국이 어서 그 위대한 소원을 이뤘으면 좋겠네요. 그럼 그때부터 요괴들이 미쳐 날뛸 테고, 천원국에 다시는 평온한 날이 오지 않겠죠.”

국사의 눈빛이 미세하게 번뜩였다.

“고개를 드시오.”

쉰 목소리가 마치 사포로 바닥을 미는 소리처럼 들렸다.

“고개 들고 날 봐!”

담천은 두려울 것 없다는 듯 고개를 번쩍 쳐들었다. 차갑고 요사스러운 두 눈과 마주치자 가슴이 살짝 서늘해졌다. 마치 가장 얇고 날카로운 얼음이 가볍게 심장을 찌르고 들어오는 느낌이었다. 통증은 없었다. 통증을 느낄 새도 없이 담천은 가슴이 텅 비어버린 것 같았다. 굉장히 중요한 무언가가 사라진 것 같았다.

끔찍하게도 그 무언가가 국사의 손에 들려 있었다. 담천의 심장이었다. 선혈에 젖은 심장이 맹렬하게 뛰고 있었다. 국사가 심장에 손톱을 대고 가볍게 한 번 그었다. 담천의 가슴에 찢어질 듯한 통증이 전해졌다. 이마에 식은땀이 주루룩 흘렀고, 당장 졸도할 것 같았다.

"제희, 난 아이랑 말씨름하는 걸 좋아하지 않아. 지금 바로 내게 이실직고하는 것이 좋을 게야. 태자의 혼백은 어디에 두었지?"

손에 든 심장에 그가 입김을 한 번 불었다. 담천은 천만 개의 얼음 칼에 가슴이 찔리는 것 같았다. 평생 상상도 못 해본 통증이었다. 그러나 담천은 한사코 쓰러지지 않았다. 통증이 더할수록 의식은 더 깨어나는 느낌이었다.

담천은 이 악물고 옷자락을 움켜쥐었다. 끔찍한 고통을 견뎌내기 위해 온몸의 기력을 쥐어짰다. 손톱이 부러지다 못해 하나둘 빠져나갔다. 담천이 갑자기 차갑게 웃으며 떨리는 음성으로 말했다.

"그래! 일국의 태자가 황천길 동무가 되는 것이니, 그것만으로도 밑진 장사는 아니지!"

한참을 묵묵히 있던 국사가 돌연 손을 들어 담천의 가슴으로 심장을 돌려보냈다. 차가운 그의 눈 속에 탄복의 빛이 서려 있었다. 심장을 도려내는 술법을 버텨내는 사람은 별로 없었다. 그걸 버텨내며 말을 할 수 있는 사람도 드물었고, 더욱이 여인 중에는 거의 없었다.

"그대가 공자제와 아는 사이라는 건 나도 잘 알아. 공자제가 꽤 능력 있는 자라는 것도. 그가 구하러 오리라 믿고 그렇게 겁없이 구는가 본데……."

국사가 쉰 목소리로 웃음을 흘렸다.

"내기 하나 할까? 공자제가 그대를 구하러 이곳에 쳐들어오기 전, 내가 그대 입에서 태자 혼백의 행방을 알아낸다! 과연 누가 이길까?"

담천은 입술에 묻은 피를 혀로 핥았다. 조금 전 그녀가 이를 악물며 생긴 피였다. 그녀가 피식 웃으며 대꾸했다.

"내가 이기겠네, 뭐."

국사가 떠나자 지하궁 돌문이 특수 장치로 봉인되었다. 실내에 다시 적막이 감돌았다. 담천은 돌의자에 힘없이 주저앉았다. 가까스로 고개를 돌려 사방을 둘러보았다. 아주 좋았다. 창문도 없고 출입문도 없고, 물도 먹을 것도 없었다. 조용하기가 무덤 같았다. 이런 곳이라면 굳이 잔혹한 고문 따위 필요치도 않을 것이다. 사흘이면 8대 조상까지 불러내릴 수 있을지도.

다행히 담천은 건곤 주머니가 있었다.

주머니에서 이불 두 장을 꺼내 하나는 돌침상에 깔고 하나는 몸을 덮었다. 비스듬히 누운 그녀는 물통과 간식을 꺼내 먹으며 마음을 가라앉혔다. 이제 어떻게 해야 할지 곰곰이 생각했다.

물을 마시고 있는데 현주의 눈빛이 느껴졌다. 혼미한 중에 깨어난 그녀가 담천을 바라보고 있었다. 눈빛이 더할 수 없이 독하고 매서웠다. 담천은 좋은 마음으로 물통을 건넸다.

"마실래?"

현주는 물통을 뺏어 들고 반 이상을 단숨에 들이켰다. 그러다 사레가 들렸는지 연거푸 기침을 했고, 옷 곳곳에 물을 흘렸다. 그런 현주의 모습이 더더욱 딱해 보였다.

"그래, 현주 언니, 이제 말해봐. 언니가 왜 여기 있는지."

담천은 서신에 동봉된 옷 조각이 좌자진의 것인 줄만 알았다. 자진만 그런 옷을 입었기 때문이다. 사랑하면 그 집 지붕 까마귀까지 좋아한다더니, 현주가 자진과 똑같은 자색 옷을 만들어 입었던 모양이었다. 만일…… 만일 옷 조각이 현주의 것인 줄 진즉에 알았더라면 담천은 굳이 이곳까지 오지 않았을 것이다. 현주가 알아서 죽어준다는데 담천이 말릴 필요는 없었다.

현주가 차가운 어조로 되물었다.

"그러는 너야말로 왜 여기 있는 거지?"

"듣기로 언니가 국사를 죽이려 했다던데, 설마 나라와 가족을 잃은 것에 갑자기 원한이 생기기라도 한 거야? 그래서 복수를 하려고?”

담천은 현주를 거들떠보지도 않고 말했다.

현주가 차갑게 웃기 시작했다.

“나한테 언제 나라가 있었고 가족이 있었지? 난 너처럼 어렸을 때부터 만인의 총애를 받은 적이 없어서 말이야! 가족? 부모님이 떠나고 집안이 멸문했을 때 오히려 난 박수 치고 환호했을걸!”

“그럼 내가 맞혀볼게. 분명 좌자진을 위한 것이었겠지. 좌자진이 태자를 죽였어? 다음엔 국사를 죽이려 했고? 그래서 언니가 중간에 끼어들었고, 일부러 실패했겠지. 좌자진이 언니를 구하러 오길 바라면서 말이야. 영웅이 미인을 구하러 오는 장면을 연출하고 싶었던 거 아니야?”

“아니야! 닥쳐!”

현주가 돌연 고개를 들었다. 두 눈에 도드라진 핏줄 때문에 한층 더 초췌해 보였다. 원한 가득한 눈빛으로 담천을 노려보던 그녀가 얼굴을 돌리고 무겁게 입을 뗐다.

“나는 좌자진이 무슨 생각을 하고 있는지 알고 있었어. 그는 온종일 우울해하며 종이 위에 국사와 태자 이름을 끼적이곤 했지. 그가 네게 늘 빚진 마음이었다는 건 나도 알고 있었어. 하지만 태자를 죽이기에는 한발 늦었던 거야. 태자는 이미 다른 사람에게 죽임을 당했거든. 그럼 적어도 국사는 죽여야겠다고 생각했겠지. 사실 그 빚이란 건 애초에 갚을 필요도 없는 것이었어! 좌자진은 결코 너한테 아무 빚도 지지 않았어! 어쨌든 그가 원하는 걸 내가 대신 이루어준다면 결국 그도 자신을 진정 사랑하는 사람이 누구인지 깨달을 거야. 하물며 천원국이 대연을 멸망시켰으니, 누가 봐도 국사는 내가 죽이는 것이 더 합당한 명분이 있는 거겠지, 안 그래? 네가 뭘 안다고! 입만 나불대는 너는 그런 걸 논할 자격도 없어!"

담천은 현주를 가만히 바라보았다. 그녀의 어깨에서 피로 물든 자색 옷자락으로 시선을 옮겼다. 그녀가 걸치고 있는 자색 옷은 좌자진의 것과 색과 문양이 똑같았다. 여인 복장의 허리끈 하나를 더한 것 말고는 완전히 같았다. 담천의 시선을 느꼈는지 현주가 몸을 움츠렸다.

"뭘 보는 거지? 왜 네가 온 것인지 아직 답을 듣지 못한 것 같은데!"

담천은 느닷없이 웃음을 터뜨렸다.

"그래. 아마 언니는 앞으로도 내가 상상하는 것보다 언제나 더 필사적이겠지. 언니는 늘 그랬어. 내가 좌자진이었다면 언니를 따르지 않는 게 더 이상한 일일 거야."

"너의 위로 따윈 필요 없어!"

매섭게 등을 돌린 현주가 눈물을 쏟기 시작했다. 사흘을 기다렸다. 죽음의 고비 속에서 꼬박 사흘 동안 고문당하며 매 순간 좌자진을 불렀다. 그가 구하러 오기만을 기다렸다. 하지만 문이 열리고 들어온 사람은 그녀가 가장 증오하는 사람, 가장 보고 싶지 않은 사람이었다.

살면서 이토록 철저하게 절망적이었던 날도 없었다. 좌자진의 사랑을 얻기 위해 늘 쟁취하고 빼앗았으며, 좌자진의 마음속에 분명 자신이 어느 정도 자리를 차지하고 있을 거라고 믿었다. 하지만 그것은 스스로를 속인 믿음이었다. 그러한 자기기만의 의지도 지난 사흘 동안 다 사그라들었다. 그리고 담천을 본 순간, 철저하게 무너져 내리고 말았다.

어쩌면 현주는 좌자진의 마음속에 머리카락 한 올도 남기지 못했는지도 모른다.

잠시 후 다리가 저린 듯 현주가 자리에서 일어나 몇 걸음 옮겨다녔다. 평온해 보이는 담천의 얼굴을 보며 현주가 물었다.

"대체 넌 어쩌다 여길 들어온 거지?"

담천이 옅은 미소를 지었으나 미간에는 음침한 기운이 서려 있었다.

"죽으려고. 언니는…… 언니도 나랑 같이 죽으면 되겠네."

순간 현주는 다리에 힘이 풀려 또 한 번 바닥에 주저앉았다.

18장

공자제가 들른 것은
뇌검풍인을 드리기 위함이니

사흘 뒤 국사가 다시 왔다. 발소리를 들은 담천은 이불과 간식, 물통을 잽싸게 건곤 주머니에 쓸어 넣었다.

국사는 어이가 없다는 듯 팔짱을 끼고 담천을 보았다. 전혀 수척해지지도 않았고 오히려 낯빛이 더 발그레해졌기 때문이다.

"공자제는 보이지 않더군. 봉면산에도 없고, 호천루에도 없고. 아마도 진흙탕에 손 담그기 싫어 진즉에 그댈 버리고 천원국을 떠난 것이겠지."

"아이고, 이를 어째? 나와 그 사람은 처음부터 아무 관계도 아니었는데, 당신만 괜히 속앓이를 했나 보군요."

국사가 담천 앞에 자리를 잡고 앉아 말했다.

"제희, 그대는 젊어서 아직 살날이 많이 남았지. 한창 좋은 때 목숨을 내던지는 걸 애석하게 바라보고 싶지 않은데. 각자 한 발씩 양보하는 게 좋겠어. 두 사람이 천원국 국경을 벗어나도록 해줄 테니, 그 대가로 태자의 혼백이 있는 곳을 알려주게.”

담천은 국사의 눈을 똑바로 바라보았다. 그답지 않게 초조와 슬픔의 빛이 엿보였다.

‘뭐 때문에 저리 슬퍼하는 거지? 그 요괴 태자 때문에?’

“태자에게 마음을 너무 쏟으시는군요. 단순히 신하로서, 마음 쓰는 게 좀 지나친 거 아닌가요?”

그 한마디에 국사의 낯빛이 급변했다. 이마에 식은땀까지 송골송골 배어났다. 그가 담천을 쏘아보며 말했다.

“뭐라고 했지? 마음 쓰는 게…… 지나치다?”

“네, 황제도 그 정도로 슬퍼하지는 않는 것 같던데. 한 차례 앓긴 했지만 어느 아리따운 여인네랑 놀고 나선 금세 회복하지 않았나요? 누가 보면 국사가 태자 아비라도 되는 줄…….”

담천은 급작스레 입을 다물고 놀란 눈으로 국사를 바라보았다. 국사의 얼굴이 하얗다 못해 시퍼렇게 질려 있었다. 회한과 분노, 살기, 두려움의 빛이 마구 뒤섞인 낯빛이었다. 그의 두 눈이 붉게 물들며 더더욱 매섭게 담천을 노려보았다.

‘아뿔싸! 무심코 내뱉은 말인데, 국사가 정말 태자의……!’

"방금 뭐라고 했지?"

그의 목소리가 기괴하게 변했다.

담천은 온몸에 한기를 느끼며 손사래를 쳤다.

"제가 무슨 말을 했는데요? 하하…… 오늘 날씨가 너무 좋네요! 바람과 햇살이 정말 상쾌한 것 같……."

국사는 오랫동안 담천을 노려보았다. 무어라 말하려는 듯 입을 떼려는 순간, 돌문 밖의 요괴 괴수가 크게 울부짖었다. 곧이어 돌문이 무언가에 걷어차인 듯 쾅 소리와 함께 지하궁 전체가 요동했다. 국사가 번개처럼 돌문 쪽으로 달려갔다.

하지만 한발 늦었다. 박살이 난 돌문 파편이 사방으로 튀며 연기가 모락모락 피어올랐다. 연기 속에서 자색 형체가 천천히 걸어 들어왔다. 국사는 소용돌이치는 먼지 사이로 눈을 가늘게 뜨고 앞을 바라보았다. 시야가 확보된 순간 바닥의 홍건한 피가 눈에 들어왔다. 국사가 타고 다니던 요괴 괴수가 두 동강이 나서 죽은 것이다.

자색 옷의 사내가 국사를 마주해 서너 걸음 앞에서 멈춰 섰다. 자색 옷이며 옥돌 같은 얼굴이 괴수의 피로 물들어 있었다. 하지만 여전히 청죽과 같이 수려했다. 심지어 두 눈을 닫고 있는데도 난초와 같이 고아했다.

그때 현주가 벌떡 몸을 일으켜 자색 옷을 향해 내달렸다.

"나 구하러 온 거지? 자……."

그 순간 담천이 그녀를 향해 일격을 가했다. 현주는 아찔함을 느끼며 바닥에 쓰러졌다. 담천은 밧줄로 현주의 손발을 결박한 다음 백지를 나귀 새끼로 둔갑시켜 그 위에 현주를 태웠다. 그녀를 그냥 두었다가는 모두를 위험에 빠뜨릴 게 분명했다. 그럴 바에는 차라리 정신을 잃고 가만있는 게 나았다.

그런 담천을 국사와 좌자진이 말없이 바라보았다. 담천이 급히 손을 흔들며 말했다.

"아, 아무것도 아니에요! 신경 쓸 거 없어요."

담천은 좌자진이 비록 눈을 닫고 있지만 자신에게 시선을 주었다는 걸 알아차렸다. 자진은 금세 다시 국사 쪽으로 시선을 옮기고 입을 열었다. 여태껏 한 번도 들어보지 못한 냉랭한 목소리였다.

"그토록 공자제를 만나고 싶어 하지 않았는가? 여러 차례 사람을 보내 소란까지 피우더니, 다 속을 떠보려는 심산이었겠지. 이제 내가 친히 왔으니 더 속속들이 한번 탐색해보시지!"

담천은 무심코 혀를 깨물었다.

'지금 공자제를 사칭하는 건가? 대체 무슨 계책을 세웠길래!'

국사가 불신과 놀라움, 의아함의 눈빛으로 그를 훑어보았다.

"허허, 그게 무슨 말씀입니까. 저는 다만 선생의 풍채를 흠모하여 친분을 쌓고 싶었을 뿐입니다. 하하…… 그런데 선생께서 이토록 앳된 미남자의 모습일 거라고는 생각도 못 했습니다. 어쩐지 출타할 때마다 가면을 쓰신다 했습니다."

"친분을 쌓고 싶다? 그럼 내가 이렇게 온 김에 하고 싶은 말이 있으면 해보시오. 천원국에 호의적인 쪽으로 내 마음이 과연 움직일지 한번 봅시다."

국사는 순간 눈빛을 번뜩이더니 허리를 굽히며 공수로 예를 갖췄다.

"과연 선생은 성격도 화통하십니다……."

말이 떨어지기 무섭게 국사의 소매 안에서 핏빛의 끈한 가닥이 속사포로 발사되어 좌자진의 심장을 공격했다. 다음 순간 미세하게 우두둑 소리가 났다. 좌자진이 붉은 끈 끄트머리를 잡아 힘껏 움켜쥔 것이었다. 담천은 그제야 똑똑히 보았다. 그것은 붉은 끈이 아니라 요괴의 가늘고 긴 팔이었다. 지극히 얇은 칼날보다 더 얇아 보였고, 다섯 손가락의 손톱은 바늘 끝처럼 날카로웠다. 그 손이 자진에게 붙잡혀 뼈마디가 으스러지고 고깃덩이처럼 물크러졌다.

"심장을 도려내는 술법이라! 이게 국사가 보여줄 수 있는 예라는 것이오?"

좌자진이 조롱하듯 말했다.

순간 섬광이 번뜩하더니 좌자진의 손에 들린 검이 그 요괴의 팔을 잘라냈다. 국사의 얼굴에 고통의 기색이 스쳤다. 잘려나간 팔이 뱀처럼 어슬렁거리다 국사의 소매 안으로 들어갔다. 잠시 뒤 국사의 팔꿈치가 피로 흥건해졌다. 하지만 그의 얼굴에 분노의 기색은 없었다. 오히려 공경의 태도로 입을 열었다.

"과연 공자제 선생이로군요. 제가 경솔했습니다. 팔 하나 정도로 끝을 내신 것에 선생의 넓은 도량이 느껴지는군요."

좌자진이 장검을 휘둘러 핏방울을 털어내고 검집에 꽂았다.

"자, 이제 대화를 시작할 수 있겠는가?"

저토록 차가운 표정과 저토록 냉랭한 마음의 좌자진은 본 적이 없었다. 담천은 그런 좌자진을 보며 현주를 미리 쓰러뜨려 놓길 잘했다고 생각했다. 그러지 않았으면 지금 고래고래 소리 지르며 난리를 피웠을 게 분명했다.

국사가 진지한 얼굴로 천천히 입을 뗐다.

"공자제 선생, 우리 천원국은 넓디넓은 땅에 백성들도 소박하고 고상하기 그지없습니다. 황족은 상고 적 요괴 혈통을 계승했으며, 거짓 없고 순박한 마음을 지녔습니다. 관료들에게도 술수와 계략은 결코 장려하지 않습니다. 태자는 천하에 둘도 없는 명운을 타고났으며, 중원 통일은 이미 기울어진 대세죠. 바야흐로 천원국이 중원을 일으킬 것입니다. 각국이 끊임없이 분쟁을 일으키는 지금의 국면을 끝내고 더 강성한 중원대국을 일으킬 것입니다. 선생도 다시 한 번 깊이 생각해보십시오. 중원은 이제부터 한 나라가 되는 것입니다. 다시는 나라 간 전란이 일어나지 않을 것입니다. 모두가 요괴를 숭상하면 사람들 간의 계략과 의심도 사라지겠지요. 이보다 더 좋을 수 있겠습니까? 설마 선생은 백성들이 각국 권세가들의 전쟁에 휘말리며 의지할 곳 없이 살아가는 걸 그냥 두고 보시렵니까? 선생은 총명하신 분이지요. 저도 선생의 진짜 내력을 조금은 알고 있습니다. 오랜 세월 방관하며 냉담한 눈으로 지켜본 것이 있으시니, 저의 이 말이 결코 과장이 아님을 아실 것입니다. 영리한 새는 나무를 골라 둥지를 튼다지요. 선생께서 망국의 제희와 뒤엉키는 것은 명예가 실추되는, 실로 애석한 일이 아닐 수 없습니다."

좌자진이 슬쩍 웃으며 대꾸했다.

"국사가 내 내력을 안다고? 그럴 리가. 반대로 국사의 내력은 내가 확실히 알고 있지. 본디 천지를 자유롭게 떠돌던 요괴가 아니던가. 그렇게 바람과 이슬을 벗삼아 다니는 것이 즐겁지가 않았나? 어쩌다 그 마음을 황권 다툼으로 오염시켜버렸지? ……태자가 둘도 없는 명운을 타고

났다? 그런 말로 사람들을 속이고 혼란에 빠뜨렸으면 됐지, 굳이 나한테까지 그럴 필요가 있을까? 나한테 무슨 좋은 소리를 듣겠다고!"

국사의 얼굴이 하얗게 질렸다.

"그게 무슨 소립니까!"

"당신은 태를 빌려 낳은 아이로 천원국 황실을 철저히 농락했지. 당신이 무얼 염려하는지 내가 말해줄까? 태자가 황제와 황후의 소생이 아닌 것을 황실에서 알게 된다면, 심지어 황족의 피가 조금도 섞이지 않았다는 걸 알게 된다면, 방금 당신이 말한 그 위대한 소원은 결코 이루어낼 수 없겠지."

국사의 얼굴이 괴이한 표정으로 일그러졌다.

"그리 오랫동안 국사로 있으면서 설마 아직도 깨닫지 못했나? 태자가 있었기에 당신의 국사 자리가 그토록 견고할 수 있었고, 황제도 그 때문에 당신에게 그 정도로 양보해주었을 텐데. 고작 태자의 명성에 기대서야 일어설 수 있는 당신이 아니던가. 그게 아니었다면 그저 사람들 궁합이나 봐주고 복이나 빌어주는, 실권 없는 신관神官에 불과했을 것을."

"공자제!"

국사가 포효하듯 소리 질렀다. 그 기세가 마른하늘의 날벼락과도 같았다.

담천은 피가 거꾸로 치솟는 것 같았다. 사흘 전 다친 심장에 통증이 느껴져 손으로 힘껏 누르며 이를 악물었다.

　"형태도 육체도 없이 죽지도 못하고 삼천 년을 사는 이 괴물 같으니라고!"

　국사의 등 뒤로 요괴 손 여덟 개가 부채 모양처럼 펼쳐졌다. 순식간에 길게 뻗어 나온 손이 일제히 좌자진을 향해 공격했다.

　"자신의 정체도 모르는 주제에 무슨 자격으로 날 모욕해!"

　여덟 개의 요괴 손이 각기 다른 방향에서 발사되었다. 신선이라도 피하지 못할 정도의 속도였다. 일촉즉발의 순간, 담천은 알아차렸다. 국사는 분노로 이성을 잃어 등 뒤로 허점을 보이고 있었다. 담천은 재빨리 국사의 뒤로 가서 그의 백발을 한 움큼 잡아채서는 착 소리와 함께 잘라 낸 머리카락을 소매 안에 집어넣었다.

　국사는 흠칫 몸을 떨었다. 이상한 낌새를 눈치채고 요괴 손 하나를 불러들였다. 그 손이 담천의 가슴을 파고들어 심장을 끄집어냈다. 담천은 바닥을 데굴데굴 굴렀다. 국사의 손이 그녀의 심장을 꽉 움켜쥐자 죽을 듯한 고통이 몰려왔다. 얼마 후 담천이 큰 고민 하나를 덜어낸 듯한 웃음을 보이며 말했다.

　"심장을 도려내는 술법은 더 이상 쓸 수 없을 거 같은데! 태자의 혼백이 편히 떠나길 바란다면 반드시 날 죽여야 할 것이야!"

국사는 내보낸 요괴 손들을 거둬들였다. 그제야 자신의 머리카락 한 줌이 담천의 손에 잘려나갔다는 사실을 알아차렸다. 그의 신체는 모든 것이 영험한 매개체였다. 더욱이 국사처럼 기이한 술법에 능한 자가 머리카락을 잃는다는 것은 치명적인 약점이었다. 담천이 실력 있는 신선을 청해 주술로 그를 죽이려 한다면 국사도 더는 빠져나갈 방법이 없었다.

국사는 태자의 혼백을 생각하며 필사적으로 마음을 다잡았다. 담천의 심장을 산산조각 내 당장이라도 그녀를 죽일 수 있었지만 지금은 참는 수밖에 없었다.

"제희, 대단하군! 하지만 이건 알아야지. 내가 놓아주지 않는 한 신선이라 해도 이 지하궁은 절대 떠날 수 없지!"

국사의 등에 달린 여덟 개의 손이 삽시간에 움츠러들었다. 마치 요사스러운 붉은 뱀 여덟 마리가 고개를 까닥이는 것 같았다. 담천은 바닥에 쓰러진 채 무력하게 요괴의 몰골을 바라보았다. 손이 저렇게 많으니 어쩌면 거미 요괴가 아닐까 싶었다.

그때 문 앞에서 용이 포효하는 듯한 소리가 들렸다. 하얀 빛이 번뜩이더니 좌자진이 몸을 날려 검을 휘둘렀다. 찰나의 순간 국사의 요괴 손 두 개가 잘려나갔다. 절단된 부위에서 뜻밖에도 다시 손이 자라났다. 칼날처럼 길게 솟은 손톱이 좌자진을 향해 달려들었다. 그때 담천이 소리쳤다.

"공자제! 이자의 머리카락을 가져가요! 당신 능력이라면 혼자서 여길 빠져나갈 수 있을 거예요! 태자의 혼백은 부탁해요. 내가 뭘 하려는지 당신도 알 거예요. 요괴 국사가 어찌하든 상관 말고요. 날 죽이게 내버려둬도 괜찮아요!"

좌자진은 금세 담천의 의도를 알아챘다. 그가 공중에서 내려와 담천 곁으로 착지하자 국사도 공격을 거둬들였다.

국사가 숨을 헐떡이며 말했다.

"잠깐…… 좋아! 제희의 심장은 돌려주지. 만일 머리카락과 태자의 혼백을 돌려준다면 국사의 이름으로 당신들이 천원국 국경을 떠날 수 있게 보장해줄 것이야! 그러고 이번 생에 다시는 이를 번복하거나 추궁하지 않겠어!"

"좋아! 그럼 내 심장을 먼저 돌려줘!"

국사는 분노가 극에 달해 손을 부들부들 떨었다. 이윽고 쥐고 있던 심장을 담천의 가슴으로 던져 넣었다. 그리고 담천 앞에 손바닥을 내밀었다.

"머리카락!"

담천은 떨리는 손으로 건곤 주머니를 뒤져 백발을 꺼내 국사의 손에 던져주었다. 그 백발은 과거 노스승이 죽음을 앞두고 담천에게 기념으로 남긴 것이었다. 좌자진이 담천을 부축해 일으켜 앉히는데, 담천이 그의 옷깃을 당기며 귓속말을 했다.

"어서…… 어서 현주를 챙겨요. 빨리 도망쳐야 해요!"

물론 국사는 백발이 자기 것이 아니라는 걸 곧 알아차렸다. 그는 거의 뒤로 넘어갈 만큼 광분했다. 그 이름도 당당한 천원국의 국사가 일개 처자의 손바닥에 몇 번이나 놀아난 것이다. 차라리 그녀 손에 죽는 게 덜 치욕스럽다 할 것이다.

그때 좌자진은 한 손으로 현주의 허리띠를 잡고, 다른 한 손은 담천을 감싸안고 있었다. 틈을 봐서 잽싸게 도망치려는 것이었다. 그 모습을 본 국사가 광분의 고함을 내질렀다. 피로 물든 그의 손 여덟 개가 먹색으로 변하더니 하나로 합쳐지면서 거대한 손바닥 모양이 되었다. 그 손이 연무처럼 흩어지는가 싶더니 돌연 다시 형태를 갖추고 좌자진 앞에 나타났다. 미처 대응할 틈도 없이 자진이 옆으로 피하자 손이 방향을 확 틀어 담천 쪽으로 향했다.

담천은 시커먼 손에 사로잡혀 허공으로 떠올라 내던져졌다. 허공을 나는 담천의 가슴을 주먹 쥔 손이 거세게 가격했고, 담천의 몸은 마치 실 끊긴 연처럼 멀리 날아갔다. 좌자진은 온몸의 피가 차갑게 얼어붙는 것 같았다. 아무 생각도 들지 않았다. 그저 현주를 내팽개쳐서라도 담천을 붙잡기 위해 공중으로 뛰어오르고만 싶었다.

그때 놀랍게도 부구운의 목소리가 들렸다.

"손을 써놨으니 일단 그녀를 데리고 나가! 어서!"

담천은 마치 투명한 두 손에 내려앉은 듯한 느낌을 받았다. 소용돌이치는 먼지 속에서 알 수 없는 형체가 서서히 모습을 드러냈다. 광풍에 휘날리는 검은 머리카락 사이로 얼굴 윤곽이 보일 듯 말 듯했다. 다만 눈 밑의 매혹적인 눈물점은 알아볼 수 있었다. 그가 담천을 품에 꼭 껴안았다. 그리고 새파랗게 질린 국사의 얼굴을 노려보더니 손가락을 들어 천장을 가리켰다.

"무슨 손들이 그리 많은지 진심으로 역겹군. 잃어버리지 않게 잘 간수하는 것이 좋을 게야!"

국사는 그의 손가락을 따라 천장을 올려다보았다. 천장이 담황색 부적 종이로 가득했다. 그 종이들이 뇌검풍인인 雷劍風刃, 우레처럼 강력하고 바람처럼 날카로운 칼날 비처럼 쏟아져 내렸다. 국사는 시커먼 요괴 손을 우산처럼 덮어 쓰고 문으로 뛰어갔다. 문 앞에도 담황색 부적 종이가 기다리고 있었다. 국사는 담황색 결계를 향해 한쪽 어깨를 힘껏 부딪쳤다. 하지만 금강석에 몸을 내던진 듯 뼈가 으스러질 것 같았다.

국사는 요괴 손 아래에 최대한 몸을 웅크렸다. 요괴 손이 무수히 떨어지는 뇌검풍인에 찔리고 긁히고 깎여나가며 크기가 점점 작아졌다. 이윽고 뇌검풍인이 멈췄을 때 요괴 손은 갈가리 찢겨 다시 여덟 개가 되었다. 손들이 온통 피범벅이 되어 원래 모습은 온데간데없었다.

　그때 허공에서 작은 쪽지 하나가 천천히 떨어졌다. 국
사는 극심한 고통 속에서 쪽지를 받아 들었다. 용이 날고
봉황이 춤추는 듯 기운찬 필체의 글이 적혀 있었다.

　공자께가 이곳에 잠시 들른 것은
　뇌검풍인을 드리기 위함이니
　부디 기꺼이 받으셨기를 바라네.

　국사는 몹시 분개하며 종잇조각을 갈기갈기 찢었다. 자
신이 철저하게 당했다는 사실을 그제야 깨달았다. 방금
당도한 자가 진짜 공자제였다!

　담천은 그저 고통스러울 뿐이었다. 심장을 도려내는 술
법에 걸려들었을 때보다 더 심하고 이해할 수 없는 통증이
었다. 고통 속에서도 많은 생각이 들었다. 향취산에 간 이
후로는 늘 고통과 싸우느라 분주하기만 했던 것 같았다.
　과거 스승과 함께 지낼 때 한번은 장작을 패다가 발을
찍은 적이 있었다. 고래고래 악쓰며 얼마나 울었는지 모
른다. 노스승에게 용돈이라도 더 받아낼 요량으로 일부러
더 악착같이 운 것도 있었지만, 어쨌든 곱게만 자랐던 제
희에게 피가 철철 흐르는 고통은 공포 그 자체였다. 당시

스승이 그녀의 상처를 싸매주며 이런 말을 했다.

'뭐가 아프다고 그 난리냐? 나중에 혼등을 밝히면 이보다 천만 배는 더 아플 것인데, 이참에 생각 좀 다시 해보아라.'

아직은 혼등에 두 명의 혼백을 더 넣어야 담천의 차례가 돌아온다. 한데 지금 담천이 느끼는 고통은 이미 자신의 혼백으로 혼등이 밝혀진 것이 아닌가 착각이 들 정도였다.

몽롱한 가운데 누군가가 계속해서 주변을 오갔고, 누군가의 손은 그녀의 얼굴을 어루만지고 있었다. 잠시 후 마치 먼 곳에서 말하는 듯 아득한 목소리가 들려왔다.

"심장은 아무래도 국사가 다시 도려낸 듯하오. 내 잘못이오."

심장…… 어쩐지 가슴이 텅 빈 듯 서늘하기 그지없었다.

'마지막에 가슴을 가격했던 그 시커먼 손이 심장을 낚아채간 걸까? 그런데 심장이 없는데 어떻게 이렇게 살아 있지?'

또 다른 목소리가 들렸다.

"지금은 자책하고 있을 때가 아니네. 대신할 것을 찾아 고통을 줄여주어야 해."

누군가의 손길이 담천의 옷을 풀더니 차갑고 딱딱한 물건이 가슴 위에 얹어졌다. '설마 무슨 돌멩이 같은 걸로 내 심장을 대신하려는 건 아니겠지?' 그런 어이없는 생각을 하고 있는데 손 하나가 가슴 위의 물건을 지그시 눌렀다.

차 반잔의 시간도 되지 않아 차갑고 딱딱했던 물건이 점차 물러지고 뜨거워지면서 박동을 하기 시작했다. 지그시 누르던 손에 힘을 더하자 그 물건이 가슴 안으로 가라앉았고, 텅 비었던 가슴이 뜨겁게 채워졌다. 담천은 새로운 피가 몸 구석구석으로 흘러드는 느낌을 받았다. 통증도 한결 줄어들어 비로소 편안한 숨을 쉴 수 있었다.

"일단 이렇게 두는 수밖에 없겠군. 석 달 안에는 무슨 일이 있어도 반드시 담천의 진짜 심장을 찾아와야 해. 충고하건대 절대 경거망동해선 안 돼. 오늘 순조롭게 빠져나올 수 있었던 건 국사가 방심했기에 가능한 일이었어. 게다가 공자제를 자기편으로 끌어들일 생각에 아주 독한 수는 쓰지 않았겠지. 지금은 우리 정체를 알았을 테니, 자네 혼자선 절대 그자의 적수가 못 돼."

"그가 지금 중상을 입어 약해진 상태니 지금 당장 나서야 하는 거 아니오?"

"국사의 이력이 보통 수상쩍은 것이 아니야. 나도 확실히 제압할 수 있다고 장담은 못 해. 그나마 천이가 영리한 덕에 그자의 머리카락을 가져온 것이 천만다행이지. 국사가 천이의 심장을 가지고 있기는 하나, 그 머리털 때문에 함부로 고통을 가하진 못할 거야. 흠…… 그렇게 일없이 서성이지 말고 나가서 좀 살펴보기라도 하게. 그 여인네 하도 울어대는 통에 내 골치가 다 아프네."

발소리가 점점 멀어지며 고요가 찾아들었다. 담천은 그 제야 한숨 돌리고 서서히 잠에 빠져들었다. 설핏 잠든 그 녀의 얼굴로 또다시 손 하나가 다가왔다. 이마를 천천히 매만지며 땀에 젖은 앞머리를 걷어주었다. 피곤함과 탄식 이 섞여 있는 목소리가 담천의 귀를 깨웠다.

"담천, 이제 두 명의 혼백이 채워졌고, 국사의 혼백은 반드시 가져올 수 있게 내가 도울 것이야. 그런데⋯⋯ 진 짜 혼등을 밝히는 것은 마지막 혼백일 텐데, 그건 누구의 것으로 할 생각이지? 천원국 황제? 이황자? 아니면⋯⋯ 처음부터 이 모든 계획의 마지막 혼백을 담천, 그대의 것 으로 할 생각이었던 거야?"

그래서 그녀는 아무도 돌아보지 않았고, 아무도 가까 이하지 않았던 걸까? 그래서 그렇게 단호히 떠나야만 했 을까? 그것 때문에 자신에게는 미래가 없다고 말한 것일 까⋯⋯. 이토록 고집스러운 여인은 여태껏 본 적이 없었다.

"어쩌면 나도 이미 알고 있었는지 몰라. 마지막 혼백이 가장 중요하기에 다른 누구의 것보다 천이의 혼백을 써야 하는 건지도⋯⋯. 천이가 누구를 죽이든 난 언제나 도울 거야. 한데 천이가 마지막으로 죽이려는 이가 천이 자신이 라면, 난 어떻게 하지?"

아무도 그의 말에 대답하지 않았다. 담천의 이마에서 서서히 그의 손이 거두어졌다. 그 손이 마치 가장 중요하고 따뜻한 무언가를 거두어가는 것만 같았다. 담천은 갑자기 깊은 잠으로 떨어졌다. 가슴 속이 더 이상 휑하지 않은데도 또다시 서늘한 고독 속으로 꺼져 들어가는 느낌이었다.

'그래…… 그냥 이렇게 하자. 이것도 좋아.' 담천은 스스로에게 그리 말했다. 돌로 만든 심장이 다시 차갑고 딱딱하게 변하는 그날, 두 사내의 슬픔을 그저 무정하고 잔인하게 지켜보리라……. 여기까지 온 이상 하늘이 무너져도 결코 물러서지 않으리라고 그녀는 마음을 다잡았다.

그 누구도 그녀를 막을 수 없었다.

아스라한 고통에 잠겨드는 지금, 그녀의 돌 심장도 그녀를 막을 수는 없었다.

며칠을 그렇게 깊이 잠들어 있었다. 다시 눈을 떴을 때 주변에는 아무도 보이지 않았다. 담천은 몸을 한 번 굴러 침상에서 벌떡 일어났다. 아픈 곳도, 불편한 곳도 없었다. 돌 심장도 평온하고 규칙적으로 뛰었고, 모든 것이 평소와 다름없었다.

평소와 다른 것이 있다면 주변 풍경이었다…….

담천은 멍하니 자신의 침상을 응시했다. 그것이 침상이

아니라 거대한 조가비인 것은 아닌지 한참을 생각했다. 언뜻 보기에 정말 조가비처럼 보였다. 그러고 보니 방안의 모든 세간살이가 산호 혹은 해석海石, 용암이 갑자기 식어서 생긴 다공질의 돌으로 되어 있었다. 부드럽고 커다란 해초가 담벼락 위에서 나부꼈고, 작고 알록달록한 물고기들이 산호와 해초 사이를 유영하고 있었다.

두 눈을 비벼보았으나 눈앞의 상황은 변하지 않았다. 다시 눈을 비비는 사이 물고기 한 마리가 다가오더니, 그녀의 손가락에 닿자 깜짝 놀라며 달아났다.

'내가 지금 물속에 있는 건가?'

담천은 신발을 신었다. 진주를 엮어 만든 발을 젖히고 나와 곳곳에 산호가 박힌 대청을 돌아 나왔다. 멀리 바깥은 망망한 해저 바닥이었다. 고운 은빛 모래가 깔려 있었고, 그녀가 있는 집은 거대한 조가비였다. 마치 바다 모래속에 피어난 우아하고 아름다운 꽃과 같았다.

담천은 넋을 놓았다.

조가비 집 아래쪽에서 사내의 목소리가 들렸다.

"이제 겨우 완쾌된 사람이 또 뭘 하려고 생각 중인 게야?"

고개를 숙여보니 부구운과 좌자진, 현주가 나란히 서서 담천을 올려다보고 있었다. 담천은 몰골이 말이 아니었다.

얇은 적삼 하나 걸친 채, 먹이를 발견한 맹견처럼 조가비 지붕에 엎드려 거위 알만 한 야광주가 담긴 바구니를 향해 손을 뻗고 있었다. 낯뜨거워진 담천은 순간 발이 미끄러져 지붕 아래로 굴러떨어졌다. 몽글몽글 솟아 커다래진 거품이 그녀의 몸을 받쳤다. 거품이 멀리 날아가는데 갑자기 부구운이 나타나 담천의 몸을 잡아챘다.

"야광주를 훔치려고요, 좀도둑님?"

"그게 아니라, 그냥 만져보며 호화로움에 감탄하던 중이었어요."

대연국이 가장 사치스러웠던 때도 야광주를 바구니째 지붕에 달았다는 말은 들어본 적이 없었다.

옥조지玉藻池 담벼락에 야광주 두 알을 박아놓은 것만 해도 엄청난 것이었으나, 훗날 전쟁으로 국고가 비게 되자 보안제가 몰래 야광주를 팔아버렸다. 가엾게도 그토록 당당했던 일국의 제희가 휘황찬란한 야광주에 눈길을 빼앗긴 것이다.

네 사람이 조가비 안으로 들자 오색 빛 작은 물고기 몇 마리가 머리에 쟁반을 이고서 다가왔다. 쟁반 위 찻잔에는 해초 차인지 뭔지 선명한 초록빛 차가 담겨 있었다. 담천은 괜히 찔리는 마음에 재빨리 찻잔을 들어 한 모금 들이켰다. 시원하고 깔끔한 맛에 감탄이 절로 흘러나왔다.

우물쭈물하던 담천이 그제야 물었다.

"내가…… 며칠을 자고 있었던 거죠?"

사실 이들 네 사람이 한데 앉아서 차를 마신다는 것은 매우 기이한 장면이었다. 부득불 어떤 화제라도 찾아서 분위기를 풀어야 할 것 같았다.

현주는 아무 말도 듣지 못한 척 떨떠름한 표정이었고, 부구운은 그저 담천을 바라보며 냉소로 일관했다. 좌자진도 미적미적하며 말이 없더니 담천의 물음에 겨우 입을 열었다.

"그때 국사에게 당한 일격에 온몸의 뼈가 으스러졌어. 영약靈藥을 먹고 족히 닷새는 잠들어 있었소. 어디 불편한 데는 없소?"

"어…… 괜찮은 것 같아요. 저를 구해줘서…… 다들 고마워요. 그런데 공자는 어떻게 구운 대인과 같이 있는 거죠?"

"원래는 천원국을 떠날 계획이었는데……."

좌자진이 멈칫하며 현주의 창백한 얼굴을 향하더니 시선을 돌리지 않고 말을 이었다.

"우연히 구운 대인을 만났소. 그때 그대와 현주한테 문제가 생겼다는 걸 알았다오. 그래서 구운 대인과 함께 계책을 세웠던 거요. 내가 국사와 대화를 나누며 시간을 버는 동안 구운이 부적을 붙이고, 기회를 봐서 두 사람을 구해내기로."

쨍그랑!

찻잔이 깨지는 소리가 났다. 현주의 손에 들려 있던 찻잔이 바닥으로 내던져져 산산조각이 났고, 초록빛 찻물이 바닷물처럼 출렁이며 흩뿌려졌다. 현주는 눈물이 그렁한 채로 몸을 일으켜 나가려 했다.

"잠깐!"

구운의 목소리에 현주가 발을 멈췄다.

"요 며칠간 간다 만다 생난리 치며 골치 아프게 하더니, 그래서 결국 가겠다는 거요, 남겠다는 거요? 이번에 가면 돌아오지를 말든가, 그럴 거 아니면 그냥 얌전히 있든가."

현주는 증오 가득한 눈으로 구운을 노려보더니, 이내 자진 쪽으로 시선을 옮겼다.

"자진, 당신도 내가 가버렸으면 좋겠어요?"

자진은 한숨을 내뱉은 뒤 겨우 대답했다.

"내가 당신한테 할 말은 지난 며칠간 이미 다 했어. 또 다시 말하고 싶지 않아. 당신이 향취산으로 돌아간다면 제일 좋겠지. 덮어놓고 그리 고집부리며 밖에 나와 있는 건 스스로한테 죄가 될 뿐이야."

현주는 억울하고 분한 눈빛으로, 굳게 닫힌 자진의 눈을 바라보았다.

"자진, 나한테 고맙다고 했잖아요. 안 그래요? 당신은 저 아이한테 아무것도 빚진 것이 없어요! 당신이 빚을 진 사람은 나라고요! 저 아이한테는 갚으려고 하면서, 왜 나한테는 갚으려 하지 않는 거죠?"

아무도 그녀의 물음에 답하지 않았다. 현주는 고개를 끄덕이며 중얼거렸다.

"당신 마음에 내 자리는 전혀 없었던 거예요. 그래서 내게 빚졌다고 느끼지 않는 거겠죠······. 그래요, 잘 알겠어요."

현주는 몸을 돌려 문 쪽으로 향하며 다시 입을 열었다.

"다시는 돌아오지 않을게요. 자진······ 향취산에 있으면서 우리 정말 좋았어요. 난 그때 당신이 날 좋아하는 줄 알았어요. 그렇지 않나요? 지금은 당신이 또 한 번 나를 버리려는 거예요."

현주의 생애 중 가장 아름다웠던 순간은 향취산에 있었던 그 4년간이었으리라. 나라도 없었고, 집도 없었고, 추화 부인도, 제희도 없었다. 아름다운 순간은 항상 그렇게 짧았다. 특히 현주에게 있어서는. 어쩌면 그것은 한 사내가 기억을 잃은 틈에 꾸었던 그녀만의 꿈이었는지도······. 기억을 되찾은 사내는 큰 치욕을 느꼈고, 조금의 미련도 없이 그녀의 꿈에서 몸을 빼고 떠나버렸다. 그녀의 모든 것인 꿈에서······.

"자진, 반드시 후회할 거야! 두고두고 후회하도록 만들어줄 거야!"

19장

여전히 그대와 함께
늙어갈 것을 꿈꾸네

독기 가득한 말 뒤로 방안은 오랫동안 정적이 흘렀다.

좌자진이 자리에서 일어나 담담하게 말했다.

"난 피곤해서 가서 좀 쉬어야겠소. 그럼 두 사람, 천천히 얘기 나누시길."

담천은 부구운의 눈빛이 왠지 자신의 뒤를 훑고 있는 것만 같았다. 좋지 않은 예감 속에서 그녀도 자리에서 일어나며 말했다.

"그, 그럼 나도 피곤해서…… 가서 잠을 좀……."

"담천."

그 목소리에 담천은 온몸이 굳고 말았다. 목소리가 높지도 않고 결코 위협적이지 않았으며, 심지어 부드럽기까지 했는데……. 담천은 웃음을 쥐어짜며 말했다.

"정말 피곤해서 그래요. 몸이 아직 회복되지 않았나 봐요.”

구운이 그녀를 향해 손을 까닥이며 기이하게 웃었다.

“걸리적거리는 사람도 다 갔으니, 이제 우리 얘기를 나눌 수 있을 것 같은데.”

잠시 망설이던 담천이 다시 자리에 앉았다.

“좋아요, 이야기해봐요.”

구운은 말없이 서신 두 통을 담천의 품으로 내던졌다.

“당신이 그토록 갖고 싶어 했던 거, 내 다 내준다. 어휴, 담천 앞에선 천자天子의 할아비가 와도 못 이길 거야.”

담천은 깜짝 놀라 서신을 바라보았다. 눈을 몇 번 깜박이고 나서야 그것이 국사의 이력이 적힌 서신임을 알아보았다. 허겁지겁 서신을 펼쳐 읽어보니 과연 미산군의 실력은 보통이 아니었다. 국사가 태어난 해에서부터 누구를 어떻게 스승으로 모셨는지까지 자세히 적혀 있었다.

국사는 남만이십사동南蠻二十四洞 요괴 일족의 오래된 혈통으로 순수한 요괴 피를 가진 자였다. 올해 벌써 삼백 살의 고령이었다. 화려하고 명리가 가득한 인간 세상이 그리웠는지 50년 전 천원국으로 들어와 이름 없는 신관으로 지내고 있었고, 늙지도 죽지도 않는 그의 모습은 아마 황제의 흥미를 끌기에 충분했을 것이다. 과연 황제도 불로장생의 술법을 익히고 싶었던 터라 그를 국사 자리에 등용했다.

태자가 둘도 없는 명운을 타고났다는 말은 오래전부터 전해 내려오던 천원국의 한 예언에서 나온 것이었다. 과거 한 신관이 예언하길 백 년 후 세상에 둘도 없는 명운을 타고난 자가 천원국에 임할 것이며, 그가 중원을 정복해 천하통일의 패업을 완성할 것이라 했다. 국사는 그 예언에서 허점을 노렸다. 자신의 정혈精血과 흉신凶神의 혼을 섞어 정제한 뒤 황후의 배를 빌렸다. 그리하여 사람도 아닌, 요괴도 아닌 태자가 태어났다. 순수 요괴 혈통의 힘에 더해 흉신의 살기까지 타고난 태자는 범인들보다 살인과 전쟁에 능할 수밖에 없었다. 그런 태자가 한순간의 불찰로 부구운의 손에 쥐도 새도 모르게 목이 날아가버렸다. 혼백까지 빼앗겼으니 국사가 광분할 만도 했다.

서신 말미에는 국사에게 대적할 수 있는 방법이 나와 있었다. 남만이십사동의 오래된 요괴 혈통은 다루기가 엄청 까다로운데, 베어낸 목을 잘게 조각 낸다 해도 목숨이 끊어지지 않을 정도라고 했다. 담천은 그날 대적했던 태자의 모습을 떠올리며 고개를 끄덕였다. 명줄을 철저히 끊어낼 수 있는 방법은 두 가지였다. 하나는 머리를 베어낸 뒤 즉시 그 혼백을 취하는 것으로, 이것은 구운이 태자에게 사용한 방법이었다. 두 번째는 극북極北 빙저冰底에 있는 청영석淸瑩石 영력을 취해 결계를 치고 국사를 가두면, 그의 몸 전체로 주술이 흘러들어 이른바 '주술 살인'으로 그를 죽일 수 있었다.

국사의 목을 베고 혼백을 취하는 것은 성공 가능성이 적었다. 지난번 일을 계기로 그 역시 철옹성처럼 방비할 것이니, 그때처럼 허점을 찾아 공략하기가 어려울 것이다. 아무래도 두 번째 방법을 취해야 할 것 같았다.

서신을 다 읽은 담천은 격정에 복받쳐 올랐다.

"고마워요! 이제 어떻게 해야 할지 알 것 같아요. 대인은 더 이상 날 도울 필요 없어요. 내가 알아서……."

"담천, 하나만 묻지. 꼭 그렇게 본인 목숨까지 바쳐서 혼등을 밝혀야겠나? 되돌릴 여지는 정말 없는 건가?"

구운의 차가운 목소리에 담천은 서신을 꽉 움켜쥐며 대답했다.

"네, 그래요. 내가 할 말은 진즉에 대인에게 다 했어요. 구운, 날 도우려 하는 대인의 마음은 정말 고마워요. 아무래도 그 빚은 제가 다 갚지 못할 것 같아요. 그저 이렇게 빚진 채로 있는 수밖에……. 이제부터는 정말 나 혼자다……."

"내 목숨이 끊어진다 해도 끝까지 갈 거야?"

담천은 두 손을 가늘게 떨었다. 목구멍마저 조여오는 느낌이었다. 멀리 산호 사이로 오색 빛깔 작은 물고기가 꼬리를 흔들며 유영하고 있었다. 그녀가 어색한 웃음을 지으며 말했다.

"이 일은 처음부터 대인과는 무관한 일이었어요. 괜히…… 연모하는 여인을 따라 함께 죽겠다는 말은 하지 마요……. 하하, 구운 대인의 한결같은 인품을 생각하면 너무 동떨어진 행동 아닌가요?"

담천은 태연한 척 농담까지 덧붙였다.

구운은 고개를 떨구고 있는 담천을 가만히 지켜보았다. 이렇게 진지한 마음으로 그녀를 바라본 적이 있었던가. 이전에는 늘 장난기 어린 눈으로, 또는 애틋한 눈빛으로 바라보았다. 전에 없이 진지한 표정의 구운을 보며 담천은 어찌할 바를 몰라 자신의 옷자락만 움켜쥐었다.

"그리 생각하고 있었군. 이제야 깨달았어. 사실 무슨 말을 하든 당신을 저지할 생각이었는데. 한데 그 아름다운 가치들에 당신만 감동을 받지 않는가 보군. 나는 당신한테 복수를 포기하라고 말할 수 있는 자격조차 없는 것을. 마지막으로 하나만 물을 테니 솔직하게 대답해줄 텐가? 만일 내가 그 혼등을 가져가면 어떻게 할 생각이지?"

담천이 서서히 얼굴을 굳히더니 작은 소리로 되물었다.

"왜 또 그렇게 몰아붙이는 거죠?"

구운이 짧게 웃으며 몸을 일으켰다.

"나도 어쩔 수 없이 당신을 도운 것이니 고마워할 필요는 없어. 가져가는 것도 안 되지만 당신이 다른 사람 손에 죽는 것도 보고 싶지 않았거든. 정 그리 죽고 싶은 거라면 원하는 대로 하도록 지켜보는 것도 낫겠다 싶었지. 내 마음은 그랬어. 한데 당신 마음은 철석처럼 억세고 단단하기만 하군. 내가 감히 흉내도 낼 수 없을 정도로."

그녀를 찾아다니고 그녀와 함께 지내며 그리 오랜 시간을 보냈건만, 그녀에게 그 시간은 그저 청회색 돌 위로 떨어지는 물방울처럼 가벼운 흔적에 불과했다. 누구를 탓하랴. 그녀의 가장 좋은 시절에는 그가 함께 있어주지 못했으니.

구운이 문으로 향하자 담천이 급히 입을 열었다.

"어디로 가는 거죠?"

"혼등이 아니면 우리는 아무 관계도 아니잖아? 당신이 물을 이유도 없고, 내가 대답할 이유도 없는 것 같은데. 이게 당신이 원하던 바 아니었나?"

그는 그대로 문을 나가버렸다. 담천은 텅 빈 대청에 멍하니 앉아 있었다. 물고기들이 주변을 어지러이 유영했고, 투명한 물거품이 유리구슬처럼 알알이 솟아올랐다.

모두 그녀가 바라던 대로였다. 그녀가 죽음에 이르기 전에는 언제 어디서고 위로와 따스함을 안겨주고, 떠나야 할 때는 깔끔하게 그녀를 놓아주고 돌아서는 것. 이것이 그녀가 원하던 것이었다. 이기적이라는 말을 듣는대도 어쩔 수 없었다.

담천은 천천히 몸을 일으켰다. 가슴 속에 분명 심장이

들어와 있었으나 또다시 커다란 구멍이 생긴 것 같았다. 구운은 줄곧 그녀 뒤에서 그녀 모르게 도움을 주었다. '그래, 전부 그가 스스로 나서서 한 일이야. 그도 말했잖아. 고마워할 필요 없다고.'

담천은 줄곧 이런 상황이 오길 바랐고, 정말 그런 상황이 왔다. 그런데 문을 나가는 그의 뒷모습을 바라보며 그녀는 거세게 추락하는 느낌이 들었다. 죽는 것이 두렵지는 않았다. 혼등을 밝힌 뒤 찾아올 끝도 없는 고통도 두렵지 않았다. 그런데 지금…… 알 수 없는 두려움이 그녀를 옥죄고 있었다.

아만이 죽던 날처럼, 노스승이 눈을 감던 날처럼 눈물한 방울 흐르지 않았지만, 가슴속에 구덩이 하나가 파헤쳐진 것만 같았다. 살가죽이 뼈에 걸쳐져 있어 그 사이로 스산한 바람이 든 듯 온몸이 떨렸다.

담천은 돌연 문밖으로 쫓아나가 날카롭게 소리쳤다.

"구운! 당신 목숨이 끊어진다는 건 무슨 말이에요? 정확히 말해봐요!"

그녀가 움직일 때마다 투명한 물거품이 솟아올랐다. 구운은 이미 사라지고 없었다. 그녀 목소리를 듣지 못한 걸까? 들었지만 대답하지 않는 걸까? 담천은 힘껏 달려나갔다. 이건 어리석은 행동이며, 이러면 안 된다고 생각하면서도 담천은 내처 달렸다. 마치 삶을 계속 이어가 백발이 창창한 모습으로 구운과 함께 죽림의 바람을 맞이하는 일은 결코 불가능한 꿈이란 걸 알면서도 기어이 그 꿈을 놓지 못하는 것처럼……

그녀가 스스로 구운을 밀어낸 것이었다. 철석같이 차가운 마음으로 몇 번이고 이러한 장면을 상상했었고, 그때마다 자신이 모든 것을 태연히 받아들일 수 있으리라 여겼더랬다. 그런데…… 구운은 왜 갑자기 자기 목숨이 끊어지는 것에 대해 말한 것일까? 악의에 찬 또 한 번의 속임수일까? 단지 그녀를 꾀내려는 마음으로 던져본 미끼일까?

담천은 숨이 턱에 차올라 모래 바닥에 웅크려 앉았다. 투명한 바닷물이 부드럽게 그녀의 몸을 감싸안았다. 그때 뒤에서 물결이 출렁이며 다가오는 것을 느꼈다. 고개를 돌리니 좌자진이었다.

자진이 소매 속에서 두 손을 맞잡은 채 가만히 담천의 얼굴을 바라보았다. 잠시 후 그가 입을 열었다.

"멀리까지 가지 말고 그만 돌아가는 게 좋을 거요. 구운도 며칠 지나면 돌아올 테니."

담천은 힘이 빠진 듯 털썩 주저앉아 혼잣말처럼 중얼거렸다.

"그가 가려는 걸 공자도 알고 있었나요? 어디로 간 거죠?"

"아마도 극북 땅에 청영석을 찾으러 갔을 거요."

자진이 다가와 담천을 일으켜 세웠다.

"그만 돌아갑시다."

담천은 풀이 죽은 채 자진과 함께 조가비 집으로 돌아왔다. 자진은 부척 수척해진 데다 낯빛도 투명할 정도로 창백했다.

"자진······."

담천은 무슨 말을 해야 할지 생각이 나지 않았다.

자진이 고개를 돌려 웃어 보였다. 우울해 보였지만 이전에 비쳤던 망연함과 고통의 기색은 보이지 않았다. 오히려 맑고 산뜻한 신선의 기운을 드러내며 그가 말했다.

"담천, 국사를 죽이고 나면 더 이상은 복수의 일을 생각지 말고 그와 함께 장래를 꿈꾸며 잘 살아갔으면 좋겠소."

"그럼 공자는 어떤 계획을 세우고 있는지 얘기해줄래요? 향취산에 돌아가 수련을 계속해서 신선이 될 건가요?"

"난 향취산에 돌아가지 않아요. 천하에 산수가 얼마나 많은데. 난 그대의 심장을 되찾고 나면 천원국을 떠나 천하의 신선을 찾아 돌아다니며 도를 깨우칠 테요. 그렇게 아무 거리낌도 근심도 없는 신선이 되는 거요."

담천은 그의 얼굴에서 처음으로 진정한 미소를 보았다. 어쩌면 자진은 이미 모든 것에 달관한 것인지도 몰랐다.

그것도 좋았다. 자진은 원래 총명하고 인자한 사람이었다. 부질없이 과거에 얽매이기보다 차라리 자유로운 신선이 되는 것이 좋으리라. 그에게는 그것이 해탈이자 새로운 경지이기도 할 것이다.

"좋아요. 공자가 그런 신선이 되면 신통한 단약이나 얻으러 한 번 찾아가야겠네요."

담천이 빙긋이 웃으며 거짓말을 했다.

닷새 후 부구운이 쥐도 새도 모르게 돌아와 있었다. 아침에 담천이 문을 나서 산책하던 중 저멀리 구운이 마주 걸어오는 걸 보았다. 구운은 그녀를 보자 냉큼 몸을 돌려 달아나버렸다.

"구운!"

담천은 크게 소리치며 그를 쫓아갔다. 평생 그리 빨리 뛴 적도 없었다. 포탄처럼 해석을 넘어뜨리고, 산호를 무너뜨리고, 난간을 뛰어넘으며 필사적으로 달렸다.

결국 그의 방문 앞까지 쫓아갔는데 바로 눈앞에서 조가비로 만든 문이 힘껏 닫혔다. 담천이 문을 차며 소리쳤다.

"나와요! 나와서 정확히 말해봐요! 비겁하게 문 뒤로 숨어버릴 건가요?"

문 너머에서 그의 목소리가 울렸다.

"공주 마마, 분부하실 일이라도 있으신지요? 여정 내내 분주했던 탓에 몹시 피곤하니 알현치 못하는 것을 용서하시고 그만 돌아가시지요.”

“좋아요. 그럼 잘 들어요.”

담천이 문에 바싹 붙어서 말을 이었다.

“하나만 물을게요. 지난번 당신의 목숨이 끊어진다고 한 말, 무슨 의미로 한 말이죠? 분명히 알아듣게 설명 좀 해봐요.”

“아, 공주 마마의 관심에 참으로 몸둘 바를 모르겠군요. 그저 입에서 나오는 대로 지껄인 것뿐이니 괘념치 마시기 바랍니다.”

“그리 농담처럼 말하는데 내가 그걸 어떻게 믿어요?”

“믿거나 말거나.”

구운은 그 한마디를 끝으로 더 이상 아무 대꾸도 하지 않았다. 담천이 발로 문을 차든 말든 아랑곳하지 않았다. 담천은 잠시 숨을 돌린 후 건곤 주머니에서 비수를 꺼내 조가비 문을 찍어댔다. 뚫린 구멍마다 물거품이 흘러나오며 굳게 닫혔던 문이 바깥쪽으로 홱 열렸다. 미간을 찡그린 구운이 뿌연 낯빛으로 소리쳤다.

“하여튼 제멋대로야!”

담천은 비수를 거둔 뒤 팔짱을 끼고 그를 응시했다.

“자, 이제 확실히 말해봐요.”

“우린 이미 아무 관계도 아니지 않나? 내가 죽든 말든 무슨 상관이지?"

담천은 말문이 막혔다. 방금 전까지도 용감무쌍하게 덤벼들었던 기세는 그의 말 한마디로 수그러들었다. 구운의 그 말은 매우 일리 있었고, 지금의 상황에 들어맞는 매우 중요한 관건이었다. 두 사람은 더 이상 아무 관계도 아니었다.

언제나 그녀를 위해주었고, 그녀를 위해 태자를 죽였고, 국사까지 죽이려 했으며, 함께 살 때는 늘 웃음을 주었던 그였다. 이 모든 일에 대해 그는 그저 '내가 좋아서 그리한 것'이라고 말했다. 그들은 부부도 아니었고, 혈육도 아니었다. 사적으로 평생을 약조한 연인도 아니었다. 상대에게 그리 서슬 퍼런 기세로 그런 질문을 던져 대답을 강요할 자격이 못 되었다.

어쩌면 방금 한 말들도 그저 단순한 또 하나의 미끼일지 모른다. 유혹을 다스려야 했다. 입을 열어 미끼를 물지 않도록 필사적으로 버텨야 했다. 하지만 철석같이 단단한 마음만 마냥 고집했다가 정작 중요한 걸 놓쳐버리면 어쩌지? 담천은 긴 한숨을 내쉬며 한발 물러났다.

"알았어요. 내가 잘못했어요."

그의 미끼를 물어보기로 했다. 너무 지쳐서 더 이상 뻗대고 나갈 수도 없었다.

"정말 입에서 그냥 나오는 대로 내뱉었던 건가요?"

"맞아. 그냥 지껄인 것이니 깊이 생각할 거 없어."

담천이 또다시 한숨을 내뱉자 몽글몽글 물거품이 올라왔다. 몸을 돌려 한 발 내딛는데 구운이 말했다.

"잠시만! 이거나 가져가. 선물이라 생각하고."

담천이 어리둥절한 표정으로 고개를 돌렸다. 구운이 가늘고 긴 보따리 하나를 던졌다. 안에는 커다란 그림 족자와 수정으로 된 병이 들어 있었다. 병 입구가 부적으로 봉해져 있었고, 병 속에서 불꽃 모양의 무언가가 반짝이며 타오르고 있었다. 수묵화의 담청색을 닮은 빛으로 타올랐는데, 그것은 요괴의 혼백만이 띨 수 있는 색깔이었다. 일반 사람의 혼백은 대부분 청록색이었다.

태자의 혼백이었다.

그림 족자를 펼치자 그림 속 누각이 하나하나 눈앞에 펼쳐졌다. 밀려 올라가는 바닷물 때문에 평지 위에 화려한 궁전이 겹겹이 솟아오른 것 같았다. 마침 가지를 늘어뜨린 해당화가 흐드러지게 핀 봄날이었고, 붉고 흰 꽃잎들이 하늘 가득 춤을 추며 흩날렸다. 세상을 뜬 담천의 가족들이 하나둘 나타났으며, 모두가 그녀를 향해 부드럽고 상냥한 미소를 보였다.

담천의 손이 부들부들 떨렸다. 그 바람에 그림과 수정 유리병이 모래 바닥으로 떨어졌다.

"태자의 수급首級은 잘린 지 오래라 다 썩어서 내다 버렸고, 혼백은 내가 가져봐야 쓸데도 없으니 주는 거야."

구운이 문을 닫고 소맷자락으로 조가비의 구멍 난 곳을 문지르자 금세 구멍이 메워졌다.

"그토록 바라던 그림을 가졌으니 가서 아름다운 단꿈이나 실컷 꾸시지요! 그럼 안녕, 공주 마마."

매정하게 닫힌 문을 바라보던 담천은 갑자기 온몸의 힘이 빠지는 듯했다. 피로와 무력감이 소용돌이처럼 그녀의 몸을 휘감았다.

자신을 사랑한 사람을 밀어냈다. 그녀가 바라던 결과였다. 이렇게 단호하고 지독하게 혈혈단신 혼등을 밝히고 사지로 향하는 것…….

그토록 바라던 그림을 가졌으니 가서 아름다운 단꿈이나 실컷 꾸시지요! 경멸하는 말투였다. 따스함은 그저 허황된 꿈속에서만 구하고, 현실에선 냉정하게 회피해버리는 자신을 조소하는 말투였다.

담천은 웅크리고 앉아 무릎을 감싸안았다. 절망과 어둠이 그녀의 몸을 짓눌렀다. 너무 피곤해서 그냥 이대로 사라져버렸으면 좋겠다는 생각이 들었다.

담천은 사흘간 방안에 틀어박혀 지냈다. 그림은 줄곧 침상 위에 펼쳐져 있었고, 잠이 들었다가 깨면 눈을 떠서 자신을 향해 미소 짓는 가족들을 바라보았다. 가족들은 마치 한 번도 멀리 떠나지 않았던 것처럼 곁에 있었다. 구운의 말처럼 깨고 싶지 않은 아름다운 단꿈이었다.

아만이 쟁반에 차를 받쳐 들고 다가왔다. 담천에게 무슨 말을 할 것만 같았다. 담천은 저도 모르게 손을 뻗어 허공을 휘젓고는 결국 탄식을 내뱉었다.

담천이 두문불출하자 처음에는 대수롭지 않게 여겼던 좌자진이 결국 입을 열었다.

"대체 담천에게 무슨 말을 한 것이오?"

부구운은 창가에 기대 술을 마시고 있었다.

"아무 말도. 그냥 그림 한 폭 선물했을 뿐."

그는 좌자진에게 술 한잔 따라준 뒤 한마디 덧붙였다.

"고맙네. 공자제의 신분을 발설하지 않은 것 말이네."

좌자진이 그를 잠시 쳐다보다가 말했다.

"능력이 그리 대단한 사람이 어찌 향취산에서 그토록 참고 있었던 거요? 산주를 위해 보물을 긁어모으고, 그의 제자까지 되다니, 대인의 실력은 응당 그곳 신선들보다 훨씬 뛰어날 텐데 말이오."

부구운이 나른한 미소를 지으며 대답했다.

"무료해서 그런 것이지. 그리 오랜 세월을 살면서 끊임없이 다른 생生으로 태어난다면 자네도 틀림없이 무료해질 것이야……. 물론 한 가지 중요한 이유가 있긴 했지."

구운은 술을 한 모금 들이켠 뒤 말을 이었다.

"혼등이 향취산에 있었거든. 그래서 거기 남아 있을 수밖에."

"혼등?"

좌자진에게 혼등은 매우 낯선 이름의 보물이었다.

"대충 그리된 거야……. 한데 그런 생애도 이제 드디어 끝을 낼 수 있게 됐어. 자, 한잔 들지. 술은 역시 함께 마셔야 제맛이야."

구운은 아예 술주전자를 통으로 자진에게 건넸다. 미산군이 그랬던 것처럼 술주전자를 들어 자진의 주전자와 부딪쳤다.

자진이 어쩔 줄 몰라 하며 말했다.

"한데 내가 주량이 그리 좋지 못하오."

바로 그때 뒤쪽 바닷물이 미세하게 일렁였다. 고개를 돌리니 사흘간 보지 못했던 담천이 깔끔하게 차려입고 미소 띤 얼굴로 걸어오고 있었다. 그새 홀쭉해져서 여리여리했던 과거의 자태가 드러났다.

담천은 대낮부터 창가에 기대 주전자째로 술을 마시고 있는 두 사람을 보고 절로 웃음이 났다.

"하하, 벌써부터 술판을 벌인 거예요?"

자진이 곧 관심 어린 투로 물었다.

"담천, 괜찮은 거요?"

"괜찮아요. 그냥 살 좀 빼며 지냈어요."

좌자진은 두 사람의 대화를 방해하지 말아야겠다는 생각에 좌선 수련을 해야겠다며 자신의 방으로 돌아갔다.

담천은 거침없이 창문 앞으로 가서 앉았다. 자진이 남기고 간 술주전자를 들어 한 모금 들이켜고 땅콩도 집어먹었다. 구운은 뜻밖이라는 듯한 표정을 짓고 있었다. 담천이 다짜고짜 물었다.

"국사한테는 결판 내러 언제 갈 생각이에요?"

구운은 잠시 그녀를 응시하다 천천히 고개를 돌렸다.

"미산이 좀 한가해지면. 최근 그 전쟁 귀신이랑 둘이서 술래잡기하느라 아주 바쁘시거든. 얼마간은 돌아오지 못할 거야."

이 일을 위해 미산군까지 나선다니 담천은 절로 고개가 숙여졌다. 그녀는 술주전자를 들고 남쪽을 향해 머리를 세 번 조아렸다. 사숙에 대해 감사를 표하는 것이었다.

술을 다 마신 구운이 안쪽에서 창문을 닫으려 하자 담천이 그를 붙잡았다.

"날 보는 게 그렇게 무서워요?"

담천이 미소를 머금고 물었다.

"내가? 당신을 무서워한다고?"

구운이 태연자약하게 되묻더니 창문을 활짝 열어젖히고 술주전자를 외실 안으로 거둬들였다. 그리고 옷을 입은 채 침상에 반쯤 드러누워버렸다. 담천이 옆에 있든 말든 개의치 않았다. 그때 유영하던 갈치 몇 마리가 구운의 미색에 반하기라도 한 듯 그의 품을 파고들더니 아래턱에 대고 마구 입을 맞췄다. 구운이 손으로 잡아떼도 자꾸만 다시 달려들었다.

그 모습에 담천이 웃음을 터뜨리며 말했다.

"이런 바다 속에까지 저택을 갖고 있을 줄이야! 당신은 정말 예상할 수 없는 사람이에요. 봉면산보다 여기가 훨씬 좋은 것 같아요. 미산거나 향취산보다도 더 멋져 보여요. 엄청 재미있는 곳이에요."

구운이 눈을 감은 채 대꾸했다.

"그런가? 좋으면 며칠 더 묵어도 좋고, 늙을 때까지 산다 해도 상관은 없어."

담천은 주전자의 남은 술을 단숨에 마신 다음 대답했다.

"좋아요!"

쿵! 머리를 받치고 있던 구운의 손이 미끄러지면서 거대한 조개껍질에 머리를 부딪혔다.

웃음을 거둔 담천이 고개를 떨구더니 한참 후 입을 열었다.

"난 내가 그 무엇도 개의치 않을 거라 생각했어요. 나는 새처럼 마음이 가벼울 거라고요……. 하하, 그런데 원래 난 그리 털털한 성격이 못 되나 봐요. 많은 것에 상처받고 그저 뒤에 숨어서 이렇게 스스로를 위로하는 수밖에요. 그러고 보니 나도 여전히 꿈을 꿀 수 있더라고요. 많은 꿈을 꾸었어요. 우리가 나이가 들면 어떤 모습일까, 아이는 낳을까, 누굴 닮은 아이일까……. 다 우스꽝스러운 상상들이죠. 예전에도 그런 상상을 많이 해봤지만, 상상 속 그 사람은 모두 자진 공자였어요. 그 사람이 언제부터 구운으로 바뀌었는지는 나도 잘 모르겠어요. 이런 나 자신이 경멸스러워요. 왜냐하면 난 철석같이 굳은 심장으로 통쾌하고 깔끔하게 생을 마감해야 마땅하거든요. 그런데 어느 순간, 우스꽝스러운 그 상상이 기대로 바뀌었다는 것을 깨달았어요. 정말이지…… 대연의 백성을 볼 면목이 없네요."

그 순간 구운이 돌진하듯 한껏 몸을 기울여 창틀 너머의 그녀를 꼭 껴안았다. 그는 아무 말도 하지 않았다. 담천은 눈을 껌뻑였다. 눈앞이 흐려지더니 눈물방울이 쉴없이 흘러내렸다.

"다시는 목숨이 끊어진다는 말 하지 마요. 너무 힘들어서, 그래서 이렇게 얌전히 투항하는 거예요. 하, 혼등을 켜기 전까지 아직 시간이 많이 남았잖아요. 이번 생애 우리 두 사람 함께하는 걸로 여기면 되잖아요. 그것이 몇 날이 됐든, 몇 년이 됐든. 전에는 왜 이렇게 생각하지 못했는지……."

구운이 담천의 얼굴과 머리를 어루만졌다. 손힘을 제어하지 못하는 듯 그녀의 얼굴을 거의 으스러뜨릴 것 같았다. 뜨겁게 달아오른 그의 입술이 따뜻한 담천의 얼굴 위로 떨어졌다. 그가 떨리는 목소리로 말했다.

"걱정 마. 혼등 속으로 들어가서도 당신 곁에 있을 거야. 내가 그 고통도 함께할 거야."

담천이 웃음을 터뜨렸다. 그리고 구운의 목덜미를 껴안으며 말했다.

"혼등에 넣을 수 있는 혼백은 단 네 개뿐인데 당신까지 비집고 들어오려고요? 혼등이 미어터지겠네요!"

구운은 아무 대꾸 없이 그녀의 붉은 입술을 덮어버렸다. 그는 창문 밖에 선 담천을 힘껏 들어올려 안으로 들인 뒤 자신의 다리 위에 앉혔다. 그 와중에도 자꾸만 물고기들이 다가와 방해했다. 눈치 없는 녀석들이 분위기를 망치는 일이 없도록 창문을 굳게 닫았다.

둘 모두 더는 말이 없었다. 할 말, 안 할 말, 이미 많은 말을 쏟아냈고, 말이라는 건 종종 쓸데없는 감정 소모를 일으킬 뿐이다. 때로는 서로의 친밀한 입술과 몸이 감추어둔 감정을 표현하는 가장 좋은 수단이 되었다. 담천은 온몸의 힘을 내려놓았다. 호흡 속에 달콤한 신음소리가 섞여 나왔다. '내가 이토록 구운을 사랑했던가?' 담천은 그를 향한 자신의 마음이 믿기지 않았다.

'언제부터 시작된 마음일까?' 구운이 그녀를 절대 포기하지 않겠다고 말했을 때부터였던가? 청죽에다 이름을 새기며 그녀에게 아름다운 꿈을 꾸게 해준 그때부터였던가?

더 이상 피할 것도 없었다. 그들에게는 아직 긴 시간이 남아 있었다. 죽음이 그녀를 데려가기 전까지는 두 사람, 행복할 수 있었다.

한데 뒤엉킨 입술 사이로 미세한 물거품이 솟아나 얼굴을 스칠 때마다 간지럽고 저릿저릿했다. 담천이 움직일 때마다 그녀의 긴 속눈썹에 맺힌 물거품도 가늘게 떨렸다. 구운은 그녀의 속눈썹으로 입술을 옮겼다. 질식할 것처럼 오랫동안 지속되던 입맞춤이 잠시 멈췄다.

구운의 몸이 가볍게 떨리는 듯했다. 그가 담천을 꼭 껴안은 채 숨을 헐떡이며 그녀의 어깨 위로 얼굴을 파묻었다. 담천은 문득 그의 몸 한곳이 꿈틀하는 걸 느꼈다. 본능적으로 몸을 피하려는 그녀를 구운이 꼭 붙들었다. 짧은 신음소리를 내뱉더니 그녀의 목을 가볍게 깨물었다.

"더는 못 기다리겠어. 충분히 부드럽지 못해도 탓하지 마."

'충분히 부드럽지 못해도라니?' 담천은 어리둥절해할 새도 없이 별안간 정신이 아찔해졌다. 구운이 그녀를 들쳐 안고 크고 푹신한 조개껍질 속으로 들어갔다. 조개껍질이 서서히 입을 다물었다. 마치 작고 어두운 방안에 두 사람을 가둔 듯했다. 조개껍질 천장에는 야광주 두 알이 매달려 은은하게 반짝이고 있었다.

구운이 몸으로 무겁게 그녀를 누른 채 옷고름을 잡아당겼다. 더 이상은 지체할 수 없다는 듯이, 극도로 목마른 사람이 물을 발견했다는 듯이 거침이 없었다. 옷고름마저 제대로 풀지 못해 결국 긴 적삼을 여러 조각으로 찢어버렸다.

구운이 다짜고짜 달려들자 담천은 겁이 났다. 이리저리 돌아다니던 그의 손을 붙잡으며 떨리는 목소리로 말했다.

"잠시만……."

"지금 이 상황에 안 된다는 말은 제발……."

구운의 목소리에 괴로움이 묻어났다.

불바다처럼 타오르던 구운의 귀에 문득 맑고 순수한 소년의 목소리가 들리는 듯했다. '잠깐 멈추고 그녀의 말을 들어보라고! 거칠게 덤비지 말고, 충동적으로 굴지 말고. 네가 무슨 설익고 풋풋한 소년도 아니고!'

하지만 구운은 멈추지 않았다. '그럼 설익고 풋풋한 소년이 되어보지 뭐!' 그는 맑고 순수한 내면의 목소리마저 걷어차버렸다. '담천은 내 사람이야. 난 그녀를 원해!' 찢어진 옷을 한구석에 던져버리고 보드랍고 가냘픈 그녀의 몸을 껴안았다. 희미한 불빛 아래서 그녀의 입술을 찾았고, 그녀를 삼켜버릴 듯 열렬히 입을 맞췄다.

담천은 뜨겁게 달아오른 동시에 어지러웠다. 그녀 자신이 가벼운 천이 되어 그의 손에 이리저리 뒤집히며 시달리는 듯했다. 온화했던 그의 모습은 어디로 숨어버렸는지, 눈앞에 보이는 구운은 한 번도 보지 못한 낯선 사내였다. 그는 곧 천지가 무너질 것처럼, 그래서 죽음의 사신을 피해 달아나는 것처럼 극도의 흥분된 상태로 혼을 빼고 있었다.

20장

천원국 이황자 정연

담천은 이불 속에서 손을 빼고 구운의 헝클어진 머리카락을 가지런히 매만졌다. 이어서 그의 몸을 깊이 파고들었다. 구운이 낮게 숨을 헐떡이더니 오른손으로 담천의 허리 중 가장 굴곡진 부분을 그러잡으며 그녀의 몸이 자신을 향해 활짝 열리도록 했다. 둘 사이에 열이 오르며 이제는 누구도 주저하지 않았다.

담천을 껴안은 팔이 문득 풀리더니 그녀의 얼굴로 올라왔다. 그녀의 뺨을 부드럽게 어루만지자 담천은 그 손을 붙잡고 재빨리 말했다.

"가지 마요!"

지난번처럼 안 된다고 하지 않기를 바랐다. 두 사람은 시간이 없었다. 속눈썹이 스치는 매 순간이 야광주보다 더 소중했다. 의미 없이 시간을 낭비하고 싶지 않았다. 그녀는 그를 원했고, 그것은 바로 지금이었다.

구운이 몸을 앞으로 숙이며 담천을 세차게 껴안았다. 입술을 맞붙인 채로 가쁜 숨을 몰아쉬며 말했다.

"곁에 있을게."

그들은 지금 진정으로 한 몸이 되어 조금의 빈틈도 없이 붙어 있었다. 이제는 더 이상 떨어지지 않을 것이며, 떨어뜨려지지도 않을 것이다. 담천이 이토록 깊이 깨달은 것은 처음이었다. 그녀는 더 이상 혼자가 아니었다. 그녀를 사랑하는 사람이 곁에 있었고, 그녀가 사랑하는 사람도 곁에 있었다.

"천아……."

"네?"

"널 보고 싶어."

거대한 조개껍질 뚜껑이 갑자기 열리더니 투명한 쪽빛 바닷불이 안으로 쏟아졌다. 조그만 물거품이 맹렬하게 솟구쳐 올랐다. 알알이 치솟는 물거품이 수정으로 만든 진주처럼 보였다.

담천은 지금 이곳에, 그의 품에 안겨 있었고, 두 사람은 서로 사랑했다. 이렇게 깊이 뒤엉킨 사랑은 긴긴 세월이 흐를 때까지, 바다가 마르고 돌이 썩을 때까지 계속될 것 같았다. 이토록 아리따운 그녀는 아무리 사랑해도 모자랐다. 어떻게 사랑해야 진정 만족스러울지 알지 못할 정도였다. 환대 강가에서 남장한 그녀를 처음 보았더랬다. 흐르는 강물을 초조하게 바라보며 자신을 만날 생각에 부풀어 있던 그녀의 모습은 마치 이제 막 날기 시작한 꾀꼬리처럼 천진하고 사랑스러웠다. 구운은 그때부터 의식적, 무의식적으로 아름다운 그녀의 두 눈이 자신을 바라보기를 꿈꾸기 시작했다.

'그대는 오직 나만 바라봤으면 해. 그대가 나를 알지 못한 때부터 내가 이미 그대만 바라보고 있었으니.'

얼마나 지났을까, 요란하던 바닷물도 점차 고요해지기 시작했다. 구운의 손끝이 담천의 긴 머리카락을 어루만졌고, 두 사람의 땀이 한데 뒤엉켰다. 구운은 자신의 촉촉한 입술로 살짝 열린 담천의 입술을 문질렀다. 그리고 탄식하듯 읊조렸다.

"안아줘."

담천은 구운의 목덜미를 꼭 껴안았다. 그의 심장이 맹렬한 기세로 뛰면서 북을 치듯 그녀의 가슴을 두드렸다. 담천은 곧 잠에 빠져들 것 같았다. 구운의 손가락이 자신의 머리카락을 가볍게 빗어주는 대로 가만히 있었다. 문득 구운이 물었다.

"아직 아파?"

담천은 고개를 저었다. 그녀도 구운처럼 그의 긴 머리

카락을 손에 쥐고서 세 가닥으로 가늘게 땋아주었다.

"당신은 아파요?"

"바보, 사내가 아프긴 왜 아파."

담천은 사실 온몸의 근육이 쓰라리고 부은 느낌이었다. 잠이 쏟아지려 했지만, 마음은 자고 싶지 않았다. 기분이 좋은 동시에 말로 표현할 수 없는 상실감이 들기도 했다. 이제는 담천도 진정한 여인이었다. 지금 이 순간 그저 구운이 자신을 꼭 안아주었으면 했다. 다른 것들은 말할 필요도 없었다. 어쩌면 세상에는 마음과 마음이 통하는 일이 정말 있는지도 모르겠다. 다음 순간 거짓말같이 구운이 팔을 두르며 담천을 끌어안았고, 위로라도 하는 듯 가녀린 그녀의 등을 쓸어주었다. 그리고 온기 가득한 입술로 그녀의 볼과 눈썹 뼈, 귓가까지 세심하게 더듬었다.

빛이 사라지고 어둠이 내렸을 때 담천은 깊은 잠에서 깨어났다.

아름다운 빛을 내는 작은 물고기들이 무리를 지어 유영하고 있었다. 규칙 없는 무늬의 빛들이 수없이 줄을 이었다. 간혹 두 사람 쪽으로 바짝 다가오기도 했다. 담천은 구운이 깰까 봐 손가락 끝으로 살짝 물고기를 건드려 몰아냈다. 그랬더니 오히려 더 많은 물고기가 다가오는 것이었다. 작은 물고기들이 경쟁이라도 하듯 담천의 손가락에 입을 맞췄다. 마치 손가락 끝에 맛난 것이라도 묻어 있다는 듯이.

물고기 떼의 빛이 구운의 얼굴을 비췄다. 속눈썹이 미세하게 떨리는 걸 담천은 놓치지 않았다. 그녀는 턱을 괴고서 그의 얼굴을 바라보았다.

"구운? 깨어 있었어요?"

구운은 잠투정 소리를 내며 이불 속으로 머리를 집어넣었다. 그 순간 살짝 붉어진 그의 두 뺨을 보았다. 잠들기 전의 일 때문에 그런 것일까?

담천은 절로 웃음이 났다. 이렇게 당당한 사내도 수줍음을 느끼다니! 사랑을 나누었던 상대를 어떻게 대해야 할지 몰라 차라리 얼굴을 가려버리는 건 여인들이나 하는 행동이 아니던가.

담천은 그가 숨어 들어간 이불을 걷어내며 속삭였다.

"구운, 걱정 마요. 당신은 내가 책임질게요."

구운이 돌연 몸을 일으키며 굶주린 호랑이가 먹이를 덮치듯 담천을 쓰러뜨렸다. 담천이 깔깔대며 몸을 피하려는데 그가 손으로 그녀의 눈을 가리며 살짝 쉰 목소리로 말했다.

"바보, 아무것도 보지 말고, 아무 말도 하지 마."

담천은 말없이 그의 어깨를 끌어안고 헝클어진 머리카락을 손가락으로 빗겨주었다. 구운의 손이 담천의 얼굴에서 미끄러져 내려가더니 아래턱을 당겨 자신을 바라보게 했다. 서로의 눈빛을 마주했다. 듣기 좋은 굳은 맹세 같은 것, 하지만 장황하고 지루한 그런 말은 필요치 않았다. 둘의 눈빛이 이미 모든 것을 말해주었다.

"구운, 공자제…… 왜 이름을 두 개나 쓰는 거예요?"

담천은 실제로 그에 대해 아는 것이 별로 없었다.

"비밀이야."

그의 얼굴로 담천의 주먹이 살짝 날아왔다. 그는 그저 회상하는 듯한 미소를 지으며 담천의 손목을 붙잡고 가만히 껴안았다.

"정말 오랜만이야……. 그대가 또 그 질문을 던지는 건."

담천이 의아해하는 눈빛을 보였으나 구운은 고개를 저으며 웃기만 했다.

"상고 적 유명한 화가 평갑자도 강회_{羑回}라는 이름으로 불리는 거 몰라?"

예상치 못한 해명이었지만 그 또한 일리 있는 대답이었다.

"그렇지. 전에는 왜 그런 생각을 못 했지?"

"천이는 원래 늘 바보 같잖아."

구운의 얼굴로 또다시 주먹이 날아왔다.

그가 담천의 몸 위로 올라가 철저하게 되갚아주려 했

다. 커다란 조가비의 이부자리가 엉망이 되었다. 베개가 해저 바닥으로 떨어져 모래 속에 반 이상 묻혀버렸다. 날이 점차 밝아지면서 바닷물을 파고든 빛이 진주처럼 온화한 광채로 번져나갔다.

구운의 머리카락을 매만지던 담천은 문득 겁이 나서 눈을 감아버렸다.

"날이 곧 밝겠어요……. 천천히 밝아졌으면 좋으련만. 아직은 일어나고 싶지 않은데……."

아직 꿈을 다 꾸지 못했다. 그와 생사를 함께하고 함께 늙어가는 짧고도 아름다운 생을 꿈속에서 아직 다 누리지 못했다.

구운이 그녀를 꼭 끌어안았다. 조가비가 서서히 입을 닫으며 새벽 여명이 침입해 들어오는 것을 막았다.

"날은 밝아오지 않을 거야."

그가 담천의 턱을 자신의 어깨에 올려 서로의 볼을 바싹 붙였다.

기나긴 밤은 결국 지나갔다. 담천의 두 눈이 해수면에 닿은 환한 빛에 적응했을 때는 이미 여러 날이 지난 후였다.

뭍에 오른 그날, 하늘이 맑고 바람도 세지 않아 위험한 일을 시도하기에 맞춤해 보였다.

미산군은 선학에 몸을 기댄 채 물가에서 그들을 기다리

고 있었다. 안색이 좋지 않은 것이 필시 근래에 그의 연적인 전쟁 귀신에게 보통 시달린 것이 아닌 듯했다. 담천에게 국사의 백발을 받아 든 그는 손끝으로 백발을 잠시 문지른 뒤 입을 열었다.

"제희, 내가 그대를 돕는 것은 나라 간 분쟁에 개입하는 것이 아니오. 그 점 분명히 알아야 할 것이오. 대사형이 세상 뜨고 그 뒷일을 그대가 돌봐주었기에 내 그 신세를 갚는 것이오."

담천이 고개를 끄덕이며 말했다.

"이유야 어떻든 간에 사숙께서 도움을 베푸심에 감사할 따름입니다."

미산군은 뒤쪽에 있는 구운을 힐끗하더니 잠시 망설이다 담천에게 말했다.

"나라 간 분쟁은 영원히 지속될 것이나 사람의 생명은 유한하오. 그래서 원한 또한 유한하지. 제희가 하려는 일은 어쩌면 후세에 아무 의미도 남지 않을 것이오. 그래도 그 일을 고집할 테요?"

담천이 앞으로 몇 걸음 나아가더니 잠시 뜸을 들이고 말했다.

"원한 때문이 아니에요."

수천만의 대연 백성들이 밤낮으로 고통당하며 요괴들의 먹잇감이 되고 있었다. 이 세상에는 원한보다 중요한 것이 있었다. 어쩌면 속세를 초월한 신선들은 영원히 알 수 없는 것인지도 몰랐다.

미산군이 구운 곁으로 가서 씁쓸한 미소를 지었다.

"이리되면 난 자네를 도울 수 없을 것 같은데. 차라리 다 털어놓는 게 어때? 아니면 혼백을 다 모으면 내가 몰래 혼등을 훔쳐서……."

"아니. 지금 난 아무것도 바라는 게 없네."

구운이 매우 만족스러운 미소로 말하더니 앞으로 재빨리 걸어나갔다. 미산군은 그런 구운을 멍하니 바라보았다. 바닷바람에 헝클어진 담천의 머리카락을 구운이 매만져 주었다. 두 사람은 동시에 이마를 가까이하고 귓속말을 주고받는가 싶더니, 갑자기 담천이 바닥을 걷어차며 구운에게 모래를 끼얹었다. 곧이어 둘은 끝도 없는 모래밭을 뛰기 시작했다. 최근 연적으로 상처 입은 심장이 자극됐는지 미산군은 두 사람을 보며 눈물을 흘리고 말았다.

9월 초나흘, 며칠간 내내 비가 내리더니 모처럼 날이 개었다. 언제 놓고 간 것인지 국사부 앞에 서신 하나가 떨어져 있었다. 보낸 이의 이름은 없었지만, 상서로운 제비와 기린의 인장만으로도 그 이름과 신분을 짐작할 수 있었다. 서신에 적힌 글은 단 한 줄이었다.

오늘밤 자시子時 정각, 봉면산 아래

　병가를 청하고 집안에만 머물고 있던 국사는 서신을 받아 들고 꽤나 마음이 복잡했다. 국사부 전체에 결계와 법진을 겹겹으로 쳐놓은 상태였다. 생쥐 한 마리라도 들어오면 절대 다시 나갈 수 없게 해놓았으나, 제희는 생쥐가 아니었다. 그녀는 아예 들어오려고 하지도 않았고, 문 앞에 서신 한 통만 던져놓고 가버렸다. 그가 분명 그 장소에 나오리란 걸 확신하는 투였다.

　부하를 시켜 은밀히 제희에 대해 알아보게 했다.

　떠연국 재희, 타고난 약골로 유약하고 순진하며 선량함. 가무에 뛰어나며, 백지통령술을 조금 익혔음.

　순진하고 선량해? 타고난 약골에 유약하다고? 국사는 종이를 갈기갈기 찢어버렸다. 그렇게 교활하고 독하기 그지없는 '순진한' 여인은 처음 보았다. 국사는 품안에서 묵직한 옥합을 꺼내 들었다. 제희의 심장이 그 안에 들어 있었다. 심장에 은침들을 빽빽하게 박아놓아서 마치 검붉은 고슴도치처럼 보였다.

　국사는 은침 하나하나를 꼼꼼하게 거둬들였다. 그러자 뜨거운 선혈이 옥합을 붉게 적셨다. 그가 손을 휘젓자 은침 구멍들이 사라지며 심장이 원래의 모습으로 돌아왔다.

태자의 혼백을 찾아오더라도 그는 담천이 자유롭게 살아가도록 내버려둘 수 없었다. 고초에 시달리다가 5년을 넘기지 못하고 죽게 만들 작정이었다.

그날 밤 자시 정각, 웬일인지 또다시 추적추적 비가 내리기 시작했다. 담천은 기름 먹인 종이와 청죽으로 만든 우산을 받친 채 등롱을 들고 죽림 밖에서 기다렸다. 열 장丈, 한 장은 약 3미터 앞에서 요괴 괴수에서 내리는 국사의 모습이 보였다. 그 뒤로 머리 없는 태자가 뒤따랐는데, 어렴풋이 웬 여인을 둘러메고 있는 것 같았다. 여인은 혼절한 듯 보였다.

담천은 천천히 앞으로 나아가 옅은 미소로 말했다.

"과연 국사는 시간을 지키는 분이군요."

국사는 휑하니 비어 있는 죽림을 둘러보며 물었다.

"공자제는? 설마 또 어딘가 몰래 숨어 있는 것인가?"

"어디까지나 이건 내 일이고, 그와는 아무 상관 없는 일이니 당연히 나 혼자 나왔지요."

그 말을 진짜 믿는다면 그게 더 이상할 것이다. 돌아서서 죽림 안으로 걸어가는 담천을 보고 국사가 즉시 손을 들었다.

"들어갈 필요는 없을 것 같군. 내 처음부터 그대를 죽일 생각은 없었으니, 거래가 끝나면 즉시 천원국을 떠나 평생 다시는 이 땅에 발을 들이지 않아야 할 것이야!"

담천은 알겠다는 듯 고개를 끄덕였다.

"그럼요. 내가 태자의 비밀을 누설해서 당신의 야심이 깨어질까 걱정이 되시겠죠."

국사가 담천을 그윽이 바라보더니 느린 어조로 말했다.

"제희, 사실 우리 사이의 원한만 아니면 난 그대가 꽤 마음에 들어. 그대는 명운을 믿지 않는 것 같거든. 나도 마찬가지야. 그런 점에 있어서는 그대도 날 이해할 것 같은데."

"하늘이 우리에게 모든 것을 안배했죠. 언제 태어나고 죽으며, 언제 존귀하게 되고 비천하게 되는지. 하늘이 이르길 천하에 큰 혼란이 있을 거라 하니 싸움과 쟁투가 끊이지 않았고, 하늘이 이르길 중원이 통일될 거라 하니 천명을 받은 이가 이 땅에 태어나더군요. 하지만 내가 왜 그 천명에 복종해야 하죠? 소위 천명을 받았다는 자는 하늘로부터 지목을 받은 적이 단연코 없는데 말입니다. 사람과 요괴가 공존하는 이 세상에선 강자가 곧 왕이 되는 법이죠. 세상 모든 사람이 명운에 복종한다면 난 더 강한 것을 만들어 그 명운을 깨뜨려버릴 겁니다!"

"세상 사람들은 운명에 유린당하는 데 인이 박혀서 자신의 삶에 고통이 있어도 체념으로 일관하지. 한데 내가 그 고통을 다시 상기시켜줄 수도 있어. 어차피 이 세상에

신이라는 건 없으니까. 있다 해도 나 역시 그들을 죽일 수 있거든. 그럼 그때부터는 내가 신이 되는 거야!"

담천은 국사의 광적인 눈빛을 차갑게 노려보았다.

"내 눈에 당신은 그저 탐욕에 사로잡힌 늙고 가련한 요괴로밖에 보이지 않는군요."

"흠, 이해를 못 하는군!"

국사는 실망스러운 듯 고개를 내저었다. 어린아이와 더는 쓸데없이 시간 낭비하지 않겠다는 표정이었다. 그가 머리 없는 태자를 향해 손을 들며 담천 앞으로 다가오게 했다.

담천은 머리 없이 걸어오는 태자의 모습에 소름이 끼쳤다. 이런 한밤중에 단둘이 마주친다면 그 자리에서 간이 떨어져나갈 듯했다.

태자가 어깨에 둘러멘 여인을 가차없이 내동댕이쳤다. 여인의 몸이 땅바닥을 구르며 흙탕물로 뒤범벅되었다. 그래도 깨끗하고 어여쁜 얼굴 일부가 눈에 들어왔는데 놀랍게도 그녀는 현주였다.

"여기 이 공주가 장사치들 배에 숨어들어 바다를 건너려 했다더군. 그 사실이 발각됐는데 죄스러운 기색은커녕 도리어 사람을 다치게 했어. 그대와 오랜 벗이니 혹 안위를 궁금해할까 싶어 오늘 함께 돌려주려 데려왔네."

담천은 가슴이 쿵쾅거렸다. 이렇게 다시 현주를 사로잡

앉을 줄이야! 정말이지 현주는 일을 그르치는 데 일가견이 있었다. 살았으나 죽은 듯한 그녀의 모습을 보건대, 아무래도 주술에 걸려 깊은 잠에 빠진 모양이었다. 국사가 주문을 풀려고 하자 담천이 손을 내저었다.

"잠깐만! 일단은 그냥 자게 두시죠!"

지금 현주를 깨웠다가 또 무슨 독한 말을 퍼부을지 몰랐다. 오늘 일을 그르치지 않기 위해서는 부득불 좀 더 자도록 내버려두어야 했다.

담천은 소매에서 백발 한 줌과 수정으로 만든 긴 병을 꺼냈다. 투명한 병 속에서 담청색 불꽃이 촛불처럼 가볍고 생기 있게 타올랐다.

담천이 웃음을 지으며 말했다.

"혼백은 여기 있어요. 다만 머리는 이미 형태를 알아보지 못할 만큼 썩어서 어딘가에 버려졌어요. 국사의 실력이면 그런 사소한 것쯤은 별문제 되지 않겠죠."

"이리 건네지!"

국사는 태자 걱정에 절로 앞으로 한 걸음 내디디며 손을 뻗었다. 담천은 그의 손을 피해 병을 감추고 말없이 그를 쳐다보았다. 국사가 즉시 옥합을 꺼냈다. 그 안에 팔딱팔딱 뛰는 심장이 들어 있었다. 보름 이상 주인의 몸을 떠나 있던 심장이라고는 믿기지 않았다. 그때 바람이 이는가 싶더니 옥합 속 심장이 혹 소리를 내며 마치 어린 새가 품에 안기듯 담천의 가슴 속으로 박혀 들어갔다.

심장이 몸에 돌아와 자리 잡은 순간, 가슴이 칼로 도려내지는 듯 고통스러웠다. 담천은 이를 악물며 허리를 굽혔다. 뒤로 몇 걸음 물러나는가 싶더니 현주를 잡아채고 삽시간에 사라져버렸다. 바닥에 병과 백발만 남겨둔 채.

격분에 사로잡힌 국사는 일단 병을 주워 들고 무거운 혼백을 손에 받쳐 들었다. 익숙한 박동이 가슴을 벅차게 했다.

둘도 없는 명운이니, 중원 통일이니, 하는 고리타분한 예언은 이미 오래전부터 필요치 않았다. 태자만 있으면, 그저 태자만 소유하면 되는 것이었다! 자신의 정혈로 낳은 이 흉신의 아들이 그를 권력의 꼭대기로 올려줄 것이다. 머지않아 천원국의 오래된 예언은 사라질 것이다. 둘도 없는 명운을 타고난 이가 진정 누구인가는 더 이상 중요치 않았다. 태자가 곧 돌아올 것이니!

그 자신이 바로 중원을 통일한 황제가 될 것이며, 높은 신단神壇에 올라 천하를 업신여기는 천신天神이 될 것이다!

국사는 혼백의 불꽃을 가슴 앞에 대고 기쁨에 벅찬 소리로 중얼거렸다.

"착한 아들, 이 아비가 널 다시 찾았구나!"

그때 뒤에 있던 요괴 짐승이 뭔가를 경고하듯 대가리를 쳐들고 울부짖었다. 국사는 천천히 몸을 돌렸다. 어둠 속에서 한 무리의 병마가 빗속을 뚫고 소리도 없이 나아와 죽림 주변을 에워쌌다. 선두에 선 자가 횃불을 밝혀 국사가 있는 쪽을 비췄다. 이윽고 익숙하고도 친근한 사내 목소리가 울렸다.

"국사, 이리 야심한 밤에 어찌 홀로 예 계시는 겁니까?"

그가 말을 움직여 앞으로 나아왔다. 갑옷 차림의 그가 투구 아래로 비에 젖은 얼굴을 드러냈다. 그 얼굴은 미소로 두 눈이 굽어 있어 몹시 온화해 보였다. 이황자 정연이었다.

잔뜩 긴장했던 국사의 마음이 조금은 가라앉았다.

"그건 이 소신이 이황자께 드리고 싶은 질문입니다. 비까지 내리는 이 밤에 병사들을 이끌고 도적 떼라도 소탕하러 가십니까?"

"오늘 봉면산 자락에 역적이 출몰했다는 첩보가 들어왔습지요. 그래서 부황께서 제게 군사를 이끌고 역적을 잡아오라 명하셨습니다. 한데 크게 한 바퀴를 돌아봐도 칠흑 같은 어둠뿐 역적은 코빼기도 보이지 않고, 대신 이렇게 국사를 만났네요. 송구하지만 제게 말씀해주실 수 있겠습니까? 혹 역적을 보시지 못했는지요? 저도 돌아가서 부황께 드릴 말씀이 있어야 하는데 말입니다."

국사는 죽림 깊숙한 곳을 가리키며 담담하게 대답했다.

"조금 전 행적이 의심스러운 사람 몇이 여기 죽림으로 들어가는 걸 보았는데 안으로 들어가서 수색해보시겠습니까?"

정연은 십수 명의 심복을 이끌고 죽림 쪽으로 말을 돌리더니, 문득 고개를 돌려 국사의 가슴 쪽을 바라봤다.

"음? 품에 무엇을 넣고 계시길래 그리 빛이 반짝이는 겁니까?"

국사는 고개를 숙여 자신의 품을 내려다보았다. 과연 태자의 혼백이 옷섶 밖으로 반이나 나와 있었다. 극소수의 황족만 아는 태자의 죽음에 대해 이 많은 사병들 앞에서 말했다가는 괜한 의심을 살 것이 분명했다. 그는 즉시 손으로 혼백을 가리며 말했다.

"저는 밤에만 나다니는 작은 요괴를 잡으러 나왔습니다. 정제해서 단약을 만드는 데 쓰려고요. 밤이면 형광 빛을 내는 요괴지요."

"아! 전 또 무슨 혼백 같은 것인가 했지요. 그런데 저기 뒤에 서 있는 대형도 설마 요괴인 것은 아니겠지요? 어찌 머리가 없는 것입니까?"

그제야 사병들도 잇달아 횃불을 비추며 국사의 뒤쪽을 살폈다. 과연 머리 없는 태자가 빗속에 우뚝 서 있지 않겠는가. 태자의 체격이 워낙 큰 탓에 머리가 없는데도 보통 사람들보다는 머리 두 개만큼 키가 더 컸다. 과거 태자가 군대를 통솔해 중원 각국을 휩쓸고 다녔던 터라 병사들도 그의 체형에 익숙했다.

"태자 전하다! 그런데 머리가?"

사병들이 놀라서 일제히 소리 질렀다.

국사는 분노가 치밀어 정연을 쏘아보았다. 정연은 자신은 아무것도 모른다는 듯 당황스러운 표정을 지었다.

"국사, 이게 대체 어찌 된 일입니까?"

국사의 낯빛이 처참하게 변했다. 그는 돌연 혼백을 꺼내 곧바로 태자의 등 쪽으로 밀어넣었다.

"어찌 된 일인지 내가 다 보여주마!"

국사가 살기 어린 목소리로 소리쳤다. 이 사태를 목격한 자가 너무 많았다. 혹 말이 새어 나가기라도 한다면 소문이 난립할 것이며 태자의 위신은 크게 떨어질 것이었다.

'화근은 싹부터 없애야 해!'

혼백이 태자의 등을 파고들자 꿈쩍도 않았던 시체가 팔다리를 움직이기 시작했다. 머리 없는 시체의 움직임에 병사들은 모골이 송연해졌다. 국사는 줄곧 허리에 달고 있던 나무 머리를 조심스럽게 태자의 목에 갖다 붙였다. 태자가 고통스러운 듯 머리를 감싸쥐다가 입을 크게 벌렸다. 맹렬하게 울부짖을 것 같더니 뜻밖에 아무 소리도 내지 못했다.

그때 우지직 소리가 났다. 태자가 자신의 나무 머리를 부숴버렸다. 새까맣고 퀴퀴한 냄새가 나는 시체의 피가 부서진 머리에서 솟구쳐 나왔고, 태자의 육중한 주검이 진흙 바닥에 나자빠졌다. 그 뒤 태자는 미동도 없었다.

21장

그대가 없는 아침

일순간 정적이 깔렸다. 기이하고 끔찍한 광경에 모두가 넋을 잃었다. 국사가 욕설을 퍼부었다.

"뻔뻔하고 천박한 것 같으니라고! 혼백이 가짜였다니!"

순간 국사의 몸이 번쩍하더니 삽시간에 죽림 입구로 이동했다. 죽림 안으로 들어가려는 것 같았다.

양쪽을 지키던 병사들은 머뭇거리며 정연을 바라보았다. 눈빛을 번뜩이며 잠시 고민하던 정연이 말했다.

"무조건 막아라!"

수백의 인마로 이루어진 사병들이었지만 국사 한 사람을 당해내지 못할까 겁이 났다. 하지만 지금 상황에서는 더 이상 시간을 끌 수 없었다. 이보다 더 좋은 기회는 오지 않을 것이었다. 이날 아침 천원국 황제는 서재에서 발신인 이름이 없는 서신 한 통을 받았다. 서신에는 군주를 속인 국사의 온갖 죄가 낱낱이 적혀 있었다. 국사가 황후의 배를 빌려 황족의 혈통도 아닌 태자를 낳게 한 일까지 밝혀져 있었다. 그리고 오늘밤 자시 봉면산에서 그 모든 진상을 알 수 있을 거라고.

사실 황제는 태자에 대해 그리 각별한 정이 없었다. 이미 오래전부터 부자의 정 대신 알 수 없는 꺼림과 두려움을 느꼈던 터였다. 태자가 죽었을 때 그는 단지 중원 대통일의 업적을 이루지 못한 것과, 천원국이 다른 나라의 보복을 피할 수 없게 된 상황을 애통해했을 뿐이다. 그런 황제였으니 이날 아침 받은 서신에 오히려 안도하여 한숨 돌렸다. 태자가 정말 잘 죽었다는 생각이 들었다.

이런 상황에서 황제가 상징적인 의미로 수백의 군사와 함께 이황자를 보낸 것은 어느 정도 국사를 설복시키려는 의도가 있었다. 필경 황제도 불로장생의 비법을 포기하기가 아쉬웠던 것이다. 국사가 정제한 단약이 채 완성되지도 않은 상태였다. 지금 그를 죽인다면 그 불로장생 환약이 너무도 아까웠다.

정연은 병사들이 국사를 막고 있는 틈을 노려 장검을 뽑아 들었다. 그때 한 요괴 짐승이 고함을 내지르며 달려오기 시작했다. 국사를 보호하려는 모양이었다. 정연은 잽싸게 손목을 돌려 단칼에 요괴 짐승을 베어버렸다. 놈의 머리가 가죽 공처럼 튕겨나갔고, 남은 몸은 정연이 타고 있던 전투마 위로 튕겨올랐다. 정연은 재빨리 몸을 피했으나 바닥을 몇 바퀴 구르고서야 멈출 수 있었다. 정연이 입을 열려던 그때 땅바닥이 요동치기 시작했다. 정연은 몸을 일으키자마자 또다시 진흙탕 속에 나자빠졌다.

병사들의 형편도 정연보다 나을 것이 없었다. 땅바닥이 펄펄 끓는 물처럼 부글대더니 병사들 무리의 한가운데가 움푹 파였다. 병마들이 순식간에 구덩이로 굴러떨어졌다. 국사도 구덩이 쪽으로 발이 미끄러졌으나 재빨리 요괴 손을 뻗어 청죽을 붙잡으려 했다. 그때 별안간 수많은 은빛 광선이 땅에서 솟아올랐다. 마치 하나의 거대한 새장이 된 듯 그곳에 있던 사람들이 은빛 광선 속에 갇히고 말았다.

그 순간 땅의 요동도 잠잠해졌다. 누군가 검으로 은빛 결계를 찔러보았다. 보기와 달리 결계는 금강석보다 훨씬 견고했다. 이번에는 검을 내려쳐 보았다. 하지만 불똥만 튈 뿐 꿈쩍도 하지 않았다.

정연은 결계 안쪽에 단정히 앉아서 결계를 만져보았다. 놀랍게도 청영석으로 이루어진 결계였다. 청영석은 체력體力, 요력妖力, 선력仙力을 모두 빨아들여 그 결계가 천하 만물을 가두는 능력이 있었다. 그 속에 갇힌 상태에서는 발버둥을 치면 칠수록 더더욱 무력해질 뿐이었다. 차라리 가만히 앉아 있는 게 상책이었다.

정연은 국사의 안색이 몹시 좋지 않은 것을 보고 피식

웃음을 터뜨렸다.

"국사, 설마 우리를 가둔 자가 국사의 원수인 것입니까?"

국사는 대답하지 않았다. 불을 뿜어낼 듯한 두 눈으로 칠흑 같은 죽림을 표독스럽게 바라봤다.

잠시 뒤 붉은 치마를 입은 소녀가 우산을 쓰고 수풀 속에서 걸어 나왔다. 저렇게 불길처럼 새빨간 색깔의 옷차림은 웬만해서 보기 어려웠다. 하지만 지금 소녀의 차림새는 누가 봐도 흠잡을 데 없었다. 산뜻하고 어여쁜 색이 마치 처음부터 그녀를 위해 준비된 것만 같았다. 미소를 띤 소녀의 얼굴은 악의와는 거리가 멀어 보였다. 유유히 걸어온 소녀가 결계 밖에 웅크려 앉아 국사를 쳐다보았다.

"저를 너무 얕보신 것이 아닌가 싶네요. 목숨의 반을 내놓고 잡은 기회를 어찌 놓칠 수가 있겠어요?"

"제희, 네가 날 가둬놓는다고 무슨 소용이 있을까? 이 결계 안에 총 삼백열아홉 사람이 있어. 내 이들을 죽이고 잡아먹는 건 일도 아니지. 한 2, 3년 가둬놓는다 해도 내게는 아무 일도 일어나지 않을 것이야. 다만 네가 그 2, 3년을 살 수는 있으려나 모르겠군."

"저기요, 제가 자비심이 넘쳐서 그래도 내일 아침해는 볼 수 있게 해드리는 거예요. 잘 봐둬요. 이제 다시는 못 볼 테니까."

담천은 백지를 꺼내 의자로 둔갑시켰다. 의자에 다리를 꼬고 앉아 씨앗을 까먹으며 결계 안에서 발버둥치며 울부짖는 자들을 지켜보았다. 평생 이렇게 흐뭇한 기분은 느껴본 적이 없었다.

국사가 뭐라 말하려고 입을 벌린 순간이었다. 머리 위에서 형체도 없는 어떤 힘이 그를 압박하기 시작했다. 그 힘이 그의 얼굴을 뭉개는 것 같더니 이내 진흙 바닥으로 처박았다. 국사는 온 힘을 다해 몸부림쳤지만 결코 당해낼 수 없었다. 숨이 막혀 가슴이 터질 것 같았다. 불현듯 생각이 난 그는 품속을 뒤져 백발을 꺼냈다. 하지만 결계에 갇히는 순간 눈속임도 모두 풀린 터라 그것이 한낱 양털인 것이 한눈에 드러났다.

국사는 눈알이 튀어나올 듯 담천을 쏘아보았다. 이마의 핏줄마저 불뚝 솟아올랐으나 아무 말도 나오지 않는 듯했다.

담천이 말했다.

"서두르진 마요. 아직 시간이 이르니까. 내 가족과 시종까지 총 여덟 명의 목숨 값이 있으니 당신을 여덟 번 정도 죽게 할 생각이에요. 남은 대연 백성들에게 빚진 것은 천천히 갚을 수 있게 해드리죠."

국사는 주술의 살기를 버티기 힘들었는지 바닥을 데굴데굴 구르며 숨기고 있던 요괴 형상을 드러냈다. 서른두 개의 핏빛 요괴 손을 마구 휘젓자 병사들이 비명을 지르며 달아났다.

주술 살인의 위력 아래서 요력이 급속도로 사라지고 있어 국사는 신선한 피와 살코기를 갈급히 원했다. 별안간 몸을 돌린 그는 시뻘겋게 변한 눈으로 결계 안을 둘러보았다. 병사들이 구석구석 몸을 피해 벌벌 떨고 있었다. 그들을 노려보던 국사가 별안간 요괴 손을 뻗어 휘저었다. 그 손에 몇 사람이 움켜쥐어졌는지 알 수 없었다. 손에 잡힌 병사들을 입으로 가져가 사정없이 씹어 삼키더니 큰 소리로 웃기 시작했다.

"제희, 기다려라! 조만간 너도 똑같이 잘근잘근 씹어서 삼켜줄 테니!"

담천은 피로 흥건한 그의 얼굴을 응시하며 한마디 내뱉었다.

"그전에 내가 널 으깨줄 테다!"

얼마나 지났을까, 비가 점차 그치며 동이 트기 시작했다.

죽었다 살아나기를 수없이 반복한 국사는 온몸이 상처와 피범벅이었다. 주변에는 잘려나간 사지와 형태를 알 수 없는 시체들로 넘쳐났다. 모두 그의 손에 죽어나간 천원국 병사들이었다.

바람이 시원하게 불었다. 짙은 피비린내가 결계를 뚫고

나가 담천의 코를 찔렀다. 담천은 피곤한 듯 관자놀이를 눌렀다. 그때 뒤에서 누군가의 두 손이 다가와 그녀의 머리 곳곳을 눌러주었다. 담천은 고개도 돌리지 않고 웃으며 물었다.

"현주 언니는 어때요?"

구운은 담천의 머리를 품에 안으며 이마에 입을 맞췄다.

"진즉에 깨어났지. 웬일로 울지도 않고 소란도 피우지 않더군. 그런데 말을 안 해."

그러더니 잠시 후 뭔가 생각난 듯 다시 말했다.

"주술 살인이 거의 완성되어 마지막 단계만 남겨두었다는데, 언제 국사의 목숨을 취할 것인지 미산이 묻더군."

담천은 혼절해 쓰러진 국사를 바라보았다. 야심으로 가득했던 요괴, 대연국 멸망의 원흉이었던 요괴가 드디어 그녀의 손에 죽게 되었다.

"……날이 밝으면요. 깨면 마지막으로 아침해 한번 보여주죠."

담천의 얼굴에 담담한 미소가 떠올랐다. 만족감 뒤에 찾아오는 허탈함과 나른함이 깃든 미소였다.

그때 결계 안에서 갑작스런 목소리가 넘어왔다.

"제희, 그대가 나보다는 양심적인가 봅니다. 난 그에게 아침해를 보여주고 싶지 않으니 말입니다."

담천과 구운이 화들짝 놀랐다. 밤 내내 청영석 결계에

간혀 있으면 힘이 모조리 빨려나가 맹호라 해도 녹초가 되어 숨만 헐떡이게 마련이었다. 그런데 놀랍게도 여전히 말을 할 수 있는 사람이 있다니, 이는 기적이라고밖에 할 수 없었다.

그때 결계 안에서 한 사람의 형체가 전광석화처럼 국사 쪽으로 몸을 날렸다. 장검이 높이 들리며 섬광이 번뜩였다. 분명 차갑고 날카로운 섬광인데도 그가 휘두르니 그렇게 우아해 보일 수 없었다. 단칼에 국사의 머리가 멀리까지 나가떨어졌다. 검에서 핏방울을 털어낸 그는 결계 위에 손바닥을 갖다 댔다. 이윽고 은빛 결계를 사이에 두고 싱긋이 웃는 그의 얼굴이 나타났다. 이황자 정연이었다.

담천이 몸을 벌떡 일으키며 물었다.

"아직 움직일 수 있단 말인가요?"

정연이 눈을 찡긋하고 말했다.

"고맙다는 인사를 해야겠군요. 마음의 큰 우환거리를 이리 대신 처리해주었으니 말이죠. 덕분에 제가 힘을 덜었습니다."

정연이 결계 위로 검을 휘두르자 금강석보다 단단한 결계가 산산이 부서져 내렸다. 정연은 구덩이를 풀쩍 뛰어오른 뒤 잠시 뒤돌아보았다. 그가 데려온 병사들 중 절반 이상이 목숨을 잃었다. 간신히 살아남은 자들도 결계에 갇혀 거의 죽은 목숨이나 다름없었다. 정연은 창백한 얼굴의 담천을 향해 말했다.

"그럼, 이만 가보겠습니다. 국사의 수급은 제가 가져가도 되겠지요?"

그는 손에 국사의 머리를 들고 있었다. 남만이십사동 요괴의 몸은 목이 잘려도 죽지 않았다. 국사의 입술이 여전히 조금씩 달싹이고 있었다. 언제든 깨어나 말을 할 것 같았다.

담천은 온몸이 얼어붙은 채, 성큼성큼 멀어져가는 정연의 뒷모습을 바라보았다. 그러다 별안간 큰 소리로 물었다.

"왜…… 왜 결계가 당신한테는 통하지 않는 거죠?"

정연이 잠시 고민하는 듯하더니 이윽고 입을 열었다.

"어쩌면 제가 그런 이상하고 요사스러운 것을 제일 싫어하기 때문인지도 모르겠군요. 몸조심하십시오! 그럼 안녕히."

담천이 그를 쫓아 뛰쳐나가려 했다. 구운이 잽싸게 그녀의 소맷자락을 붙잡았다.

"쫓지 않는 게 좋겠어."

"저 황자, 뭔가 수상쩍은 게 많아……."

이황자의 몸 주변 3척尺, 1척은 약 30.3센티미터 이내에는 그 어떤 위력도 영향을 미치지 못했다. 그가 이르는 곳마다 신마神馬들이 피해 다녔으며, 선력이나 요력도 힘을 발휘하지 못했다. 구운은 복잡한 낯빛으로 머리 없는 국사의 몸을 바라보았다. 국사는 천원국의 예언을 깨뜨리고 진정 천명을 받은 자를 자신의 발아래 두고 짓누르며 영원히 세상에 나오지 못하게 하려던 것이었던가?

그 계획은 거의 성공을 앞두고 있었다. 국사는 구운의 생각보다 훨씬 더 대단한 자였다.

"저자와는 더 이상 얽히지 않는 게 좋겠어. 당신이 섣불리 대적할 수 있는 사람이 아니야. 천아, 이번 한 번만 내 말을 들어줘."

구운이 담천의 뺨을 어루만졌다.

담천은 멍한 표정으로 고개를 끄덕였다. 잠시 후 국사 곁으로 가서 부적으로 혼백을 유인했다. 건곤 주머니 속 혼등이 요력이 강한 혼백인 것을 알아채기라도 한 듯 가늘게 떨기 시작했다. 혼등 위 두 개의 영혼 불꽃이 한층 더 환해졌다. 좌상과 태자의 혼백은 이미 불이 켜진 상태였고, 이제 국사의 혼백으로 세 번째 심지에 불을 밝혔다. 국사의 불꽃은 순식간에 세 치_{한 치는 약 3.03센티미터} 높이까지 타올랐다. 그 색깔은 가장 맑고 투명한 하늘빛과도 같았다.

구운이 뒤로 한 걸음 물러나며 입을 열려는데, 때마침 죽림 안에서 미산군이 크게 노한 듯 고함을 질렀다.

"누구야! 누가 감히 내 주술 살인 의식을 방해한 거야? 아직 마지막 단계를 완성하지도 않았는데, 대체 어떻게 그냥 죽어버린 거지!"

미산군이 펄쩍펄쩍 뛰며 달려나왔다.

구운이 그를 붙들고 몇 마디 속삭였다. 미산군의 안색이 급변했다. 그는 몸에 힘이 빠진 듯한 구운을 황급히 부축하고, 고개를 돌려 담천을 보았다. 담천은 바닥에 웅크리고 앉은 채 넋 놓고 혼등을 바라보고 있었다. 무슨 생각을 하고 있는 걸까?

이제 이 신물은 마지막 혼백 하나만 채워지면 힘을 발휘할 수 있었다. 그 신력에 영향을 받은 것인지, 맑게 갠 지 얼마 되지도 않은 하늘이 다시 어둡게 변하더니 장대비가 후두두 떨어지기 시작했다. 빗소리가 마치 산속 망령이 통곡하는 소리처럼 들렸다.

담천은 옆에 있는 우산을 쓰려고 하지도 않고 온몸으로 비를 맞았다. 많은, 너무나 많은 일들이 머릿속에 떠올랐다. 지난날 대연국이 망하기 전, 얼마나 행복하고 즐거운 나날이었던가. 결코 다시 돌아오지 않을 시간이었다.

'혼등을 밝히자! 세상 모든 요괴가 끌려올 것이며, 황천의 망령들이 전율하며 엄청난 신력으로 현현하게 될 것이다! 그 후로는 천하에 다시는 요괴가 나다니지 않을 것이다!'

이것이 지금까지 그녀가 살아 있는 유일한 이유였다. 이 것 외에 다른 길을 갈 수 있다고는 생각해본 적이 없었다.

담청색 불꽃이 깊이 숨겨놓은 담천의 혼백을 유인하는 것 같았다. 그녀의 작은 두 손을 수없이 어루만지며 그녀를 부르는 것 같았다.

'이리로, 이리로 들어와!'

담천의 몸이 부들부들 떨렸다. 유혹에 이끌리듯 그녀가 혼등을 높이 쳐들더니 자신의 가슴을 향해 힘껏 내려치려 했다.

그 순간 차가운 손 하나가 그녀의 손목을 붙들었다. 담천은 망연한 얼굴로 고개를 들어 창백한 낯빛의 구운을 마주했다. 미소 짓는 그의 얼굴에 말할 수 없는 피로감이 배어 있었다. 방금 그녀가 뭘 하려고 했는지는 묻지 않고 그저 이렇게 말할 뿐이었다.

"몸이 다 젖었으니 일단 들어가서 얘기하자."

"구운……."

담천이 나지막이 부르는 소리를 들으며 구운은 천천히 눈을 깜박였다. 이토록 창백하고 지쳐 보이는 구운의 모습은 여태껏 본 적이 없었다. 푸른 혈관이 또렷하게 보이는 것이 금방이라도 몸 전체가 투명하게 변할 것만 같았다.

"자, 어서 돌아가자."

담천은 몽롱한 중에도 입꼬리를 살짝 끌어올렸다. 자신의 승리에 잠시나마 기뻐하고 싶은 듯했다. 하지만 그보다 눈물이 먼저 흘러내렸다. 그녀가 돌연 얼굴을 감싼 채 몸을 웅크렸다. 그리고 차디찬 혼등을 품에 꼭 껴안았다.

"내가 이겼어…… 내가 이겼어……."

그저 이 말만 반복할 뿐이었다. 하늘나라의 가족들, 갖은 고초를 당한 대연의 백성들 앞에 드디어 가슴을 펴고 설 수 있게 되었다. 부끄러움도 고통도 없이 웃으며 그들을 만나러 갈 수 있게 됐다.

구운이 담천의 어깨에 손을 올렸다.

"맞아, 당신이 이겼어. 당신은 용감하고, 더없이 훌륭한 공주야."

담천이 눈물 가득한 눈으로 구운을 향해 웃어 보였다.

"몸에 힘이 너무 없어요. 당신이 안아서 데려가 줄래요?"

"좋지."

구운이 담천을 번쩍 안아 들었다. 힘에 부친지 그의 두 팔이 부들부들 떨렸고 걸음도 재빠르지 못했다. 담천은 그런 줄도 모르고 자신의 몸이 떨리는 거라 생각했다. 그녀는 늘 하던 대로 구운의 목덜미를 꼭 끌어안고 그의 젖은 가슴에 얼굴을 파묻었다. 이곳이 그녀의 집이었다. 고집을 피워도 상관없었고 막무가내로 어리광을 부려도 그녀를 아껴주는 사람이 있는 곳, 이곳이 그녀의 집이었다.

여러 해 쌓였던 고민이 하루아침에 끝이 나니 극심한 피로에 두 눈이 절로 감겼다. 잠시 후 누군가 자신을 침상에 내려놓고 수건으로 젖은 머리를 닦아주는 것을 느꼈다.

몽롱한 중에 누군가 격렬하게 말다툼하는 소리가 들리는 듯했다. 누군가는 절박하게 뭔가를 묻는 것 같았고, 또 누군가는 나지막한 소리로 해명하는 듯했다.

하지만 담천은 아무 말도 제대로 듣지 못했다. 그저 새끼손가락으로 구운의 손가락을 걸어 아쉬운 듯 투덜거렸다.

"구운, 가지 마……."

들리던 모든 소리가 멈췄고, 담천은 깊은 꿈으로 빠져들었다.

꿈에서 가족들을 만난 게 얼마 만이던가! 맨 먼저 둘째 오라버니를 만났다. 귓속말로 많은 말을 소곤댔는데 정신이 산란해서 또렷하게 듣지 못했다. 환한 미소를 드리운 오라버니가 마지막에는 그녀를 힘껏 안아주었다.

아만은 늘 그렇듯 눈물을 머금고 그녀를 향해 예를 갖췄다.

아바마마와 어마마마는 담천을 에워싸고 그녀의 머리를 어루만져주었고, 다른 오라버니들은 팔짱을 낀 채 양쪽으로 서서 상냥한 미소로 그녀를 바라보았다.

"그곳 황천은…… 추운가요?"

담천이 작은 소리로 물었다. 둘째 오라버니가 고개를

저었다.

"죽고 나면 어떤 느낌이에요?"

"사는 것과 똑같아. 눈을 잠시 감았다가 다시 살아나는 거야."

담천은 자신이 이토록 행복한 적이 있었던가 싶었다.

"그럼 좋아요……. 저, 저는 어쩌면 아주 많이 늦게 함께 할 수도 있어요……. 기다리지 않아도 괜찮아요."

"연연……."

둘째 오라버니가 그녀를 안았다.

"그러면 됐어. 나중에 후회할 일은 더 이상 계속하지 말고……."

둘째 오라버니의 목소리가 갑자기 멈췄다. 담천은 놀라서 눈을 번쩍 떴다. 그제야 날이 곧 어두워지리란 걸 알았다. 수천 갈래의 석양빛이 휘장을 넘어 그녀의 이불 위로 금빛 줄기를 쏟아냈다.

구운은 옷을 입은 채 담천 곁에 잠들어 있었고, 손가락 하나가 여전히 그녀의 새끼손가락에 붙잡혀 있었다. 그의 낯빛은 창백하다 못해 투명하기까지 했다. 호흡은 잠잠하고 가늘었다. 담천은 그의 볼을 만져보았다. 따뜻한 기운이 전혀 느껴지지 않았다.

"구운? 잠든 거예요?"

담천이 놀란 목소리로 그를 깨웠다.

짙고 긴 속눈썹이 살짝 떨리더니 그가 두 눈을 떴다. 잠시 배회하던 눈빛이 담천의 얼굴에서 멈췄다. 모로 누운 그가 담천의 어깨를 끌어안았다.

　"깼어? 배는 안 고파?"

　"……몸 괜찮아요?"

　담천이 그의 차가운 얼굴에 손바닥을 대고 따뜻이 감싸주었다.

　"아무래도 고뿔이 든 것 같아, 하하. 오랜 세월 아픈 적이 거의 없었는데, 이거 좀 민망한데?"

　담천은 이불을 끌어당겨 그의 몸을 단단히 덮어주었다. 두 사람 다 아무 말이 없었다. 담천은 그의 머리카락을 몇 번이고 귀 뒤로 쓸어주었다. 그의 손을 잡아보니 옥석을 쥔 듯 차가웠다. 그녀의 손바닥 온기로는 아무리 해도 온기를 더해줄 수 없었다.

　"의원을 부르는 게 낫겠어요."

　담천이 침상을 빠져나가려 했다. 그러나 이내 맥없이 구운의 팔에 어깨가 짓눌렸다.

　"가지 마. 그냥 천이만 바라보고 싶어."

　담천은 다시 몸을 돌려 구운의 등을 끌어당겼다. 그의 긴긴 숨결이 그녀의 쇄골을 간질였다.

　"천아, 다시 한 번…… 〈동풍도화〉를 출 기회가 있을까? 나한테만 보여주는 걸로."

"악단의 연주도 없이 어떻게 춰요? 게다가 너무 오래되어 다 잊어버렸어요."

"그럼 어쩔 수 없지……."

담천은 구운을 안은 채 은반같이 둥근 달이 우듬지 위로 솟아오르는 것을 보았다. 혼등이 건곤 주머니로 들어가자 이상 기후 현상도 사라졌고, 모든 것이 평화롭고 잠잠했다. 이토록 아름다운 밤의 정경은 어릴 때부터 수없이 봐왔지만, 오늘밤처럼 눈을 떼지 못한 적이 없었다. 심지어 떠나기가 못내 아쉬울 정도였다.

"구운, 혼등의 심지 세 개가 켜졌어요. 마지막 심지는 열두 시진 안에 밝혀야 해요. 안 그러면…… 지금까지의 수고가 모두 수포로 돌아가요. 날이 밝기 전에 나…… 떠나야 해요."

구운이 고개를 들어 담천을 바라보았다.

"그럼 오늘밤은 내가 양구이를 해줄게. 떠나려면 배가 든든해야지."

담천은 목구멍이 뜨겁게 타오르며 이내 온몸으로 통증이 번지는 것을 느꼈다. 노스승이 그녀에게 해준 이야기가 있었다. 귀신을 너무 무서워해 하루 종일 집안에 숨어지내던 사람이 있었다. 귀신이 쳐들어올까 봐 무공이 뛰어난 고수를 청해 문까지 지키게 했다. 한데 그에게 그런 약점이 있다는 것을 귀신이 우연히 엿듣고는 어느 날 그에게 나타나 겁을 주었다. 그토록 전전긍긍하며 조심했건만 그는 결국 귀신을 보고 너무 놀라 숨을 거두었다고 한다.

'마음에 두려움이 생길수록 회피하지 말아야 한다. 죄업은 모두 마음에서 비롯되는 것이니, 모든 것을 순리대로 흘러가게 두는 것이 정도正道이니라.'

노스승은 그때 이렇게 말했다. 그때는 스승의 말뜻을 이해하지 못했다. 모든 것이 막을 내리고 점차 그 결말이 명확해지는 지금에서야 자신이 가장 두려워하는 것이 무엇인지 알게 되었다.

이별하는 것이었다.

늘 애써 회피했던 그녀는 매 순간 차가운 심장으로 모든 사람을 대하도록 스스로를 몰아붙였다. 하지만 그렇게 애를 쓰면 쓸수록 결과는 반대로 흘러갔다. 일부러 차갑고 무정하게 굴었던 자신의 모습은 그저 약한 마음을 드러내는 것에 불과했다. 결국 모든 것을 내려놓고 사랑을 했더니 어느새 또다시 이별이 찾아왔다. 진심으로 웃었던 날이 몇 날 되지도 않았는데 말이다.

모두 스스로 초래한 일이었다.

미산군은 돌아가고 없었다. 구운이 쫓아 보냈는지도 모른다. 다 같이 둘러앉아 양구이를 먹는데 아무도 입을 열지 않아 분위기가 무겁기 그지없었다. 늘 좌자진 쪽을 힐끔거렸던 현주도 오늘은 사뭇 다른 모습이었다. 그러고 보니 담천은 잠들기 직전 마구 소리치는 구운의 목소리를 들은 것 같았다. 하지만 모두가 입을 다물고 있으니 섣불리 물어보기가 저어됐다.

마을에서 간간이 고함 소리가 넘어오기도 했다. *"어떤 우라질 놈이 우리 양을 훔쳐간 것이야!"* 분명 그렇게 소리치는 것 같았다.

그 소리를 들으며 그들은 양 반 마리를 뚝딱 해치웠다.

구운은 몸이 안 좋아 식사 후 곧바로 방에 들어가 드러누웠다.

담천은 물독 옆에 쪼그리고 앉아 그릇을 씻었다. 뒤에서 누군가 다가오는 기척이 들리자 담천은 고개도 돌리지 않고 말했다.

"정말 양을 훔쳐올 거라고는 생각도 못 했어요. 마을에서 얼마나 오랫동안 욕을 해댔는지 알아요?"

담천 뒤에서 걸음을 멈춘 이는 꽤 뜸을 들이고 나서 입을 열었다.

"너 자신을 꼭 그렇게 다그치지 않아도 돼."

담천은 그릇을 떨어뜨릴 뻔했다. 벌떡 몸을 일으켜 목소리의 주인을 휘둥그런 눈으로 쳐다보았다.

"어…… 방금 나한테 말을 건 거야?"

현주가 먼저 담천을 찾아와 말을 걸었다는 것은 해가 서쪽에서 뜰 일이었다. 기억하기로 현주가 담천에게 보였던 표정은 딱 두 가지였다. 미움과 냉소. 지금 눈앞에 서 있는 여인은, 심지어 구슬픈 기색을 띤 그녀의 모습은 담천이 알던 현주의 모습이 결코 아니었다.

현주가 미간을 찡그리며 담담한 어조로 말했다.

"그 찌질한 신선 있잖아……. 그가 다 말했어. 대연국을 위해 넌 이미 많은 것을 했어. 이제 그만해도 돼. 너도 알아야 해. 너의 그 마음을 알아주는 사람은 아무도 없어. 세상 사람들은 모두가 이기적이고 잔인해서 오로지 자기 이익만 챙길 뿐이라고."

그런 말이 현주의 입에서 나올 줄이야!

"그 말, 정말 나한테 한 거야?"

현주가 피식 웃었다. 과연 그녀는 냉소가 어울렸다. 현주의 눈빛이 조금 복잡해 보였다. 예전의 그 경멸과 혐오의 눈빛은 그대로였지만, 지금은 연민과 온유함이 더해져 있었다.

"난 역시 여전히 널 미워해. 예전엔 늘 네가 죽기만을 바랐는데 진짜 네가 죽을 거라고 하니, 지금은 다시 네가 계속 살았으면 좋겠어. 좋아하는 또 다른 사람이 생긴 거잖아? 그와 함께 계속 살아! 네가 날 두 번 구해줬지, 아마? 내가 그 빚은 반드시 갚을게."

담천은 한참을 침묵하다 쓴웃음을 지었다.

"여기까지 온 마당에 그런 말은 아무 의미 없어. 내가 언니를 구한 것도 내게 빚을 갚기를 바라서가 아니야. 그저 언니가 도리에 맞게 잘 살아간다면 그걸로 족해."

현주는 발을 돌리려다 기어이 한마디를 더 남겼다.

"그럼, 내가 하고 싶은 말은 다 했어. 몸조심해. 난 매일 하늘에 기도할 거야. 다음 생에는 절대 너와 마주치지 않게 해달라고."

담천은 멍하니 현주의 뒷모습을 바라보다가 충동적으로 그녀를 불렀다.

"잠깐만!"

현주는 걸음만 멈춘 채 뒤돌아보지 않았다. 희미하게 탄식하는 소리가 귓가를 스쳤다.

"그날 네가 했던 말…… 사람은 자라야 한다는…… 그 말이 계속해서 날 옭아맸어. 그렇게 겨우 누에고치를 벗고 처음으로 날개가 자라났는데, 또다시 그 날개가 꺾여야 할 거라고는……."

"현주 언니, 지금 무슨 말을 하는 거야?"

고개를 돌린 현주는 뜻밖에 웃는 얼굴이었다. 뼈에 사무친 듯한 질투와 원망의 빛은 더 이상 보이지 않았다. 일그러진 얼굴로 조롱하는 표정도 보이지 않았다.

"난 아직도 대연국이 너무 싫어. 위아래 할 것 없이 머리부터 발끝까지 다 싫어. 제희, 난 그리 대단한 사람이 아니라 너처럼 그런 포부 같은 것은 없어. 나 같은 사람이 뭘 할 수 있겠어?"

현주는 그렇게 가버렸다. 뒤에서 담천이 몇 번이고 소리쳐 불러도 뒤돌아보지 않았다.

방에 돌아오니 구운은 잠들어 있었다. 깊이 잠들지는 않았는지 발소리가 들리자 천천히 눈을 떴다. 탁자 위에 타닥타닥 타고 있는 촛불 때문에 그의 눈동자에 별 두 개가 숨어 있는 듯 반짝였다.

담천은 이불을 끌어올리며 말했다.

"왜 아직 안 잤어요? 제가 곁에 있을게요."

구운이 담천의 허리를 끌어안고 그녀의 다리를 베개 삼아 머리를 올렸다.

"조금만 더…… 조금만 더 이따가 잘래. 우리 천이 좀 더 보고."

담천은 그의 손을 잡고 머리를 어루만졌다. 그가 또다시 자신을 힘껏 껴안아 주기를 바랐다. 세상에 오직 두 사람만 남은 것처럼 부둥켜안아 주기를. 하지만 구운은 손가락에 힘이 들어가지 않을 정도였다. 병의 기세가 깊어 보였다.

"내가 스승님에 대해서는 얘기한 적이 거의 없죠?"

담천이 나지막한 목소리로 말을 이었다.

"혼등에 관한 것도 스승님이 알려주신 거예요. 한데 돌아가시기 직전에는 후회하셨어요. 내게 그 얘기는 하지 말았어야 했다고."

"그렇구나."

구운이 긴 속눈썹을 떨구며 짧은 한마디를 내뱉었다.

"그때 스승님은 제가 목숨을 가벼이 여길까 봐 걱정하셨어요. 그래서 혼등을 찾는 것으로 제게 삶에 대한 열망을 심어주었던 거예요. ……혼등을 밝히려면 엄청난 용기와 의지가 필요하기에 스승님은 내가 절대 해내지 못할 거라고 생각하셨던 거죠."

"그런데 네 담력은 스승님의 예상보다 훨씬 더 컸던 거고?"

담천이 그의 눈을 마주했다. 한참을 그리 보다가 간신히 입을 열었다.

"아니. 난 담력은 너무 작아요. 적어도, 혼등을 밝힐 때 누군가는 도저히 바라보지 못할 것 같아요. 구운, 나와 함께하는 건 여기까지로 해요. 뒷일은 나 혼자 할 테니 당신은 계속 잘 지냈으면 해요."

구운이 흐릿한 미소를 지었다.

"여인들과 어울리고 풍류를 즐기며 지내라고? 그런 건 내가 잘하긴 하지."

"음⋯⋯."

"물론 농담이야!"

그가 눈을 찡긋하더니 어린 동물을 쓰다듬듯 담천의 손을 토닥였다.

"뭐든 천이가 원하는 대로 할게."

담천은 쓸데없는 눈물은 흘리지 않기로 했다. 이미 여러 번의 이별이 스쳐지나갔지만 의식적으로든 무의식적으로든 모두 이별의 순간을 회피하기만 했다. 이제 마지막으로 구운과 작별을 나누고 나면 그녀 곁에 아무도 남지 않을 것이다. 담천은 용기 있게 그 현실과 마주해야 했다.

"조금 더 가까이 와봐요. 구운, 당신을 보고 싶어요."

구운은 그녀를 껴안으며 바람처럼 가볍고 부드럽게 입을 맞췄다.

담천은 자신이 여태껏 구운을 제대로 바라본 적이 별로 없었다는 생각이 들었다. 웃을 때 그의 눈에는 특유의 천진난만함이 비쳤다. 웃지 않을 때는 눈물점 때문에 그렇게 처연해 보일 수 없었다.

"이만 자요. 곁에서 당신을 보고 있을게요. 날이 밝기 전에는 가지 않아요."

구운이 이내 깊은 잠에 빠져들었다. 병이 깊은 게 분명했다. 창백한 그의 입술이 모호한 말을 중얼거렸다.

"혼등…… 기다려……."

담천은 그의 뺨에 입을 맞췄다. 마음 깊은 곳에서 시끄럽게 끓어오르던 소리들이 그 순간 멈췄다.

구운의 몸은 그녀의 품안에서 깊이 잠들었다. 내일 아침의 햇살은 더 이상 그녀와는 상관이 없지만, 지금 이 순간 행복해하지 않을 이유가 무엇이겠는가.

사랑하는 이여, 그대는 부디 좋은 꿈만 꾸기를.

22장

제멋대로인 그녀를
애지중지 떠받들다

자시子時가 끝나갈 무렵 왼편 기와집 문이 소리 없이 열렸다. 창가 아래 잠들어 있던 맹호가 그쪽으로 고개를 돌렸다. 그르렁그르렁 소리를 내는 것이 뭔가 말을 하려는 듯했다.

자색 옷차림의 사내가 맹호에게 다가와 고개를 내저었다. 과연 맹호는 더 이상 소리 내지 않고 금빛 눈동자로 그를 바라보았다. 좌자진은 맹호의 머리를 쓰다듬으며 속삭였다.

"그래그래, 계속 자거라. 괜히 주인 놀래지 말고."

자진이 죽림을 나와 영금을 부르려던 그때 뜻밖에 뒤에서 현주의 목소리가 들렸다.

"자진, 무슨 생각인 거죠?"

자진은 깜짝 놀라 우물쭈물 대꾸했다.

"이렇게 늦은 시간, 자지도 않고?"

마주보고 선 현주의 눈빛이 검처럼 날카로워 소리도 없이 그를 찌르는 듯했다. 현주는 더 이상 아무것도 묻지 않았고, 자진도 더는 아무 말도 하지 않았다. 사실 두 사람 사이는 특별히 더 말할 것도 없었다. 울고불고하며 난리를 피우는 것도 현주는 이미 할 만큼 다 해보았다. 매달리고 달라붙으면서 마지막 자존심까지 내버린 지도 오래였다. 하지만 돌아오는 것은 여전히 아무것도 없었다.

"저녁 먹을 때 당신이 손쓰는 거, 나도 다 봤어요."

자진은 기력이 쇠한 구운과 심란해하는 담천을 지켜보다가 그들 몰래 속임수를 써서 건곤 주머니를 바꿔치기한 터였다.

"무슨 말도 안 되는 소리야?"

"뭐가 말도 안 되는 것인지는 당신이 더 잘 알 텐데."

현주는 허리를 곧게 펴고 처음으로 거만하고 만족스러운 듯 자진을 똑바로 쳐다보았다. 그토록 도도하고 거만한 현주도 자진 앞에서는 늘 빚진 사람처럼 허리를 펴지 못했었다.

"당신의 속셈이 뭔지 다 알아요. 당신의 미세한 움직임까지 가장 먼저 알아채는 사람은 항상 나니까. 난 매 순간 당신에게서 눈을 떼지 않으니까. 그러니 당신은 날 속일 수 없어요."

자진은 미동도 하지 않았다. 일말의 감동스러워하는 기색조차 보이지 않았다. 오래전부터 그랬다. 현주가 어떻게 나오든 그의 마음은 움직이지 않았다. 그런 좌자진을 현주도 익히 알았다. 이 사람은 털끝만큼도 자신을 좋아한 적이 없고, 그럴 가능성조차 없다는 것을. 다만 그 사실을 끝내 인정하고 싶지 않을 뿐이었다.

"당신이 혼등을 밝히는 마지막 혼백이 되려는 거잖아요. 그래서, 제희와 구운이 잘되도록 도와주기라도 하려는 건가요?"

현주가 비꼬듯이 물었다.

자진은 멈칫했다가 낮은 소리로 말했다.

"혼등은 담천의 피로 처음 그 문을 연 것이야. 담천이 천신과 이미 언약을 맺은 터라 내가 혼등을 밝히고 싶어도 할 수가 없어. 천원국에 대한 복수는 여기서 끝내야 해. 태자와 국사가 다 죽었으니 그것으로 충분할 거야. 천하의 요괴를 없애는 것이, 생을 거듭한 영원한 고초 속에 들어가야 할 만큼 가치 있는 일은 아니니까. 혼등을 가져가 영원히 세상에 나오지 않게 할 거야."

"자진……."

현주의 목소리가 몹시 떨렸다.

"그럼…… 그럼 나도 같이 데려가 주세요. 맹세할게요. 쓸데없이 고집부리거나 말썽 피우지 않는다고. 난…….

"당신은 향취산으로 돌아가는 게 좋을 것 같아."

그는 차갑게 몸을 돌려버렸다.

"당신을 데려가는 일은 없을 거야. 그러니 더 이상 방해하지 말아줘."

현주의 얼굴에 핏기가 가시더니 차가운 옥처럼 창백해졌다.

"알았어요. 그럼 가는 길이라도 배웅할게요."

"아니, 괜찮아."

자진은 영금을 불렀다. 몸을 날려 영금 위에 올라타려는 순간 현주의 두 팔이 그의 허리를 껴안았다.

"자진……."

자진은 입을 굳게 다물고 미동도 하지 않았다.

현주의 팔이 점점 더 조이는가 싶더니 갑자기 풀렸다. 자진은 순간 품안이 허전해진 것 같아 몸을 돌렸다. 아니나 다를까 기이한 미소를 드리운 현주가 손에 건곤 주머니를 쥐고서 몇 걸음 물러났다.

"현주!"

자진이 재빨리 손을 뻗었으나 손에 잡힌 것은 그녀의 차가운 머리카락이었다. 현주는 아무 말이 없었다. 순간 그녀의 손바닥에서 섬광이 번쩍했다. 동시에 자진에게 붙들린 머리카락이 잘렸다. 그녀는 순식간에 몸을 날려 영금에 올라탔다. 그리고 뒤도 돌아보지 않고 날아가버렸다.

자진은 대경실색했다. 깊이 잠들어 있는 두 사람을 깨울까 하는 생각도 들었다. 그는 영금 대신 영수인 벽사辟邪, 사악한 귀신을 물리치는 전설 속 짐승으로 사자를 닮았다를 불러 숲과 물을 건너 쫓아가기로 했다.

　　현주는 선술에 능하지도 않았고 영금을 부리는 실력 또한 변변치 않았다. 결국 그녀는 멀리 가지 못하고 자진에게 따라잡혔다. 세찬 바람 소리를 가르고 자진의 날카로운 목소리가 날아왔다.

　　"현주! 제발 그렇게 막무가내로 하지 좀 마!"

　　현주가 고개를 돌려 조롱하듯 쳐다보더니 뜻밖에 몸을 뒤집으며 영금 아래로 몸을 날렸다. 그녀의 담황색 치맛자락이 아득한 어둠 속으로 잠겨들었다. 자진은 벽사를 몰고 미친듯이 내달렸다. 주위를 둘러보니 화려한 궁궐과 높은 누각, 나는 듯 말려 올라간 처마가 가득했다. 천원국의 황궁이 틀림없었다. 궁중 사람들에게 발각되는 순간 무슨 일이 벌어질지 몰랐다.

　　영금이 호수 옆에 내려앉았다. 멀리 떨어진 호숫가에 현주가 쓰러져 있었는데, 쓰러져 누운 채로 건곤 주머니 속 혼등을 손에 높이 들고 있었다. 혼등의 신력 탓인지 먹구름이 짙게 깔리며 천둥 번개와 함께 장대비가 퍼붓기 시작했다. 황궁 안을 배회하던 악귀들이 소리를 내지르며 신력을 피해 달아났다. 그 비명소리에 이가 다 시릴 정도였다.

"현주!"

자진이 놀람과 분노가 섞인 목소리로 외치며 그녀 곁으로 뛰어올랐다. 뜻밖에도 혼등 위로 핏빛 결계가 쳐져 있어 자진의 몸이 뒤로 몇 걸음 튕겨나갔다.

높은 곳에서 추락한 탓에 현주의 몸은 피로 물들어 있었다. 하반신은 움직이려야 움직일 수 없었다. 그녀가 자진을 바라보며 차갑게 웃었다.

"자진, 이제 당신도 방법이 없을 거예요……. 이미 내 피로 혼등을 적셨거든……. 이 세상에 오직, 오직 나만이 제희와 피를 나눈 혈육이야. 제희가 혼등을 밝힐 수 있는 거라면 당연히 나도 밝힐 수 있지……."

쏟아지는 비에 현주의 몸이 흠뻑 젖었다. 그녀의 긴 머리카락이 뺨에 찰싹 달라붙었고, 얼굴을 물들였던 피도 씻겨나갔다. 현주의 목소리가 끊어졌다 이어졌다를 반복했다.

"자진, 당신은 언제나 내 상상보다 더 냉혹한 인간이었어……. 날, 날 잊으려 했겠지만…… 절대 당신의 원대로 이루어지도록 내버려두지 않을 거야……."

자진은 말없이 검을 뽑아 들고 결계를 향해 힘껏 내리쳤다. 몇 번이고 내리쳤지만 잠자리가 거목을 흔드는 것처럼 꼼짝도 하지 않았다.

현주가 눈물을 흘리며 중얼거렸다.

"오랫동안 허황하게만 살았어⋯⋯. 난 이제 곧 죽을 텐데, 내가 어떤 일을 했는지 기억해주겠어요? 제희⋯⋯ 제희가 대연국의 제희라면⋯⋯ 나도⋯⋯ 대연국 공주잖아. 제희가 할 수 있는 일이면 나도 할 수 있어⋯⋯. 살아서는 못 했지만⋯⋯ 적어도, 적어도 죽을 때는⋯⋯ 천하⋯⋯ 천하의 요괴를 내가 없애버릴 거야⋯⋯."

탕 소리가 났다. 자진의 손에 있던 검이 결계에 부딪혀 튕겨나갔다. 자진은 손으로 결계를 짚은 채 초조하게 입을 달싹였다. 비바람 소리 때문에 무슨 말을 하는지는 알아들을 수 없었다.

"자진⋯⋯ 자진의 마음이 설마 벌써 날⋯⋯."

'날 조금은 좋아하게 된 걸까요?'

현주는 혼등을 높이 들었다. 비바람 속에서 혼등의 날카로운 부분으로 자신의 심장을 찔렀다. 혼등 속 불꽃이 삽시간에 모두 소멸했다. 현주의 피가 혼등 무늬를 타고 흘러내리다 천천히 혼등 안으로 빨려 들어갔다. 피를 빨아들일수록 혼등이 점차 핏빛을 띠었고, 핏빛 속에서 영롱한 빛이 새어 나와 혼등이 마치 살아 있는 것만 같았다.

돌연 광풍이 휘몰아쳐 자진은 제대로 서 있을 수조차 없었다. 바람에 악귀들의 통곡 소리가 함께 실려왔다. 혼등에서 웅 소리가 났다. 피를 충분히 빨아들였는지 태양처럼 밝은 빛을 냈다. 피가 응고된 것같이 짙붉은 빛이었다. 현주가 자진을 향해 손을 뻗었다.

"자진, 날 봐요!"

그녀의 몸이 순식간에 핏덩이로 변해 광풍에 흩어졌고, 찢어진 옷 조각들이 흩날리며 바닥으로 떨어졌다. 곧이어 풍랑이 잦아들었고, 새롭게 밝혀진 혼등이 홀로 공중 위로 떠올랐다. 불꽃 색이 옅어져서 거의 투명에 가까웠다. 혼등은 마치 죽음과 절망을 부르는 핏빛 태양처럼 조용히 자진 앞을 배회했다.

자진은 언뜻 죽은 사람처럼 보였다.

이제 자진은 현주를 평생 잊지 못하게 되었다. 결코 잊을 수 없었다.

창밖에 광풍이 불기 시작했다. 죽림 안에서 처절한 울음소리가 들리는 듯했다.

그는 담천의 어깨를 살포시 감싸 안았다. 나지막한 소리로 많은 말들을 하고는 보드라운 입술로 그녀의 볼과 이마에 입을 맞췄다. 그러고도 오랫동안 떠나지 못하고 앉아 있었다.

잠든 담천의 귀에 어렴풋이 그의 말이 들렸다.

"……여기까지만 함께할게. 깨서 울지 말고…… 당신이 운다 한들 내가 또 뭘 어찌할 수 있겠어, 담천……."

담천은 잠결에 어리광 부리듯 그의 손을 찾아 잡고 자신의 뺨에 갖다 댔다. 그러면 마음이 한결 편안해졌다. 담천은 그를 대할 때마다 습관처럼 어리광을 부렸다. 그러다 저도 모르게 고집스럽고 제멋대로인 모습을 드러내기도 했다. 그는 깊은 사랑의 힘으로 권모술수에 능한 여인을 제희 시절의 소녀로 돌아가게 했다. 노스승이 이를 알았다면 고개를 절레절레 저었으리라.

단꿈에서 깨어난 담천은 만족스러운 듯 크게 숨을 들이켰다. 습관처럼 몸을 돌려 곁에 누워 있을 그를 향해 두 팔을 뻗었다. 그러나 그녀의 품에 안긴 것은 텅 빈 공기뿐이었다. 그가 그곳에 없었다. 담천은 여전히 잠결이었기에 상황을 인지하지 못했다. 몸을 일으킨 다음 눈을 비비며 그를 찾았다.

"구운, 몸은 좀 괜찮아졌어요?"

아무 대답이 없었다. 광풍에 창문이 후드득 소리를 내며 열렸고, 휘장이 미친듯이 휘날렸다. 창밖 하늘은 여전히 칠흑 같았다.

담천이 오스스 몸을 떨며 옷을 단단히 여몄다. 하품을 하며 주방으로 뛰어가 살펴봤지만 아무도 없었다. 평소 그가 그림을 그릴 때 쓰던 방에도 가보았다. 역시 없었다. 현주와 자진이 묵었던 곳마저 텅 비어 있었다.

죽림으로 광풍이 휘몰아치며 모래가 날리고 자갈이 굴러다녔다. 하마터면 담천도 넘어질 뻔했다. 그녀는 청죽을 꼭 붙잡고 섰다. 하늘이 진동할 정도로 큰 울음소리가 바람과 함께 실려왔다. 순간 차가운 혼백의 기운이 담천을 스쳐지나갔다. 그녀는 부르르 몸을 떨었다.

무심코 고개를 들자 광풍에 몸을 휘감은 먹구름이 평지 위로 솟아오르고 있었다. 구름은 기운찬 한 마리 흑룡처럼 선회하며 서쪽으로 날아갔다. 서쪽, 황성 고도 방향이었다. 그 순간 시커먼 돌풍의 흔적들이 수없이 하늘을 갈랐다. 무수히 많은 흑룡들이 서쪽 하늘로 모여드는 것 같았다. 황궁 위로 하늘에 닿을 듯 높은 먹구름 기둥이 만들어져 맹렬하게 회오리치며 꿈틀거렸다.

담천은 끔찍한 예감이 들었다. 최악의 상황이 벌어진 것만 같았다. 허리에 찬 건곤 주머니로 저절로 손이 갔다. 누군가 건곤 주머니를 바꿔치기했다! 혼등을 도둑맞은 것이다. 심지어 담천도 모르는 사이에 혼등이 밝혀졌다!

도무지 믿을 수 없었다. 혼등은 자신의 피로 처음 언약을 맺고 그 포문을 연 것이었다. 마지막 혼백은 담천 자신의 것이어야 했다.

'천신의 언약이 깨지다니, 어떻게 그런 일이?'

담천은 온몸이 떨리면서 다리에 힘이 풀렸다. 죽림을 미친듯이 뛰어다니는 동안 마음에 오직 한 사람의 이름만 맴돌았다.

'구운, 구운, 설마 당신인가요? 아니야, 아침에 그가 말하는 소리를 들었어. 그렇게 짧은 시간에…… 불가능해. 혼등이 흩어진 요괴의 혼을 유인하려면 혼등이 밝혀지고도 최소한 두세 시진은 지나야 해. 자진일까? 아니면 현주……'

정신없이 뛰다가 발이 걸려 고꾸라졌다. 죽림 안까지 데굴데굴 굴러가 청회색 돌에 머리를 부딪혔다. 순간적으로 눈에 불꽃이 일었다. 그때 누군가가 그녀를 받쳐 드는 느낌이 들었고, 그의 소매에서 익숙하고 그윽한 향기가 났다. 담천은 본능적으로 손을 뻗었다. 하지만 손에 잡히는 것은 허공뿐이었다. 주위를 둘러보아도 위태롭게 휘청거리는 청죽뿐이었다.

바람이 너무 거세서 눈물이 줄줄 흘렀다.

"구운! 구운!"

목청이 찢어지도록 불러보았지만 그녀의 목소리는 세찬 바람에 휘날려 흩어져버렸다. 그녀는 극심한 통증에 이마를 짚은 채 죽림을 뛰쳐나갔다.

죽림 밖은 봉면산 자락의 작은 마을이었다. 마을 사람들도 모두 거리로 뛰쳐나와 있었다. 하늘에서 벌어지는 기이한 현상에 넋을 놓은 채 누군가는 비명을 질렀고, 누군가는 어딘가로 미친듯이 도망치고 있었다. 그런 와중에 죽림에서 갑자기 담천이 튀어나오자 다들 귀신을 맞닥뜨린 듯 혼비백산했다. 그곳 죽림에 사람이 살았던 적이 한 번도 없었기 때문이었다.

담천은 한 노인을 붙잡고 다급히 물었다.

"혹 안에서 공자제 선생이 나오는 거 못 보셨어요?"

담천의 팔을 뿌리친 노인은 낯빛이 시퍼렇게 질린 채 대답했다.

"무슨 공자제…… 그게 누군데?"

이 노인은 며칠 전만 해도 그들에게 연근 한 바구니를 갖다주었다. 그런데 왜 갑자기 모르는 척하는 것일까? 게다가 노인은 땅을 구르다시피 하며 멀리 달아나버렸다. 마을 사람들이 경계심과 두려움의 눈빛으로 담천을 곁눈질하며 속닥거렸다.

"참으로 수상하단 말이야. 날이 밝기도 전부터 사악한 바람이 불어대더니, 이제는 사람도 안 사는 죽림에서 귀신까지 나오다니…… 설마 무슨 큰일이 벌어지려는 건 아니겠지?"

담천은 심장이 튀어나올 것 같았고, 머릿속이 계속해서 웅웅거렸다. 마치 갑자기 나타난 두 손이 머릿속을 풀처럼 휘저어놓은 것 같았다. 그녀는 손을 입술에 대고 입김을 후 불었다. 그 즉시 죽림에서 맹호가 나는 듯이 달려나왔다.

"맹호! 황궁으로 데려다줘. 가서 봐야겠어!"

담천을 태운 맹호는 나무 꼭대기로 훌쩍 뛰어올랐다. 나뭇가지 사이를 파도처럼 오르락내리락 질주하며 내달렸다. 담천은 맹호 등에 바싹 엎드린 채 하늘 위 무수한 요괴 혼들이 흑룡을 이루어 서쪽으로 날아가는 광경을 보았다. 황궁 위를 배회하던 거대한 구름 기둥은 갈수록 높아지고 두터워져 온 하늘을 삼켜버릴 듯했다.

그 아래로 수많은 사람들이 정신없이 뛰어다녔고, 요력이 강한 요괴들은 신력에 빨려들지 않으려고 안간힘으로 버티고 있었다. 모래와 풀이 돌풍에 휩쓸려 반은 시커먼 흑색이었고, 반은 모래처럼 누런빛을 띠었다.

혼란의 도가니였다.

맹호는 바람을 거슬러 금세 천원국 황궁 앞에 도착했다. 경비가 삼엄한 상태였다. 맹호는 병사들의 시선을 피해 지붕 위를 가볍게 뛰어다녔다. 얼마 지나지 않아 높디높은 호천루 꼭대기에 서 있는 자진의 모습이 보였다.

자색의 넓고 긴 소맷자락이 바람에 어지럽게 흩날렸고, 온몸이 목석처럼 미동도 하지 않았다. 담천이 외쳐 부르는 소리에 그가 한순간 몸을 떨었지만 고개는 돌리지 않았다.

담천은 처마 위로 기어오르며 다급히 물었다.

"자진! 혼등은 대체……."

"나는 그만 가보겠소."

자진은 담천의 말을 끊어내며 몸을 돌렸다. 그는 혼이 빠진 듯 비틀거리며 느릿느릿 앞으로 걸어나갔다.

담천이 그를 잡으려 손을 뻗었으나 그는 뱀처럼 몸을 피했다.

자진은 고개를 들어 하늘로 솟은 거대한 기둥을 바라보며 쉰 목소리로 말했다.

"그녀를 막을 수가 없었소……. 아무것도 묻지 말아주오. 아무것도…… 말하고 싶지 않소. 그럼 몸조심하오……."

그는 처마 위로 번쩍 뛰어올라 순식간에 사라져버렸고, 담천은 그 모습을 맥없이 바라보았다.

현주는 보이지 않았다.

'현주가 혼등을……?'

담천은 안절부절못했다. 그 순간 어젯밤 불쑥 현주가 나타나 한 말이 떠올랐으나 모든 것이 꿈만 같았다. 혼등의 마지막 불꽃을 밝히는 사람이 현주가 될 거라고는 꿈에도 생각하지 못했다. 미숙하고 경박하고 악랄하고 고집스럽기까지 한 현주가 어찌…….

'자진을 쫓아가야 할까?' 담천은 머뭇거리다 맹호를 타고 다시 봉면산 아래 죽림으로 향했다.

'대체 어디로 간 것일까?' 그녀는 넋을 잃은 채 죽림 안으로 들어갔다. 평소 죽림 곳곳에 숨어 폴딱폴딱 뛰어다니던 조그만 요괴들이 오늘은 전혀 보이지 않았다. 죽음의 기운이 온 산천에 짙게 깔려 있었다. 광풍은 이미 멈췄고 유일하게 남은 것은 외로움과 주위를 둘러싼 스산함뿐이었다.

가벼운 바람에 옷자락이 휘날렸다. 구성진 대나무 피리소리가 바람에 실려왔다. 피리 소리에 귀 기울이던 담천이 별안간 기와집으로 내달렸다. 온몸의 피가 머리로 쏠리며 수많은 작은 별들이 눈앞에 반짝였다.

침실의 나무 창이 반쯤 열려 있었고, 피리 소리가 안에서 끊어지고 이어지기를 거듭하며 흘러나왔다. 〈동풍도화〉 곡이었다.

'구운!' 담천이 창문을 열어젖힌 순간, 얼음장처럼 차가운 손이 다가와 그녀의 두 눈을 가렸다.

"보지 마. 왜 돌아온 거야?"

낮게 깔린 목소리가 매우 쇠약하게 들렸다.

담천은 그의 차가운 손을 꼭 움켜쥐었다.

"구운, 대체 무슨 꿍꿍이예요? 이 손 좀 놔요!"

그녀가 억울하고 서운한 마음으로 소리쳤다.

"왜 그와 함께 떠나지 않은 거야?"

"말도 안 되는 소리 계속하면 정말 화낼 거예요!"

"보면 무서울 거야."

그의 손이 거두어졌다. 어스름한 방안은 마치 옅은 먹

을 칠해놓은 듯했다. 구운의 형체 또한 흐릿하여 산수화 속 인물의 그림자 같았다. 형태와 윤곽은 있는데 그 속은 투명한 것이, 아무리 봐도 그의 또렷한 모습은 보이지 않았다.

담천은 반투명한 그의 얼굴을 가만히 바라보았다. 끓어오르던 피가 점차 가라앉더니 이내 차갑게 얼어붙는 느낌이었다.

구운이 어렴풋이 미소 지으며 말했다.

"아무래도 혼등 안에서 당신과 함께하는 건 어려울 것 같아. 천이 홀로 외롭게 세상에 남겨두는 수밖에. 다만 당신을 돌봐줄 사람이 없는 게 걱정이야."

담천은 미동도 하지 않았다. 당황하거나 놀라지도 않았고, 울지도 않았으며, 두려움과 절망의 표정도 보이지 않았다. 그저 말없이 구운을 바라봤다. 그의 희미해진 얼굴 윤곽에서 이목구비를 찾아내려 안간힘을 썼다. 그의 눈썹, 눈, 코……

그 순간 담천은 모든 것을 알아차릴 것 같았으나, 이내 아무것도 모르겠다는 생각이 들었다.

"……왜, 왜 이런 모습으로 변한 거죠?"

왜냐하면…….

왜냐하면…… 부구운은 사실 사람이 아니라 혼등에서 잉태된 혼령이었다. 혼등이 밝혀지면 그는 사라지게 되어 있었다. 그의 혼백은 윤회에 들어가지 않으며, 혼등이 켜진 후로는 그에 대한 어떠한 흔적도 세상에 남지 않는다. 일반 사람들은 이미 까마득히 그의 존재를 잊었으며, 시간이 지나면 아마 담천도 그를 잊게 될 것이었다.

이 사실을 그는 담천에게 말하고 싶지 않았다. 여전히 남아 있는 열등감 때문이거나 어지럽게 뒤틀린 그의 마음 때문일 수도 있었다.

이 사내는 가슴 깊이 그녀를 사랑했다.

그는 요괴나 정령이 아니었다. 일반 사람과는 상관없는 높은 지위의 존재도 아니었다.

그는 다만 그녀 곁에서 평범한 사람처럼 짧은 이 생을 살아가고 싶었다. 하지만 그 삶은 여기까지가 끝이었다.

구운은 애써 웃으며 담천의 머리를 쓰다듬었다.

"바보, 그런 울상은 하지 마. 웃어줘. 이제 곧 나를 잊게 될 텐데, 잠시나마 웃어주지 않겠어?"

'난 절대 잊지 않아!' 담천은 문득 손을 뻗어 그를 끌어안으려 했다. 하지만 그녀의 손에 닿는 건 아무것도 없었고, 그의 몸은 더더욱 투명하고 허황한 모습으로 변해갔다.

이제 더는 구운을 만질 수가 없었다.

"이제 곧 날이 밝을 거야. 천이가 〈동풍도화〉 한 번만 춰줄 수 있을까? 보고 싶어."

담천은 뻗었던 두 손을 거두고 얼굴을 가렸다. 가녀린

어깨가 부들부들 떨렸다. 금방이라도 온몸이 무너져 내릴 것 같았다.

이윽고 고개를 든 담천이 담담한 미소를 지었다.

"좋아요, 줄게요. 당신이 연주해주세요."

침실에 금이나 옥으로 된 고급스러운 비파는 없었다. 오래된 배꽃나무 비파가 있었는데, 반구의 배가 불룩 튀어나오고 현은 두 줄이나 끊어져 있었다.

담천은 비파를 품에 안았고, 구운은 창가에 앉아 대나무 피리를 입에 대고 가늘고 느리게 소리 내기 시작했다. 피리 소리가 얼굴을 간질이는 봄바람처럼 은은하고 아스라했다.

긴 소매를 휘날려 흘러가는 구름처럼 보여야 했다. 하지만 담천은 긴 소매가 없어 허리띠를 풀어 휘날렸다.

비파를 안고 얼굴을 반쯤 가렸다. 비파 뒤로 숨은 보조개가 맑은 물 위에 피어난 연꽃 같다. 두 눈동자는 황량한 숲속에 켜진 작은 불씨 같다. 얼마나 강렬하게 빛나는지 마치 살갗이 데일 것 같다.

댓잎이 사각거리며 흩날렸다. 담천은 바람 속을 돌고 돌아 어느덧 대연국 고대 위로 돌아온 것만 같았다. 고대에는 오직 구운과 그녀밖에 없었다. 〈동풍도화〉는 두 사람의 인연이자 화禍였다.

현이 끊긴 비파는 제 음을 내지 못했다. 쓰쓰야야 구슬픈 소리가 마치 부서진 진주알들이 바닥에 떨어지는 듯했다. 그때 팅 하고 또 다른 현 두 줄이 끊겼다. 담천은 비파를 거꾸로 들어 머리 뒤로 넘긴 다음 손가락으로 비파를 두드려 콩콩콩 낭랑한 소리를 냈다.

오래전 그녀는 그를 만나고자 일편단심 환대 강가로 달려갔으나 길을 찾지 못해 그냥 돌아왔더랬다. 오늘 그를 찾아 이곳에 온 것 또한 일편단심의 마음이나, 이제 그는 곧 사라질 것이었다.

붙잡을 수 있는 방법이 없었다. 명운은 뜻하지 않게 흩어지는 모래와 같았다.

'왜 그가 사라져야 해? 왜 내게 아무 말도 해주지 않은 거야?'

버림받은 숱한 여인들처럼 담천도 가슴 가득 채운 수많은 의문을 끄집어내 따져 물을 수 있었다. 하지만 물어본들 무슨 의미가 있으랴. 그도 결코 떠나고 싶지 않음을 담천은 알았다. 그러니 마지막 순간, 묻고 따지기보다 그의 바람을 들어주어 떠나는 걸음을 달래주는 게 나으리라. 그에게 너무 많은 빚을 졌는데 갚아줄 수 있는 거라고는 고작 이것뿐이었다.

점차 어둠이 걷히고 옅은 쪽빛의 아침 햇살이 한 줄기 나타났다. 점점 약해지던 피리 소리도 결국 공허한 울림이 되어버렸다.

'구운, 당신에 대한 일편단심의 마음, 단 한 번도 후회한 적 없어요.' 담천은 자신의 마음을 전해주고 싶었다. 마지막인 이 순간 꼭 전해야만 했다. '제발 날이 빨리 밝지 않게 해주세요! 제발 그가 들을 수 있게 해주세요!'

담천은 문득 고개를 돌렸다. 눈앞의 작은 뜰과 집이 어느새 모두 석회 가루로 변해 있었다. 저쪽 방은 그가 요리를 해주던 주방이었고, 이쪽 방은 지필묵이 가득한 화방이었고, 침실과 대청은……. 담천이 바로 앞까지 다가오는 것도 허락지 않고 집 전체가 이미 사라지고 없었다. 그저 황량한 공터만 남았다. 맹호도 놀란 얼굴로 코를 벌름대더니 억울하고도 의문 가득한 표정으로 담천을 향해 낮게 으르렁거렸다. 왜 이리된 것이냐고 캐묻는 것 같았다.

담천은 구운의 마지막 윤곽을 가만히 바라보았다. 대나무 피리가 그의 손에서 언뜻 비치는가 싶더니 가볍게 바닥으로 떨어졌다. 뭐라고 말하는 것 같았지만 말소리가 바람에 섞여 흩어져버렸다.

엷은 먹색이었던 그가 결국 잿빛 연기가 되어 마치 이 세상에 단 한 번도 존재한 적이 없었던 것처럼 사라졌다.

두어 걸음 나아간 담천은 다리에 힘이 빠져 주저앉았다.

서쪽 하늘이 점점 더 어두워졌다. 사방팔방에 있던 요괴의 혼들이 혼등에 이끌려 영원히 흩어지지 않는 먹구름을 만들었다. 혼등이 꺼지지 않는 한 요괴 구름은 흩어지지 않을 것이다.

그 신력이 무서운지 몸을 한껏 웅크린 맹호는 바르르 떨며 처량한 소리를 냈다.

담천의 평생 소원이었던 것이 지금 이 순간 이루어졌다. 천하에 다시는 요괴가 존재하지 않을 것이며, 요괴에게 짓밟히던 백성들도 그 고통에서 벗어나게 되었다.

담천은 세상의 요괴들에게 유린당한 수많은 사람을 구해냈다.

동시에 자신의 세상이 산산조각 나며 와르르 무너져 내리는 것을 눈앞에서 지켜보았다.

'그래서 지금, 기쁜가?'

아무도 대답해주지 않았다. 담천은 무릎을 단단히 끌어안은 채 눈도 깜빡이지 않고 멀리 소용돌이치는 구름 기둥을 바라보았다. 그렇게 온종일 가만히 앉아 있었다.

어디로 가야 할까? 이제 무엇을 해야 할까?

누구와 백발이 창창하도록 여생을 함께한단 말인가? 누구와 자식을 낳고 기를 것이며, 누구와 가족이 되어 죽림 앞에 앉아 청죽에 새겨진 이름을 가리키며 지난날의 추억을 이야기한단 말인가.

세상은 넓지만, 부구운은 없을 터였다.

날이 저물어서야 미산군이 도착했다. 그는 우차도 타지 않고 곧장 구름을 타고 죽림으로 들이닥쳤다.

"어떻게 이리도 급히 혼등을 밝혔단 말이오! 혼등을 밝히기 전에 내게 미리 알려달라 분명히 말했건만!"

미산군이 고래고래 소리 지르며 난리였지만, 담천은 여전히 바닥에 앉은 채 꿈쩍도 하지 않았다.

미산군은 바닥에 앉아 있는 이가 담천이란 걸 알고 대경실색했다.

"제희가 죽은 것이 아니야? 그럼 혼등이 어떻게…… 아, 그 여인! 그녀가…… 제희와 같은 피를 나눈 혈육이었지! 내가 왜 그 생각을 못 했지? 그 여인이 혼등을 밝힌 것이오?"

담천이 겨우 입술을 달싹였다.

"사숙…… 구운을 찾으러 오셨나요? 그는 이제 없어요……."

"그야 나도 당연히 알지! 혼등이 밝혀졌는데 살아 있다면 말이 안 되지! 나한테 절대 말하지 말라고 억지로 맹세까지 시켰더랬소. 한데…… 진즉에 제희한테 말했어야 했소. 진즉에……."

담천이 벌떡 일어나 미산군을 향해 한 손을 뻗으며 다가갔다. 대체 어찌 된 일인지 따져 물으려는 것 같았다. 하지만 몇 걸음 옮기기도 전에 바닥에 쓰러져 미동도 하지 않았다.

'내 목숨이 끊어진다 해도 끝까지 갈 거야?'

'괜히…… 연모하는 여인을 따라 함께 죽겠다는 말은 하지 마요……. 하하, 구운 대인의 한결같은 인품을 생각하면 너무 동떨어진 행동 아닌가요?'

그는 이미 말했었다. 말했는데, 담천이 믿지 않았을 뿐이다. 심지어 그의 말을 야비한 농담으로 돌려주었다. 나중에 다시 그에게 추궁해 물었을 때는 그저 입에서 나오는 대로 내뱉었을 뿐이라고 대답했다. 정말이지 비겁한 거짓말이었고 졸렬한 행동이었다. 그런 대답을 어떻게 믿을 수 있었을까? 왜 그냥 믿어버렸을까?

사실 담천은 그 거짓말이 믿기지 않았지만 그냥 믿어버렸다. 그래야만 자신의 마음이 조금이나마 편해지니까. 그래야 혼등과 구운 사이에서 괴로워하지 않을 수 있으니까.

그러고 보니…… 마지막 죽음을 앞둔 이는 그녀가 아니었다. 그렇게 절망적이었던 포옹과 절절한 마음, 새벽이 오지 않기를 애타게 바랐던 그 밤, 그 모든 것이 구운의 것이었다.

'아, 그가 마지막 떠나기 전에 무슨 말을 했던 것 같은데…….'

아무리 생각해도 생각이 나지 않았다.

담천은 알고 싶었다. 그때 그의 표정이 어떠했는지.

해방…… 아쉬움…… 아니면 평소의 무심한 듯한 옅은 미소를 띠고 있었을까?

'됐어. 가서 물어보면 되잖아.' 황천길로 가서 그를 막고 물어봐야지. 그때 가서 궁금한 것들을 모조리 풀어놓으면 될 일이었다.

황천길에서는 그도 더 이상 피하지 못하겠지…….

눈을 뜨자 미산거의 익숙한 객실이었다. 담천은 의문스러운 표정으로 주위를 둘러보았다. 침상 옆에 미산군이 지친 모습으로 앉아 있었다.

"제가 왜 아직 죽지 않은 거죠?"

미산군은 원망스러울 정도로 피곤하다는 듯 긴 한숨을 뱉었다.

"안 그래도 머지않아 죽을 테니 그리 조급해 마시오. 늙은 요괴 국사가 당신 심장에 은침을 찌르고 주술을 걸어놓은 모양이오. 주술을 풀지 못하면 길어봤자 1, 2년밖에 못 살 거요."

"1, 2년 기다릴 순 없어요. 그냥 지금 죽을 거예요."

뜨겁게 달아오른 담천의 두 눈이 미산군의 여린 가슴을 건드렸는지 그의 코끝이 빨개졌다.

"제희, 행여 죽어 저승에서 그를 찾아갈 생각은 하지 마오. 가능성이 있다면 살아생전 그를 볼 수 있을지는 모르나, 죽고 나면 영영 그를 볼 수 없소."

"……그게 무슨 말씀이죠?"

"그는 혼등에서 나온 혼령이오. 그가 어떻게 혼등에서 태어난 것인지는 아마 천신도 모를 것이오. 혼등이 밝혀지지 않았더라면 그는 매번 기억을 가지고 다른 생애로 윤회하며 혼등을 지키는 운명으로 남았을 것이오. 그런데 이제 혼등이 밝혀졌으니…… 아마 혼백이 생을 떠나 어딘가에 표류하여 깊이 잠들어 있겠지. 그러니 죽어 저승에 가더라도 그를 찾을 수 없소. 차라리 그냥 살아서 혹 누군가 그 혼등을 꺼뜨리는 날이 오기를 기다리는 게 나을 거요. 그때는 구운도 다시 돌아올 수 있을 테니."

담천이 눈을 감으며 담담한 투로 말했다.

"그런데 전 얼마 살지 못하고요. 그렇죠?"

"그 주술이 확실히 풀기 어렵긴 하나, 방도가 전혀 없지는 않소. 그건 내가 강구해보겠소. 에휴…… 어쩌다 내가 이리 마음 약한 신선이 됐는지!"

미산군은 벌겋게 물든 코와 눈을 소매로 훔쳤다.

"미산거에서 지내는 대신 어디에도 나갈 생각은 마시오. 혼등이 천원국 황궁에서 그리된 탓에 지금 거리 곳곳에 당신을 찾는 방이 붙었소. 이대로 나갔다가는 죽은 목숨이나 마찬가지요. 어쨌든 다 내게 맡겨두시오. 내가 어쩌다 이리 팔자 사나운 사숙이 됐는지!"

미산군이 나가자 고요가 찾아들었다. 맹호가 담천의 손에 턱을 걸치고 말없이 곁을 지켰다. 담천은 창밖의 화려한 가을빛을 바라보았다. 구운이 이곳에 함께 있었던 날이 떠올랐다. 늦잠을 자고 있었는데 그가 빙긋이 웃으며 창밖에서 그녀를 들여다보고 있었다.

어쩌다 나를 사랑하게 된 것일까? 왜 아무 말도 해주지 않고 그저 묵묵히 곁을 지켜주었을까? 줄곧 묻고 싶었으나 한 번도 묻지 못했다. 그녀는 곧 죽을 몸이었다. 물어서 답을 들은 한들 애틋함과 슬픔만 더해졌을 뿐이리라. 담천의 심장은 처음부터 그에게 철석과 같이 차가웠다.

지금 창밖은 덩그러니 비어 있다. 그는 세상에 있지 않다. 가슴 아파하며 후회할 것도 없었다. 이 모든 게 그녀를 향한 가장 철저한 복수이리라. 흐르는 눈물도 그저 비웃음거리가 될 뿐이었다.

부구운의 옷과 신, 그림 등 모든 것은 석회 가루가 되었다. 마치 그가 처음부터 이곳에 존재하지 않았다는 듯이. 공자제라는 이름도 하룻밤 새 모두의 기억에서 사라졌다. 다만 그가 불었던 대나무 피리만이 베갯머리에 놓여 있었다. 그의 소맷자락에서 나던 그윽한 향기가 피리에 배어 있다. 담천은 피리를 품에 꼭 껴안았다. 그가 이곳에 있는 것만 같다. 어쩌면 아직 떠나지 않은 것인지도…….

창밖에 청죽 숲이 보인다. 얼핏 봉면산 자락 죽림의 자그마한 뜰처럼 보인다. 미산군이 그녀의 마음을 생각해 그곳의 죽림을 미산거로 옮겨온 것이리라.

담천은 밖으로 나가 죽림 앞에 의자를 놓고 앉았다. 가장 높고 굵은 대나무가 눈에 들어왔다. 저 대나무 줄기에 두 사람의 이름이 새겨져 있다. 구운과 관계된 세상 모든 것이 사라졌지만, 청죽에 새긴 이름은 영원히 남아 있을 것이다. 그러니 그가 존재했었다는 사실은 그녀의 목숨이 다하는 순간까지 결코 잊히지 않을 것이다.

피리를 입에 대고 가볍게 불어보았다. 담천은 구운처럼 피리를 잘 불지 못했다. 구운이 불면 그토록 아름답게 들리던 피리 소리가 담천이 부니 마치 까마귀가 시끄럽게 울어대는 것 같았다.

그때 죽림에서 죽순을 보살피던 사람 형상의 영물이 머리를 감싼 채 걸어 나왔다. 도저히 듣지 못하겠으니 피리를 그만 불러달라는 것이다. 담천은 미소를 지으며 영물에게 물었다.

"혹시 피리 불 줄 알면 나 좀 가르쳐 주지 않을래?"

담천은 사라진 그를, 그의 피리 소리를 영원히 기억하고 싶었다. 그는 음률도 좋고 그림도 좋았다. 그와 조금 더 가까워질 수 있는 거라면 뭐든 배우고 싶었다.

바람이 담천의 옷자락을 부풀리며 그녀를 에워쌌다. 담

천은 피리를 입으로 가져가 낮은 소리로 그를 불렀다.

"구운."

어쩌면 그는 지금도 그녀 곁에 있어 따뜻하고 부드러운 음성으로 대답했는지도 모른다. 어쩌면 그가 햇살처럼 보드라운 손길로 그녀의 머리를 어루만지고 있는지도 모른다.

담천은 다시 흡족한 마음이 들었다.

마음 깊이 사랑하는 그대, 기다릴 거예요.

그대가 다시 눈을 떴을 때 어쩌면 이 세상은 낯설게 변해 있을지도 몰라요. 나뭇잎들이 더 이상 반짝이며 빛을 내지 않고, 황혼녘도 시인의 말처럼 그리 아름답지 않을 수도 있겠지요. 요력을 잃은 인간 세상은 평범하고 소소하게 변해 다시는 눈부시고 영민한 빛을 볼 수 없을지도 몰라요. 누군가는 노래를 부를 테고, 누군가는 환호성을 칠 테죠. 누군가는 살아 있을 테고, 누군가는 죽었을 테고요.

다만, 나는 당신을 기다릴 거예요.

어쩌면 그때는 백발이 창창하고 이가 다 빠져서 말도 또렷하게 하지 못할지 몰라요.

그래도 난 기다릴 거예요.

기다리다가 그대가 오면 꼭 안아줄 거예요. 그리고 하늘에 빌 거예요. 다시는 그 두 손, 놓지 않게 해달라고.

23장

꽃 피는 소리를 들었네

그날은 또 온종일 비가 내렸다. 죽림 한편에 안개가 자욱했고, 영롱한 빗방울이 댓잎을 타고 떨어졌다.

혼등을 밝힌 지 3년이 흘렀다. 신력의 영향으로 비 오는 날이 부쩍 많아졌다. 비는 대부분 부슬부슬 내려서 틀어 올린 쪽만 젖을 정도였다.

담천은 반쯤 열린 창 아래 침상에 누워 솜이불을 네 겹이나 덮고 있었다. 그런데도 추워서 몸을 덜덜 떨었다. 야위어서 볼도 움푹 패고 혈색도 없었다.

미산군은 세 손가락을 담천의 가는 손목에 올리더니 미간을 잔뜩 찌푸렸다.

"많이 춥소? 그럼 창문을 닫읍시다."

이번에는 진맥을 끝내고도 국사의 주술과 관련된 말을 하지 않았다.

"닫지 마세요. 바깥을 보고 싶어요."

미산군은 창문을 닫으려던 손을 거두었다.

담천이 몇 차례 기침을 하자 선혈이 입가로 흘러내렸다. 지금은 몇 년 전 주술 효과가 막 나타났을 때처럼 통증이 심하지 않았다. 통증에 너무 시달려 감각이 무뎌졌는지도 모른다. 하지만 온몸이 비쩍 마르고 기력이 쇠해 언제고 숨을 거둘 것만 같았다.

미산군은 무시무시한 주술에 시달리는 제희가 가여워 애가 탔다. 그녀에게 무슨 말을 어떻게 해야 할까? 지난 3년간 중원 구석구석을 다니며 조금이라도 친분 있는 신선은 모조리 찾아가 봤다. 그러나 남만이십사동 요괴의 주술을 풀 수 있는 이는 아무도 없었다. 주술을 풀 방도가 있으리라는 집념 하나로 지난 세월을 버텼다. 그게 아니었다면 제희는 벌써 2년 전에 죽었을 것이다.

"사숙, 글자가 새겨진 청죽이 아직 있나요? 아침 내도록 봤는데 또렷하게 보이질 않아요."

담천은 가까이 있는 것 말고는 앞을 볼 수도 없게 됐다.

"걱정 마시오. 여긴 신선의 땅이니 죽림이 빗물에 잠겨 죽는 일은 없을 거요."

"그…… 피리는 아직 제 손에 있나요?"

촉감마저 둔해져 손에 피리를 쥐고도 이렇게 묻곤 했다.

"있소. 피리를 꼭 끌어안고 있소."

담천은 그제야 마음을 놓은 듯 눈을 감았다. 호흡하기가 버거운지 콧숨이 무척 거칠게 들렸다. 잠시 후 담천이 잠이 든 것 같자 미산군은 이불을 잘 여며주고 일어섰다. 그때 담천의 나지막한 목소리가 들렸다.

"사숙, 언젠가 혼등이 꺼져서 구운이 다시 태어난다면 대신 말 좀 전해주세요. 내하교奈何橋, 저승으로 향하는 다리 옆에서 기다리겠다고요. 구운이 오기 전에는 절대 망천의 물은 먹지도 않고, 윤회에 들어가지도 않을 거라고."

미산군은 코가 당근처럼 붉어진 채 아무 대답도 하지 못했다. 우물쭈물하던 그는 소녀처럼 손으로 얼굴을 가리고 뛰쳐나갔다. 담천은 웃음이 터질 것 같았으나 웃기도 전에 갑자기 깊은 잠에 짓눌려버렸다.

얼마나 오랫동안 자고 있는지 담천 자신도 알지 못했다. 예전에는 깊이 잠들어도 어느 순간이 되면 깨곤 했는데, 지금은 자고 또 자도 제대로 깨어나지 못했다.

머리맡에서 누군가 말하는 소리가 어렴풋이 들렸다. 꿋꿋하고 단호한, 낯선 사내의 목소리였다.

"……어찌 이 지경이 되어서야 찾아온 건지. 병이 아니라 당신 같은 찌질한 신선 때문에라도 죽어나갈 판이네."

"쓸데없는 말은 집어치우고 대답이나 하시지! 살릴 수 있는지, 없는지."

미산군이 대꾸했다. 억울함의 목소리와 꾸역꾸역 참아내는 듯한 목소리가 뒤섞여 들렸다.

"좋아. 내가 살리지. 단 조건이 있어. 다시는 신미한테 가서 소란 피우지 않겠다고 약조하게!"

미산군의 대답은 좀처럼 들리지 않았다. 담천은 어둠 속에서 귀를 쫑긋 세웠다. 그때 누군가 그녀의 뒷머리를 받치더니 그윽한 향의 차가운 환약을 입속에 집어넣었다. 담천의 혀와 목구멍이 뻣뻣하게 굳어서 스스로 삼켜내지 못하자, 그가 손가락 끝의 선력을 발휘해 환약이 넘어가도록 해주었다.

손가락의 뜨거운 열감이 목을 타고 미끄러지듯 내려가면서 그 뜨거움에 환약이 녹아내렸다. 짙은 향기가 담천의 몸을 가득 채웠다. 맑은 샘물이 시들고 곪은 담천의 몸을 말끔히 씻겨내렸다. 그녀는 서서히 몸에 생기가 도는걸 느꼈다. 몸이 가벼워지며 허공에 둥실둥실 떠오를 것 같았다.

"원래 범인은 감당할 수 없는 환약이지만 지금은 주술에 걸린 몸이니 예외로 볼 수 있겠지. 나중에 선력을 가르쳐 깐깐하게 수련하도록 해야 하네. 당신은 공으로 어여쁜 제자 하나를 얻게 생겼구먼!"

그의 손이 담천의 가슴을 무겁게 눌렀다. 담천은 앓는 소리를 내며 눈을 번쩍 떴다. 여전히 흐릿했지만 눈앞에

건장한 체격의 사내가 있다는 걸 알아볼 수 있었다. 어느새 그의 손에 은침들이 빼곡하게 움켜쥐어 있었다. 은침마다 피가 흐르고 있었다. 그는 곧장 몸을 돌려 미산군과 함께 방을 나갔다.

"주술 도구는 다 빼냈네. 이리도 지독할 줄은 생각도 못했어."

두 사람의 말소리가 점점 멀어졌다. 담천은 눈을 깜빡여봤으나 여전히 희미하게만 보였다. 몸을 일으키려는데 갑자기 또 피곤에 짓눌렸다. 손가락 마디마디가 녹아내리는 듯했고, 달콤한 어둠이 눈앞을 덮쳤다. 지난 3년간 잠에 빠져드는 게 이토록 달가웠던 적이 있었던가. 정말이지 너무나 달콤한 잠이었다.

잠에서 깬 담천은 미산군에게 자신을 치료한 이가 누구냐고 물었다. 무슨 이유인지 미산군은 이 물음에 죽어라 입을 열지 않았다. 그에 대해 물을 때마다 마치 그와 철천지원수라도 되는 듯 낯빛이 푸르뎅뎅해졌다.

눈치 백단인 담천은 결국 그가 누구인지 알아챘다. 하루는 저녁에 좋은 술을 챙겨 들고 이야기나 나누자며 미산군을 찾아갔다. 그리고 그가 술에 거나하게 취하기를 기다려 무심한 듯 그 얘기를 꺼냈다.

"제가 한참을 생각해봤는데, 설마 사숙이 몸을 굽히면

서까지 그 전쟁 귀신을 찾아가 간청하신 것입니까? 저는 사숙이 그자를 정말 싫어한다고 생각했거든요."

미산군은 얼굴이 붉으락푸르락해지더니 물통만 한 술잔을 손에 받쳐 들었다. 그러다 갑자기 가슴을 치고 발을 구르며 분통을 터뜨렸다.

"우라질 부구운 같으니라고! 네놈 어디 깨어나기만 해봐. 이 몸이 하나에서 열까지 확실하게 갚아줄 테니까! 네 사랑하는 여인 구하자고 나를 연적한테까지 굽실거리게 만들다니! 내가 창피해서 얼굴을 들 수가 있어야지!"

담천은 재빨리 술독에서 술을 한 통 떠 올려 미산군의 잔을 채웠다.

"목숨을 구해주신 사숙의 은혜, 깊이 감사드립니다. 정말 그 전쟁 귀신을 찾아가셨던 거군요. 무슨 조건이라도 걸고 사숙의 청을 들어준 건가요?"

미산군은 한숨만 잇달아 내쉬었다. 담천이 요리조리 질문을 던져봐도 더 이상은 대답하려 들지 않았다.

담천은 하는 수 없이 그를 달래고 나섰다.

"사숙, 걱정 마셔요. 제가 주술이 풀려서 어디든 갈 수 있게 됐잖아요. 신미가 어디에 있는지만 알려주시면 제가 가서 잘 구슬려볼게요. 미산거에 와서 사숙과 함께 지낼 수 있도록 말이죠."

미산군은 그제야 눈을 반짝이며 담천을 보았다.

"······정말이오?"

"그럼요, 순도 백의 진심이에요."

"한데 그게······ 신미 곁에는 늘 그놈이 붙어 다닌단 말이오."

"전 그 전쟁 귀신, 하나도 안 무서워요. 그리고 전 여인네잖아요. 저를 어쩌지는 못할 거예요."

"그럼······ 그럼 좀 부탁하오······."

미산군은 비집고 나오려는 웃음을 간신히 누르고 자중하는 모습을 보였다.

"그 신미가 경국瓊國 만란산 일대에 사는데······ 거, 거기 춘료春膠에 미주도 많이 난다 하오. 맛이 아주 좋다는데······."

담천은 어색한 미소로 입을 뗐다.

"제가 가서 그 술 수십 동이는 구해올 테니 걱정 붙들어 매셔요."

미산군의 얼굴이 활짝 펴졌다. 귀 뒤를 긁적이며 좋아서 어쩔 줄 몰라 하더니, 문득 담천의 손을 잡고 간곡한 목소리로 말했다.

"지금 제희는 단약을 먹은 상태요. 그 단약은 사실 범인이 먹으면 십중팔구 몸이 터져 죽음에 이르게 되는데, 다행히 제희는 주술에 침해를 입은 상태에서 먹은 것이니 괜찮을 것이오. 다만 그 선력이 체내에 응집하게 될 터인데, 심법心法 수행으로 풀어주지 않으면 나중에 좋지 않을 거요. 제희가 이 사숙에게 그리 성의를 보이니, 나도 심법 수련법 하나를 전수해주겠소. 잘 배워서 열심히 수련하도록 하시오! 과연 그대가 신선계와 연이 있는 게야. 그러니 내 말이, 명운이 그리 터무니없게 바뀔 리가 없다 했지…….”

“신선계와 연이 있다고요? 명운은 또 뭐죠?”

담천이 얼떨떨한 얼굴로 물었다.

“아, 아무것도 아니오!”

‘역시 술은 과하면 안 돼.’ 미산군은 자신의 실언을 자책했다.

“그럼 지금 심법을 가르쳐줄 테니 잘 들으시오!”

미산군이 신선이 된 지는 이미 몇백 년이 된지라, 같은 연배의 신선과 그들의 제자, 그리고 제자의 제자들이 셀 수 없이 많았다. 하지만 그는 이곳 미산거에 홀로 거하며 곁에 영물들 외에는 아무도 두지 않았다. 예전에 제자 몇을 거두기도 했는데, 얼마나 엉망이었는지 가르치는 것도 늘 작심삼일이라, 결국 남의 자식 망쳐놓는 꼴밖에 되지 않았다.

이번에도 담천이 총명하지 않았더라면, 그리고 단약을 먹어 선력을 가지고 있지 않았더라면 아마 2백 년을 가르친다 해도 제대로 수련해낼 수 없었을 것이다.

미산군이 심법을 몇 번 설명하니 담천은 곧잘 좌선하며 선력을 운용하기 시작했다. 미산군은 기쁨을 감추지 못했다. 언젠가 만란산의 황릉皇陵으로 가서 신미를 데리고 나올 제희를 떠올렸다. 그뿐이랴, 맛좋은 술 수십 동이는 덤이었다. 그날을 떠올리기만 하면 미산군은 절로 입이 헤벌어졌다. 아무래도 그 전쟁 귀신한테 가서 담천을 살려 달라고 굽신거린 일은 자기 평생에 가장 잘한 일인 것 같았다.

그렇게 분주히 또 2년이 지나고, 혼등이 밝혀진 지도 벌써 5년이 되었다.

부지런히 심법을 연마한 담천이 드디어 만란산 황릉을 찾았다. 미산군에게 진심으로 보답하고 싶었다. 신미를 연모해 마음고생만 하며 온종일 장황한 말이나 늘어놓는 그가 너무 안쓰러웠다.

그런데 아뿔싸! 신미와 전쟁 귀신은 이미 혼인한 부부 지간이었다. 그것도 경국 황제가 친히 교지를 내려 이루어진 혼인이었다. '세상에, 어떻게 그런 말은 일언반구도 않고 나를 보냈담?' 하마터면 남의 부부를 이간질할 뻔했다. 어쩐지 예전에 전쟁 귀신이 그렇게 다짜고짜 쳐들어오더라니, 자기 부인을 빼앗으려는 놈을 어찌 그냥 둘 수 있겠는가. 진즉에 미산군을 조각내서 처치하지 않은 것만 해도 엄청난 예를 차린 것이었다.

담천이 빈손으로 돌아오자 미산군은 또다시 가슴을 치고 발을 구르며 대성통곡했다. 온종일 먹고 마시는 것으로 슬픔을 달랬고, 날이 갈수록 퉁퉁하게 살이 올랐다. 담천은 그가 백하용왕처럼 빵빵하게 변하는 것이 아닐까 걱정됐다.

그날은 미산군이 점심을 두둑이 먹고 연못가를 산책하고 있었다. 담천은 죽림 근처에 앉아 대나무 피리를 삑삑 불어댔다. 영리한 그녀는 가무에는 그리도 솜씨가 뛰어나면서, 악기를 다루는 것은 어찌해도 실력이 늘지 않았다. 피리 소리가 까마귀 울음소리보다 못해 미산군은 귀가 따가울 지경이었다.

"그것 좀 그만 불면 안 되겠소. 밥 먹은 게 다 올라오겠네!"

담천은 하는 수 없이 피리를 접었다. 외진 곳으로 가서 연습해야겠다며 자리에서 막 일어났을 때였다. 대문을 지키던 영귀가 급히 뛰어와 미산군을 불렀다.

"주인님, 주인님! 손님이 오셨어요! 손님이!"

영귀가 흥분할 만도 했다. 지난 몇 년간 미산거가 얼마나 적막했는지 저택 내 화초들마저 생기가 없었다.

미산군은 신이 나서 황급히 옷을 갈아입고 손님을 맞으러 갔다. 사람들이 도움을 청하러 술을 들고 찾아오지 않은 지도 오래되었다. 그러다 보니 함께 술을 나눌 벗이 없어 아쉬웠던 터였다. 제희가 죽다 살아났으니 이제는 그녀와 술을 마시면 되겠다 싶었으나, 주술이 풀린 뒤로 그녀는 오히려 금주하며 피리만 불어대니 미산군으로서는 답답해 미칠 지경이었다.

오늘은 오랜만에 손님이 왔으니 술을 실컷 마실 수 있으리라. 미산군은 작은 물통만 한 술잔 두 개를 찾은 뒤 영귀를 불러 큰 독으로 '취생몽사' 세 독을 가져오게 했다. 진탕 취할 생각에 눈을 반짝이며 직접 손님을 맞으러 갔다.

뜻밖에 문 앞에는 남녀 두 사람이 있었다. 여인은 청색 긴 치마 차림으로 아름다운 자태를 하고 있었다. 사내는 자색 도포를 입었는데, 난초처럼 수려한 얼굴에 풍채도 준수했다. 두 눈을 굳게 닫고 있었으나 유유자적한 표정이 한창 흐드러지게 핀 자정향을 감상하고 있는 듯했다. 미산군이 펄쩍 놀라며 소리쳤다.

"자네, 자네였나! 대체 어디에 있었던 것이야? 나도 못 찾을 정도로……."

사내는 잠시 멍하니 있더니 점잖고 깍듯하게 예를 갖췄다.

"소인은 좌자진이라 하옵니다. 이쪽은 저의 사저^{師姐. 같은 스승 밑의 동료 여제자} 청청입니다. 저희는 오늘 처음으로 미산거에 방문하여 일찍이 신선과는 만남의 연이 닿은 적이 없습니다. 아무래도 신선께서 사람을 잘못 보신 것이 아닐는지요?"

미산군은 어안이 벙벙했다.

"자네는 좌자진이고, 과거 대연국 좌상의 아들이 아닌가?"

술상을 마주하고 미산군이 물었다.

'좌자진과 꼭 닮았는데 어찌 이토록 낯선 사람 대하듯 하는지…….'

"과연 신선의 혜안은 대단하십니다. 소인의 이력을 숨길 수가 없겠습니다."

좌자진은 조금도 서두름 없이 점잖게 술을 마셨다. 그에 반해 미산군은 갈증이 난 늙은 소처럼 커다란 잔으로 벌컥벌컥 들이켰다. 청청도 옆에서 대화에 끼어들고 싶었으나, 미산군은 그녀를 향해 눈길 한 번 주지 않았다. 뜨거운 얼굴을 차가운 엉덩이에 갖다 붙일 수 있겠는가. 청청은 샐쭉한 얼굴로 고개를 돌려 풍경만 감상했다.

"……그건 그렇고, 오늘 어떤 청이 있어 이렇게 온 것인가?"

문득 묘책이 떠오른 미산군은 고개를 돌려 영귀들에게 작은 소리로 분부를 내렸다. 영귀들이 죽림으로 가서 사람을 찾는 사이 미산군은 다시 자진의 잔에 술을 따랐다.

"내게 청을 하려면 주량으로 나를 이겨야만 하네."

"뭔가 오해가 있으신가 봅니다. 소인은 오늘 청이 있어 온 것이 아닙니다. 스승의 부탁으로 신선께 드릴 것이 있어 왔습니다."

자진이 품안에서 비단함을 꺼내 정중한 예로 미산군에게 건넸다. 비단함에는 명주로 된 초청장이 손수건처럼 접혀 있었고, 그 아래로 작은 뱀 모양의 자수정이 달려 있어 꽤 정교했다.

향취산 산주가 선화선주仙花仙酒 대회를 열어 천하 신선들을 초대하려는 모양이었다. 요선妖仙, 수련을 통해 요괴에서 신선이 된 자, 이 늙은이가 풍요롭고 아름다운 향취산을 무대로 어떻게든 자기를 뽐내려는 심산이었다. 근래 들어 그 욕심이 더 심해지는 것 같았다.

"그리고 스승께서 신선께 한 가지 더 여쭈라 하신 것이 있습니다. 평소 부구운과 친분이 좋으시니, 혹 최근 그를 만난 적이 있으신지요? 산주께서 그 대제자를 몹시 보고 싶어 하십니다."

미산군이 눈썹을 잔뜩 찌푸렸다. 부구운의 신분에 대해 바깥 사람들은 전혀 알지 못했다. 혼등이 밝혀진 순간 모든 범인의 기억 속에서 사라졌으니. 하지만 신선들은 기억을 잃지 않기에 구운의 행적을 묻는 것이 벌써 몇 번째인지 모른다. 신선들은 구운이 혼등을 훔쳐가 스스로 등을 밝혔다 생각하고 있었다. 이처럼 입에 올리기 좋은 일이 어디 있겠는가. 할 일 없는 신선들이 이런 엄청난 사건에 입을 보태지 못한다면 그보다 더 아쉬운 일도 없으리라.

"그건 나도 잘 모르네. 나도 오랫동안 만나지 못했거든. 어째, 산주는 아직도 혼등에 미련이 남은 것인가? 이미 밝혀진 혼등에 미련을 둬봤자 무슨 소용이라고. 죄를 묻겠답시고 그를 찾는 것도 무용한 일일진대, 차라리 산주에게 혼등을 끌 능력이 있어 모든 굴레가 벗겨진 혼등으로 다시 소장하길 기대하는 편이 낫지 않은가. 어쨌든 그걸 뺏어갈 이는 없을 테니 말이야."

"신선께서 농담도 잘하십니다. 혼등은 천신의 물건인데, 속세의 신선이 어찌 그걸 끌 수 있단 말입니까."

그때 주렴 너머에서 담천의 목소리가 들렸다.

"사숙, 무슨 일로 저를 찾으셨습니까?"

주렴을 젖히고 들어온 담천은 좌자진을 보고 두 눈이 휘둥그레졌다.

"자진? 대체 어디에 있었던 거죠? 현주 언니는……."

좌자진은 담천을 알아보지 못하는 듯했다. 다만 젊고 아름다운 여인이 말을 거니 품위 있게 몸을 일으켜 예를 갖췄다.

"소인은 좌자진이라 하옵니다. 낭자께서…… 혹 사람을

잘못 보신 것이 아닌지요? 소인은 낭자와 안면이 없는 것 같습니다만."

담천은 순간 머리가 멍해졌다.

'설마…… 다시 기억이 봉해졌단 말인가?'

그때 청청이 기침 소리를 내며 일어났다. 그녀가 담천을 살짝 밀면서 말했다.

"나하고 얘기 좀 나누시지요."

밖으로 나오자 청청이 진지한 표정으로 말했다.

"댁이 자진 공자의 옛 벗인 모양인데, 아무래도 모르는 게 있는 듯하여 얘기해드리려요. 자진 공자 앞에서 현주라는 이름은 입에 올리지 말아주세요. 사실은 그해 자진 공자가 향취산에 돌아와 자기 기억을 없애달라고 산주께 청했답니다. 그래서 지금 아무 기억도 남아 있지 않아요. 댁이 계속 현주를 언급해서 혹 기억이 돌아오기라도 한다면 그를 다시 고통에 빠뜨리는 게 아니겠어요?"

'기억을…… 없앴다…….'

담천은 멍하니 좌자진을 건너다보았다. 편안한 모습이었다. 애써 괴로움을 참는 듯한 예전의 표정은 보이지 않았다.

그랬다. 그는 또다시 기억을 잃었다. 다만 이번에는 그 스스로 원한 것이었다.

"자진이 향취산을 떠나 무슨 일을 겪었는지 혹 알고 있는 게 있다면 얘기해줄래요? 현주에게는 무슨 일이 생긴 거죠? 현주와 부구운이라는 또 다른 제자 한 명이 여태 돌아오지 않았어요. 그 연유를 안다면 좀 설명해줄래요? 두 사람이 보물을 훔쳤다는 누명을 벗을 수 있게 말이에요."

담천은 천천히 눈을 감더니 잠시 후 낮은 소리로 대답했다.

"저도…… 잘 모르는 일이에요. 됐어요, 그가 기억을 잃은 것도 좋은 일이죠. 죄송합니다, 아까는 제가 실수했네요."

담천은 냉큼 발을 돌려버렸다.

자진이 미산군과 대화하는 모습을 바라보고 있으려니 마음이 너무 복잡했다. 현주가 혼등을 밝힌 날, 두 사람 사이에 무슨 일이 있었던 것일까? 어쩌면 차마 다시는 돌아보기 힘든 경험이었는지도. 잊는 것도 좋을 것이다. 기억을 없애버린 그의 선택을 탓할 수 있는 사람은 아무도 없었다. 모든 것을 잊었을 때 오히려 더 편안히 살아갈 수 있다면 그런 삶을 선택하지 않을 이유가 무엇이겠는가. 때로 진실은 그리 아름답지 않은 법이었다.

"사숙, 무슨 연유로 저를 찾으셨습니까?"

담천의 물음에 미산군은 머리를 쥐어짜내 겨우 대답했다.

"어…… 그러니까, 향취산 산주가 선화선주 대회에 나

를 초대했는데, 그대도 같이 가면 어떨까 해서. 시끌벅적 구경거리도 많을 테니."

미산군은 좌자진이 일부러 기억을 잃은 척하는 것이 아닌가 싶었던 것이다. 그래서 담천을 불러내 호된 맛을 보여주려 했던 것인데, 정말로 기억을 잃었을 줄이야!

미산군의 속셈을 알아챈 담천은 피식 웃으며 술상에 자리를 잡고 앉았다. 술이 약한 좌자진은 미산군의 상대가 못 될 게 뻔했다.

해가 서산으로 기울 무렵 자진이 그만 가겠다고 몇 차례나 고한 후에야 미산군은 그를 놓아주고 문 앞까지 배웅했다. 자진은 영금을 부른 뒤 예를 갖추어 작별을 고했다. 그의 평안한 얼굴을 바라보던 담천이 참지 못하고 한마디 건넸다.

"자진, 요즘은 잘 지내시나요?"

자진이 옅게 웃으며 대답했다.

"어찌 그리 물으십니까. 스승님을 따라 수련하고 매일 동료들과 담소를 나누니, 당연히 즐겁게 지내고 있지요."

"……그렇겠네요. 그럼…… 안녕히 가세요."

자진이 다녀간 뒤로 담천은 정신이 딴 데 팔린 듯했다. 미산거에서 지내는 게 부쩍 재미없게 느껴졌다. 그녀는 아예 미산군의 우차를 빌려 타고 나가 이곳저곳을 유람

했다.

혼등의 신력이 날이 갈수록 강해져 각지 신선의 땅도 적잖은 영향을 받고 있었다. 실력 있는 신선들은 선력으로 어렵게 만들어낸 화초 정령들이 혼등에 끌려가지 않도록 자신의 땅에 결계를 쳐놓았다. 그리고 웬만한 것은 모두 자급자족하고 있어 신선과 범인의 거리가 점점 더 멀어졌다.

요괴가 사라지고, 신선들도 세상을 피하며 상관치 않으니, 이제 진정한 범인들의 세상이 되었다. 천원국의 정복 전쟁은 계속되고 있었고, 그들은 더 이상 요괴 대군을 부리지 않았다. 듣기로 이황자 정연의 용병술이 흡사 신과 같아서 수년간 전장을 누비면서 단 한 번도 실패하지 않았다고 한다.

어쩌면 천원국이 정말 중원을 통일할지도 몰랐다. 천하의 흐름은 흩어짐이 오래되면 모이고, 모임이 오래되면 흩어지기 마련이었다. 중원의 팔대 제후국에서 전란이 끊이지 않으니 어쩌면 이제 모일 때가 되었는지도 모른다.

늘 마음에 밟혔던 대연국 백성들은 더 이상 요괴들에게 고통당하지 않았고, 천원국에 편입된 뒤로는 황실에서 선정을 베풀어 3년간 세를 면해주었다. 도처에 가득했던 난민의 울음소리도 드디어 멈출 수 있게 되었다.

이제 천하 상간에 더는 담천이 근심할 것이 없었다. 부

구운만 빼면……. '그는 언제쯤 돌아올까?'

얼마 지나지 않아 미산군이 영금 편에 서신을 보내왔다.

연말에 천원국 이황자가 혼등을 보내왔소. 그의 처가 '신의 눈'이라 불리는 호湖 공주인데, 그녀가 혼등을 꺼뜨렸다 하더군. 이황자가 그대에게 자비를 구한다 하였소. 혼등이 꺼지고 3백 년 안에는 절대 요괴를 부리지 않겠다고 약조했으니 안심해도 좋을 것이오. 속히 돌아오길 바라오!
추신, 올 때 술도 잊지 마시오!

서신이 허공을 날아 바닥으로 떨어졌다. 담천은 우차를 타고 방향을 틀었다. 바람과 구름을 가르며 내달려 한나절 만에 미산거에 도착했다.

홀로 술을 마시던 미산군은 하늘에서 내려오는 담천을 보고 두 눈이 휘둥그레졌다.

"구운이 돌아왔나요?"

담천이 뛰어 들어오며 가장 먼저 던진 말이었다.

"그리 빨리? 무슨 말도 안 되는 소리를."

미산군은 왠지 부자연스러운 표정으로 대답했다.

담천은 긴 한숨을 내쉬었다. 갑자기 다리에 힘이 풀려서 풀썩 주저앉고 말았다. 웃어야 할지, 울어야 할지 알 수 없었다. 담천은 구운을 바로 볼 수 있는 줄로만 알았다.

"걱정은 마시오. 분명 곧 보게 될 테니. 조금만 참고 기다려보시오! 맞다, 내일이 선화선주 대회이니 같이 향취산에 한번 갑시다. 신선들이 죄다 술을 못해서 얼마나 심심한지, 제희가 가서 내 술동무가 되어주시오!"

미산군은 뭔가를 숨기는 듯 어물쩍 말했다.

사숙에게 진 빚이 많은 담천은 그러겠다고 응하는 수밖에 없었다. 향취산에는 가기가 꺼려졌지만, 은혜로운 사숙을 위한 일이니 못 갈 것도 없었다.

다음 날 두 사람은 우차를 타고 목을 뻣뻣이 세우고 향취산으로 날아갔다.

산주는 요괴에서 신선이 된 요선으로, 범인에서 신선이 된 미산군보다 급수가 조금 낮은 편이었다. 산주의 능력이 아무리 신통하다 할지라도 미산군을 향해서는 어거지로라도 예를 갖춰 맞이해야 했다. 참석한 신선들의 십중팔구는 다 요선이었다. 미산군은 꿋꿋하게 높은 곳으로 가서 자리를 잡았다. 그들과는 거의 대화를 나누지 않았으며, 그저 담천하고만 술을 나누었다.

과거 백하용왕이 향취산에 손님으로 오며 가져왔던 미주의 이름이 '상봉한만'이었는데, 어디서 그 비법을 얻었는지 산주는 이번 대회에서 대접하는 술을 모두 상봉한만으로 했다. 미산군은 그 술을 마시고 얼굴에 희색이 감돌았다. 나중에는 신선의 자태고 뭐고 다 잊은 채 산주의 옷자락을 붙들고 몇 동이만 팔아달라고 통사정을 했다. 집에 갖고 가서 마시고 싶다는 것이었다.

그 꼴을 보다 못한 담천은 미산군의 소매를 당기며 말했다.

"사숙, 제발 체통 좀!"

미산군은 얼굴이 불콰해지고 온몸에서 술내가 풀풀 났다. 고개를 돌려 담천을 보더니 갑자기 히죽거렸다.

"아니, 예전에 여기서 살았잖아. 어찌 나가서 여기저기 둘러보지 않는 게야? 혹 누구를 만날 수 있을지 어찌 알고."

담천은 화들짝 놀랐다.

"하여튼 맹하다니까…… 한데 어찌 된 게 거기는 그쪽보다 더 맹해. 에휴! 아니, 잘 생각해봐. 어찌 두 사람은 매번 그렇게 쓰잘머리 없는 일로 날 힘들게 하는지…… 정말 좋은 사람이 되기는 쉽지 않은 일이야! 그대가 집 나가 있는 동안 내가 얼마나 바빴는지! 갓 태어난 아이를 술법으로 그리 빨리 성인으로 만드는 게 얼마나 선력을 많이 쓰는 것인지 알기나 해! 향취산이 아무리 천지의 영기가 충만한 곳이라 해도 그게 얼마나 귀찮은 일인데……."

미산군은 혀 꼬부라진 소리를 마구 뱉어냈다. 마치 무

를 머금고 말하는 것 같았다.

"사숙, 대체 무슨 말씀을 하시는 거예요? 뭐라는 소린지 하나도 모르겠다고요!"

"나가서 산책 좀 하라고! 이 미주는 나 혼자 음미할 테니!"

담천은 사숙이 대체 무슨 꿍꿍이인지 알 수 없었다. 어쨌든 홀로 통명전을 나와 거리를 거닐었다.

향취산은 담천에게 더없이 익숙한 곳이었다. 그녀는 동쪽의 물가로 향했다. 이곳 버드나무들은 본래 모두 정령이었는데, 혼등이 밝혀진 뒤로는 버드나무 정령이 진짜 버드나무가 되어 움직일 수도, 말을 할 수도 없게 되었다. 지금은 혼등이 꺼졌지만 그들 혼백은 돌아올 수 없었다. 나무들은 그저 나름의 총기를 발산하며 바람도 없는데 스스로 몸을 흔들며 춤을 추고 있었다.

물가를 지나니 멋들어진 전당 네 채가 줄지어 있었다. 과거 부구운이 묵었던 곳이다.

담천은 문 앞에서 한참을 서 있었다. 대문은 잠겨 있지 않았다. 향취산의 집들은 대부분 문을 잠그지 않았다. 문을 열고 들어가 익숙한 건물을 바라보고 있으니 즐거웠던 이곳의 기억이 떠올라 절로 미소가 지어졌다.

후원의 연못은 예전 모습 그대로였다. 작은 물고기들이 헤엄쳐 다녔다. 이곳에서 구운의 옷을 빨면서 일부러 다

망쳐놓았더랬다. 후원 가득 널어놓은 옷들이 죄다 해진 것을 보고 구운이 얼마나 황당해했던가. 복도 양쪽이 모두 방이었는데, 청소한다는 핑계로 들어가 궤짝 위의 화병과 그릇을 박살내 버리기도 했다.

침실은 여전히 나무 침상 판을 꺼낼 수 있게 되어 있었다. 구운의 몸종이었던 시절, 그 낮은 침상에서 자다가 한밤중에 일어나, 찻물을 끓여라, 향을 더 피워라, 이불을 더 깔아라 하는 구운의 명령에 시달려야 했다.

놀랍게도 창문 아래 구관조가 아직도 살아 있었다. 담천을 보자 녀석이 목청을 돋우며 소리쳤다.

"바보! 거짓말쟁이! 거짓말쟁이!"

담천은 좁쌀 한 줌을 쥐고 흔들어 보이며 구관조를 유혹했다.

"나한테 '착한 낭자'라고 부르면 먹게 해줄게. 안 그러면 그냥 굶어 죽든지! 거짓말쟁이는 누가 거짓말쟁이라고!"

그때 뒤에서 조롱 섞인 익숙한 웃음소리가 들렸다. 담천은 화들짝 놀라 손에 쥐었던 좁쌀을 놓치고 말았다. 좁쌀이 탁자 위로 좌라락 뿌려졌다. 미처 고개를 돌리기도 전에 누군가 뒤에서 그녀를 거세게 껴안았다. 따뜻한 숨결이 담천의 귓바퀴 위로 뿌려졌다.

그의 목소리는 짙고 부드러웠다. 이보다 더 익숙하고

편안할 수가 없었다. 두 사람이 향취산에서 처음 만난 그 날처럼.

"내가 조금 늦었어. 날 원망했던 건가?"

그는 아무렇지도 않은 듯 은근한 미소를 머금었고, 그녀는 멍하니 그대로 굳어버렸다.

흐드러진 봄빛의
주인은 누구인가?

공자제가 죽던 그날, 미산군은 술동무가 없어 방안에 틀어박혀 잠만 자고 있었다.

마침 '제3의 눈'이라 부르는 까마귀가 바깥 세상을 두루 살피던 중 물을 마시러 돌아왔다가 미산군에게 엄청난 소식을 전했다. 미산군이 화들짝 놀라 몸을 일으켰다. 그 바람에 배 속 가득 술에 절어 있던 술벌레들이 순식간에 반 이상이 죽어버렸다.

'아니, 그냥 그렇게 죽었다고? 실력이 엄청난 반선이니 다행이지! 몇백 년 살지도 못하고 환생하다니, 그 얼마나 낭비야! 게다가…….'

게다가 그토록 열렬하게 생명을 사랑하는 자는 본 적이 없었다. 공자제는 생의 모든 정력을 풍류와 운치, 즐거움과 쾌락에 쏟아부었다.

'그런 그가 죽음도 마다하지 않았다고?' 미산군은 좀처럼 마음을 가라앉힐 수 없었다. 그는 당장 우차를 타고 옛 우인友人의 시신을 찾으러 나섰다.

공자제는 생전 겉치레나 외양을 매우 중요하게 여겼다. 기루에 가서 돈을 물 쓰듯 쓰며 뭐든 고급으로 누렸다. 그랬던 사람이 죽을 때는 아무도 없는 산간에서 홀로 소리소문 없이 가버린 것이었다. 무덤조차 준비하지 않은 채. 그와 오래도록 친근한 술벗이었던 미산군은 풍수 좋은 땅을 찾아 시신을 안치해줘야겠다고 생각했다.

한데 급히 산간으로 달려갔으나 시신은 보이지도 않았다. 청회색 돌로 된 고대 위에 옷 한 벌만 덩그러니 남아 있었다. 그 옷마저 점차 석회 가루로 변하면서 금세 바람에 흩날렸다.

산 전체를 몇 번이나 둘러봤으나 그와 관련해서는 털끝 하나 보이지 않았다. 미산군은 의문 가득한 얼굴로 까마귀에게 물었다.

"죽은 게 확실해?"

반선이라 해도 죽은 뒤에는 시체가 남아야 마땅했다. 죽고 나서 몸이 석회 가루로 변해 사라진다는 말은 들어본 적이 없었다.

직무 능력을 의심받은 까마귀는 눈물을 흘리며 날아가 버렸다.

다시 한 번 사방을 뒤져보았지만 역시 아무 수확도 없었다. 찝찝한 마음으로 다시 우차를 타고 돌아왔다. 그후에도 종종 술잔을 어루만지며 깊은 탄식으로 고민해보았으나, 그의 죽음에 어떤 비밀이 있는 것인지 알 수가 없었다.

세인들은 다들 미산군은 모르는 것이 없으리라 생각하지만, 때로는 미산군도 영문을 알 수 없는 일들이 있었다.

공자제를 알고 지낸 지는 그리 오래되지 않았다. 일개 반선의 신분이기는 하나 용모와 실력이 뛰어난 자였다. 자신의 실력을 뽐내듯 드러낸 적도 한 번도 없었다. 하지만 미산군은 그가 일반적인 신선 무리의 수준은 아님을 한눈에 알아보았다. 그의 뒷조사를 해보지 않은 것도 아니었다. 심지어 몰래 금사金蛇 일족이 소장한 천서天書를 훔쳐보기까지 했지만, 천서 어디에도 그의 명운에 대한 기록은 없었다. 공자제는 지금껏 미산군이 만난 자들 중 정말이지 가장 비밀스럽고 기이한 인물이었다.

원래는 공자제와 직접 대면하여 그의 배경에 대해 떠보려 했었다. 그런데 술만 마시면 건망증이 생기니 한 번도 제대로 성공한 적이 없었다. 게다가 공자제와 워낙 죽이 맞다 보니 그런 궁금증은 차츰 품지 않게 되었다. 그가 돌부리에서 솟아난 자라 한들 무슨 상관이겠는가.

그런데 그런 사람도 죽을 수 있다는 것이 이해가 되지

않았다. 미산군은 꽤 오랫동안 대문을 걸어 잠그고 손님도 받지 않은 채 공자제와의 마지막 몇 번의 만남을 돌이켜봤다. 그의 행동과 말을 시시콜콜 떠올리느라 머리가 아플 지경이었다. 하지만 그러고도 아무런 단서를 찾지 못해 땅이 꺼지도록 한숨만 내뱉었다. 그는 그저 달을 마주한 채 창가에 술을 뿌리는 것으로 떠난 술동무에게 예를 올렸다.

그렇게 10여 년이 훌쩍 지났다. 10여 년 정도야 신선에게는 그저 차 한 잔의 시간이었다.

그날 미산군은 또 그놈의 술 생각이 가득했다. 술동무 하나 없음에 한탄하며 홀로 술잔을 들던 그때, 문지기 영귀가 괴상한 낯빛으로 들어와 고했다.

"주인님, 바깥에 웬 소년이 수레 가득 미주를 싣고 찾아왔는데, 글쎄 자기가 주인의 오랜 벗이라 하는 겁니다."

미산군은 소년을 벗으로 둔 적이 없었다. 궁금한 마음에 나막신을 힘껏 내딛으며 대문으로 향했다.

문밖에는 자정향 꽃이 한창이었다. 과연 조그만 마차가 다리 근처에 세워져 있었고, 마차 옆에 한 소년이 서 있었다. 조금 마른 체형에 키가 훤칠했고, 검은색 수가 놓인 흰색 도포 차림에 긴 머리카락이 구름처럼 흩날렸다. 뒷짐을 진 채 여유롭게 목교 근처에 핀 붉은 꽃을 감상하고 있었다.

발소리가 들리자 소년이 얼굴을 돌렸다. 미산군은 가슴이 두방망이질을 치더니, 한동안 입을 떡 벌리고 다물 줄을 몰랐다.

그 눈매와 표정이 영락없이 10여 년 전 죽은 공자제였다! 다만 볼에 젖살이 있어 아직은 앳돼 보였다. 하지만 그런 차갑고 노련한 눈빛이 과연 어린 소년이 만들어낼 수 있는 것이겠는가.

소년은 미산군을 보고 옅은 미소를 지으며 말했다.

"미산, 내 취생몽사를 가져왔네. 서쪽 유호有狐 일족에게서 어렵게 구해온 것이니 허투루 낭비하면 안 되지 않겠나."

미산군은 턱이 빠질 정도로 아연실색했다. 그를 가리킨 손가락이 마구 떨렸고, 목구멍에서는 꺽꺽 소리만 나오더니 한참 후에야 겨우 말 같은 말이 나왔다.

"……공자제!"

"부구운이라 부르면 되네. 이번 생에 만난 부모님은 내게 어찌나 극진하신지, 내 차마 그 이름은 버리지 못하겠어. 두 분의 장례를 치르고 나서야 움직일 수 있었네. 안 그랬으면 몇 년은 더 일찍 자네를 찾아왔을 텐데 말이야."

미산군은 수레 가득한 취생몽사를 반 이상 먹어치웠을 쯤에야 부구운의 사정을 얼추 알 수 있었다.

상고시대 신귀神鬼들 사이에 큰 전쟁이 벌어져 요괴들이

사람들을 마구잡이로 학대하고 죽였다고 한다. 그때 음산隂山에서 입에 혼등을 머금고 나온 신룡神龍이 속세의 혼백 넷을 모아 혼등의 무한한 신력을 개시하며 인간 세상을 깔끔히 회복시켜주었다. 다만 혼백으로 바쳐진 네 명의 사람은 윤회 없이 영원한 고통을 받아야 했다.

수천 년이 지나 한 비범한 사람에 의해 혼등 불이 꺼졌는데, 그 뒤 속세에서 유실된 혼등은 천신도 회수하지 않았다. 뜻밖에 그 혼등에서 혼령이 태어났는데 처음에는 어떠한 형태도 없었다. 육체도 없고 사고나 인식도 할 수 없는 존재였고, 그저 날마다 혼등 위를 배회하거나 깊이 잠들어 있을 뿐이었다. 그렇게 다시 수천 년이 흘러 혼령이 점차 자기만의 의식과 지혜를 갖추게 되자 더는 그대로 속세에 머물 수가 없었다. 그때부터 혼령은 끊임없이 사람으로 환생하는 길고 긴 여정을 시작하게 됐다.

평범한 인간은 죽고 나면 혼백이 내하교를 건넌 뒤, 윤회에 들어가기 전 망천수를 마심으로써 전생의 모든 인과와 애증을 씻어낸다. 하지만 그에게는 망천수를 마실 자격이 주어지지 않았다. 환생할 때마다 이전 인생의 기억을 모조리 간직한 채 윤회에 들어가는 것은 말로 다 할 수 없는 고통이었다.

그렇게 수십 번의 윤회를 거치고 나면 돌로 만든 사람이라도 지쳐 나가떨어질 것이었다. 그래서 그는 수련을 시작했고, 신선이 되어 더는 죽지 않게 되었다. 더 이상 윤회로 인한 고통에 시달리지 않아도 되었다.

"다만 내 그리 오랫동안 수행을 했는데도 여전히 이토록 공허한 마음이니……."

부구운은 취생몽사를 벌써 네다섯 독이나 마셨지만 조금도 취기가 오르지 않았다. 반면에 미산군은 얼굴이 잿빛이 되어 뛰쳐나가더니 한바탕 구역질을 하고 돌아왔다. 그러고 또 계속해서 술을 마셨다. 환생한 뒤에도 여전한 부구운의 체력에 미산군은 속으로 이를 부득부득 갈았다.

"내가 볼 때 자네는 하루하루 아주 즐겁게 보내는 것 같더니만."

'여인들을 한 무더기 쌓아놓고 종일 한가로운 시간을 보내니, 어디 그 즐거움이 끝이 있겠는가.'

부구운은 미소를 지어 보였으나 그 눈은 살짝 우울해 보였다.

"자네가 만약 나와 같다면 삶과 죽음이 별반 다르지 않을 걸세. 영원히 끝이 보이지 않는 것도 꽤 공허한 법이거든."

미산군은 대답 없이 잠자코 있었다.

신선의 수명도 심히 길긴 하지만, 아무리 긴 수명이라도 언젠가는 끝이 난다. 그렇게 죽어 저승으로 떠나면 망천수를 마신 뒤 또다시 새로운 미지의 인생이 시작된다. 또 다른 생명의 싱그러움과 신비로움은 미지의 것이기에 더 흥미로운 법이었다. 부구운과 같은 인생이 무슨 재미가 있겠는가. 재미가 없을 뿐이랴, 그야말로 가혹한 형벌이었다.

"어떻게, 내가 따로 시간을 내서 자네를 위해 혼등을 좀 밝혀줄까? 그러면 자네도 잠깐 쉴 수 있을 거 아닌가."

미산군이 술에 취해 게슴츠레한 눈으로, 크게 선심 한 번 베풀겠다는 듯이 호기를 부렸다.

"신선이 사사로이 속세의 혼백을 취하는 게 얼마나 큰 죄업인지 몰라서 그러는가. 하물며 지금의 세도가 어찌나 화평한지, 인간과 요괴가 전에 없이 잘 어울려 지내고 있지 않은가. 한 사람의 고초를 달랜답시고 어찌 천하 사람을 고통으로 내몰겠는가."

미산군은 또다시 잠자코 있었다.

배불리 먹고 마신 부구운은 다시 자그마한 마차를 타고 돌아갔다. 가기 직전 미산군을 돌아보며 위로하듯 말했다.

"나도 나름 즐거운 구석이 있으니, 너무 깊이 생각하진 말게나."

확실히 부구운에게도 농탕질의 즐거운 구석은 있었다. 몇 년 지나지 않아 남쪽 여러 나라에 구운의 이름이 널리 퍼지기 시작했다. 음률에 정통하며 풍류스러운 성정에, 얼마나 많은 소녀들의 춘정春情을 어지럽혔는지, 또 얼마나 많은 동상이몽의 부부지간을 갈라놓았는지 모른다. 그의 이름만 들리면 사내들은 치를 떨었고, 여인들은 볼에 홍조를 드리웠다.

수천 년간 여인 앞에서 풍월을 읊어왔던 그의 실력은 어딜 가든 통하지 않는 곳이 없었다. 여인을 향해 진짜인 듯 가짜인 듯 밀고 당기는 모습에 여인들이 속수무책 빠져들었다.

미산군은 부구운이 계속해서 그리 살 거라고 생각했다. 그런데 어느 날 뜻밖에 또 그가 찾아왔다. 이번에는 술도 없이 찾아와 뭔가 묘연한 표정으로 산만하게 입을 열었다.

"어떤 낭자가 있는데…… 조금 가엾어서, 자네가 그녀의 명운 좀 봐줄 수 있겠나?"

미산군은 답답하고 궁금한 마음에 우차를 몰고 그와 함께 어느 전장에 도착했다. 한창 격전이 벌어지고 있어 사방에 연기가 치솟았고, 역한 피비린내가 허공을 가득 채웠다. 미산군은 눈썹을 찌푸리고 코를 막으며 물었다.

"이게 다 뭔가? 왜 이런 곳에?"

부구운은 말없이 남쪽을 가리켰다. 낡은 전차가 몇 대서 있고, 일고여덟 구의 시체가 널브러져 있었다. 전차 위에 큰 북이 하나 세워져 있었는데, 온몸이 피투성이인 가냘픈 소녀가 있는 힘껏 북을 치며 큰 소리로 사기를 북돋고 있었다. 그녀의 얇은 갑옷 밖으로는 계속해서 피가 배어나고 있었다. 하지만 북을 치는 동작과 외치는 소리는 갈수록 더 커져만 갔다. 죽어도 포기하지 않을 기세였다.

"근래에는 남쪽에 있는 주월국周越國에서 초상화를 그려주며 먹고살고 있었네. 저 여인은 주월국 삼공주三公主, 그녀와는…… 어쩌다 알게 된 사이야. 한데 지금 주월국이 야만족의 침략으로 거의 멸망 직전에 처했네. 자네가 저 여인의 명운을 좀 봐줄 수 있겠나. 살 수 있을 것 같은가?"

그 말에 미산군이 대경실색했다.

"자네가 구하려고? 절대 안 될 소리야! 저 여인은 미간에 검은 기운이 가득해 이제 곧 황천으로 갈 운명인데, 저런 여인을 구한다는 건 천리를 거스르는 일로, 반드시 큰 형벌이 있을 거라고!"

구운은 미간을 찡그리며 아무 말도 하지 않았다. 삼공주가 마지막 한 방울까지 남은 피를 쏟아내고, 저승사자들이 그녀의 혼백을 데려가는 것을 두 눈 뜨고 가만히 지켜봐야 했다.

미산군은 구운의 어두운 안색을 보며 물었다.

"구운, 저 여인을 좋아한 게야?"

"그런 건 아니고…… 그냥 좀 마음에 걸려서……."

당시 부구운은 호성護城 강가에서 한 여인의 초상화를 그리고 있었다. 그때 삼공주가 남장을 하고 그를 찾아왔더랬다. 보조개가 예쁘고 귀엽고 천진난만한 소녀였다. 소녀가 그의 그림을 보며 꽤 진지하게 물었다.

"이름은 부구운인데 어찌 그림의 인장은 공자제입니까?"

그런 질문이 처음이었던 구운은 피식 웃음이 나왔다.

"상고 적 유명한 화가 평갑자도 강회란 이름으로 불리는 거 모르시오?"

삼공주는 알겠다는 듯 고개를 끄덕였다. 황궁에서 몰래 도망쳐 나오면서까지 별것도 아닌 걸 물으러 왔다는 사실에 창피함을 느꼈다.

그날 저녁 그녀의 얼굴은 저녁노을보다 붉었다. 구운이 느끼기에 온 하늘의 노을이 그녀만 못한 듯했다. 지금은 그 아름다운 소녀가 영영 눈을 감고 말았다. 그것도 구운 자신의 눈앞에서.

그 후 구운은 미산거에서 오랫동안 머무르며 매일 술만 마셨다. 미산군은 이쪽 방면으로는 영 아는 바가 없었다. 구운이 삼공주를 좋아한 게 아니라고 말한 이상, 필시 여인의 죽음을 눈앞에서 목도한 탓에 마음이 어지러워 그런 것이라 여겼다. 그래서 이따금 말을 건네며 구운을 달래보기도 했다.

나중에 구운이 한마디 물었다.

"그녀가 환생을 했을까? 지금 어느 곳에 환생을 한 것일까?"

미산군의 까마귀 '제3의 눈'이 인간 세상을 정탐하면서 얼마 지나지 않아 그녀에 관한 소식을 얻을 수 있었다.

"지금 서쪽 제광국齊光國에서 계집아이로 환생했다는군. 그런데 명운이 안 좋아 열일곱을 넘기지 못하고 병으로 죽을 것이네."

그렇게 부구운은 떠났다. 그는 거의 백 년간 병약한 그녀를 뒤에서 몰래 지켜보았다. 간혹 도움을 주고 싶기도 했으나 천리를 거스르는 일이라는 생각에 매번 마음을 억눌렀다.

이 소녀는 대체 무슨 죄업을 지었기에 환생을 거듭하는 동안 매번 좋지 않은 명운을 타고나는 걸까. 병이 나거나, 가난에 시달리거나, 그것도 아니면 지아비의 학대를 받아 매번 요절을 했다.

구운은 그녀가 한 번이라도 행복하게 사는 모습을 보고 싶었다. 적어도 한 번쯤은 웃으며 죽을 수 있기를 간절히 바랐다. 그러면 자신의 마음이 조금은 편해질 것 같았다.

하지만 그녀는 그렇게 비참할 수가 없었다. 이번에는 다행히 좋은 지아비를 만났다 싶었는데, 그만 친정으로 가던 길에 산적에게 죽임을 당하고 말았다. 미산군이 급히 부구운을 불렀을 때는 저승사자가 그녀의 혼백을 데리고 떠나는 모습을 구름 속 마차에서 속수무책 지켜봐야 했다.

"이렇게 매번 다른 사람을 지켜보고 있는 것도 딱히 좋은 수는 아닌 것 같은데. 대체 왜 그래? 너무 무료해서 남의 윤회라도 관찰하겠다는 건가?"

미산군의 질책에 구운은 잠시 생각하다가 입을 열었다.

"말해보게. 방금 내가 저 여인을 구했더라면 하늘이 내게 무슨 벌을 내릴지."

"감히 명운을 바꾸겠다고? 그럴 생각은 꿈에도 하지 말게. 육신을 떠나는 혼백을 건드렸다가는 나중에 후회해도 소용없어! 벌써 십세+世 동안 연달아 고초를 겪었으니, 이다음 생은 분명 엄청난 부귀를 누리겠지. 말로 표현할 수 없을 정도로 말이야. 그러니 정말 그녀를 위한다면 그 인생에 간섭할 생각은 말게."

그 말에 구운은 묵묵히 고개를 끄덕였다.

"……그렇지. 내가 요즘 좀 정신이 없네."

과연 그 후로는 더 이상 인간의 윤회를 몰래 엿보는 일이 없었다. 그저 매일 술을 마시며 그림만 그렸다. 그러다 갑자기 무슨 바람이 불었는지, 세간에 나온 음률은 죄다 속되고 저질이라며, 자신이 세상을 놀랠 만한 명곡을 지어 후세에 남기겠다고 호기를 부렸다. 또 나중에는 삶이 너무 무료해 향취산으로 들어가 요선을 스승으로 모시고 가까이서 혼등을 지킨다 하더니, 여제자들과 자유롭게 어울리며 즐거운 나날을 보냈다.

그런 중에도 둘은 가끔 만나 술을 나누었다. 어느 날 미산군은 과거 구운이 한 소녀를 그토록 그리워했던 게 떠올라 별생각 없이 소녀의 소식을 전해주었다.

"그 여인이 지금은 동방 대연국에 환생했더군. 대연국 황실의 유일한 제희로 말이야. 이번 생은 엄청나게 좋은 명을 타고난 게지."

그 말이 얼마나 많은 화를 불러올지 그때는 알지 못했다.

당시 구운은 온 심혈을 기울여 〈동풍도화〉 곡을 반쯤 완성한 상태였다. 얼마나 오만방자했는지 그는 그걸 들고 나가 사람들에게 보여주며 자랑하곤 했다. 곳곳을 다니며 이 곡을 출 수 있는 무희를 찾아보기도 했다. 그러나 천하를 쏘다녀도 그가 원하는 느낌을 만족스럽게 표현해내는 무희는 좀처럼 나타나지 않았다. 구운이 한탄하며 미산군에게 말했다.

"이번 생에는 눈 씻고 찾아봐도 지기知己를 찾을 수가 없군. 이 넓은 중원 땅에 전후 3천 년을 통틀어 내 음률을 이해하는 이가 어찌 하나도 없는 것인지."

미산군은 음률에는 문외한이라 딱히 해줄 말이 없었다. 다만 과거와 달리 꽤 재미나게 살아가는 벗을 보니 기분이 좋아 절로 농담이 나왔다.

"자네, 그림도 그리지 않던가? 마음에 품은 절세의 미인을 종이에 그려놓고 선법으로 그녀가 춤추게 하면 되지 않겠어?"

생각 없이 던진 말이었는데 구운은 정말 그림을 그리고 꼬박 사흘을 고심해 선법을 만들어냈다. 그림 속 인물이 실제인 듯 눈앞에 나타나게 한 것이다.

그림을 본 미산군은 연신 고개를 끄덕이며 말했다.

"괜찮은데? 이 무희들은 다 자네가 만났던 여인들인가? 과연 미색이 보통이 아니야."

"이 곡이 군무곡이기는 하나, 그래도 춤을 주도할 주인공이 한 명 있어야 하네. 한데 아직 그 여인을 누구로 할지 몰라서 일단은 이대로 두었네."

이때 미산군은 열 번의 생을 고초만 겪었던 그 여인이 문득 생각났다. 그래서 무심코 구운에게 그녀의 소식을 전하게 됐는데, 뜻밖에 구운은 잠시 기억을 더듬고 나서야 그녀를 기억해냈다. 그런 것을 보면 확실히 요즘에는 구운이 꽤 즐겁게 살아가는 모양이었다. 이번에는 그녀가 좋은 명을 타고났다 하니 구운도 흥미가 생긴 듯이 말했다.

"오? 그런 거라면 가서 한번 봐야지."

이때 구운은 향취산 산주의 제자로 있었기에 자신의 이름을 드러내기가 곤란했다. 그래서 공자제의 옛 명성을 빌리기로 했다. 이때부터 그는 청목 가면을 쓰고서 또 한 번 소질을 발휘하며 동방 대연국에 바람을 일으키기 시작했다.

백여 년의 시간이 흐르면서 황궁의 비기秘器는 점점 더 복잡해졌고, 미산군의 대사형이 궁중에 머물며 황족들에게 백지통령술까지 가르치고 있었다. 대사형이 버젓이 지키고 있는데 황궁의 결계를 깨뜨리면서까지 잠입할 수는 없었다. 차라리 예전에 그랬던 것처럼 환대 강가에서 사람들에게 초상화를 그려주거나, 감성 위주의 산수화를 그려 그 위에 선법을 부린다면 필시 유명세를 탈 것이었다. 이에 제희가 출궁하여 그를 다시 만나러 와준다면 그녀가 어떻게 지내는지 확실히 볼 수 있으리라.

한데 제희가 아직 그렇게 어릴 줄 누가 알았겠는가. 게다가 대연국 황실은 과거 자유분방했던 주월국 황실과는 사뭇 달랐다. 단속이 엄해서 제희가 마음대로 나들이를 할 수 없었다. 구운은 환대 강가에서 반년이나 머물렀지만 결국 제희는 못 보고, 뜻밖에 장난기 많고 활달한 대연국 이황자를 만나게 되었다.

그때 구운은 붉은 매화나무 가지를 그리고 있었다. 특별히 더 심혈을 기울여 생동감 있게 표현했고, 붉은빛 주사朱砂로 마지막 색을 입혔다. 그림을 완성한 구운은 술주전자를 들고 한 모금 들이켰다. 그리고 다시 한 모금 들이켠 다음 입안에 머금은 술을 푸 하고 그림 위로 흩뿌렸다. 사람들의 환호성이 들리는 가운데 주변에 흰 눈이 흩날리기 시작했다. 바로 눈앞에서 매화나무 가지가 하늘거리고 가지마다 매화가 흐드러지게 피어났다. 그 풍경이 마치 하얀 눈 위로 불티가 이는 것 같았다.

이황자는 눈알이 튀어나올 것처럼 그림을 쳐다봤다. 그 후로 사나흘은 계속해서 구운을 찾아와 귀찮게 굴었다. 마지막 날에는 아예 구운의 마차까지 쫓아와 창문에 달라붙어 소리쳤다.

"5백 냥? 천 냥? 2천 냥? 선생께서 원하는 대로 불러보십시오! 참으로 그 그림을 갖고 싶습니다!"

부구운이 가림막을 젖히고 미소 지으며 말했다.

"공자, 소인은 그림을 팔지 않습니다. 황금 만 냥을 주신대도 소용없습니다."

"선생님, 잠시만 멈춰주십시오. 그 선화를 조금만 더 볼 수 있게 해주시면 안 되겠습니까? 아까는 제대로 보지 못했습니다."

마차가 멈췄고, 구운은 이황자와 함께 작은 주막을 찾아 들어갔다. 얼마 지나지 않아 이황자는 자신의 이름조차 생각나지 않을 정도로 거나하게 취해 같은 말을 반복하며 떠들어댔다.

"선생님…… 그러니까 며칠만 감상하게 빌려주십시오……. 제가…… 제가 며칠 뒤에는 반드시 돌려드린다니까요……. 못 믿겠으면 나중에 황궁으로 와서 저를 찾으십시오……."

구운은 잠시 생각하더니 고개를 끄덕이며 탄식하듯 말했다.

"지기를 만난다는 건 참으로 어려운 일이지요. 공자께서 이리도 제 그림을 좋아하신다는데, 내 어찌 그 청을 거절하겠습니까."

대연국 이황자가 비록 미숙하고 순진한 면이 있었지만 의외로 구운과 잘 통했다. 구운은 〈홍매도紅梅圖〉와 〈동풍도화〉의 선화를 건네며 왠지 마음이 동해 한마디 덧붙였다.

"그림 속 〈동풍도화〉 곡은 아직 반절밖에 완성치 못했습니다. 그런데 이걸 완벽히 출 수 있는 이가 없어 한탄스러울 뿐입니다."

이황자가 눈을 반짝였다.

"저한테 누이가 하나 있는데 날 때부터 가무에 능했습니다. 제 누이에게 그 춤을 춰보라 하시지 않고요."

구운은 그 말을 별로 믿지 않았다. 고생으로 얼룩진 생을 열 번이나 건너온 그녀가 춤에 천부적인 소질이 있을 리가! 깊은 궁궐에서 곱게 자란 제희가 가무에 뛰어나다 일컬어지는 것은 응당 주변 사람들의 아부성 발언이리라.

구운은 미소만 지을 뿐 아무 대답도 하지 않았다.

그렇게 헤어진 이황자는 며칠이 지나서야 다시 부구운

을 찾아왔다. 그는 그림을 돌려주면서 제희가 했다는 말도 전해주었다.

"〈동풍도화〉를 마저 완성해주십시오. 님이 곡을 완성한다면 저 또한 춤을 완성해 보이겠습니다."

어찌 이리도 호기롭고 자신감이 넘칠까? 구운은 우습고도 호기심이 생겼다. 열 번의 생을 내리 불운에 짓눌려 살았던 그녀가 이토록 대담한 소녀로 변해 있을 줄이야! 구운은 세상 물정 모르는 소녀의 예기를 꺾고 싶은 마음이 들었다.

구운은 이황자에게 한층 더 도발적인 말을 들려주며 제희에게 전해달라 부탁했다.

"곡을 완성하는 것은 문제가 없습니다. 제희가 춤을 완성한다면 제가 심혈을 기울여 그림 두 폭을 선물해드리지요. 다만 제희가 춤을 완성하지 못한다면 분수도 모르고 말만 앞섰다는 오명이 대연국 전체에 퍼지게 될 수도 있습니다."

구운은 제희의 반응을 몰래 훔쳐보고 싶었으나, 갑자기 미산군이 찾아와 술을 청하는 바람에 그만두고 말았다.

근래 들어 구운이 자꾸 히죽히죽 웃고 다니자 미산군이 물었다.

"무슨 일이래? 어째 홍란성紅鸞로, 남녀관계나 혼인 등을 상징하는 별이 움직이기라도 하던가? 또 어느 집 처자가 그 눈에 들어

왔을꼬?”

구운은 표정 하나 바꾸지 않고 담담한 어조로 대답했다.

“홍란성? 지난번 굳이 나를 끌고 가서 신씨 여인을 보러 간 게 누구더라……”

“그 애는 그냥 누이로 생각할 뿐이야!”

미산군이 한마디를 내뱉고 여인네처럼 손으로 얼굴을 가리고 뛰쳐나갔다.

구운은 그저 웃기만 했다.

그 후 며칠은 환대 강가에도 나가지 않고 줄곧 미산거에 머물며 심혈을 기울여 〈동풍도화〉 곡을 완성했다.

자신의 도발에 제희가 어떤 반응을 보였는지는 모르지만, 그의 가슴에 한껏 오기가 발동한 것은 분명한 사실이었다. 그는 아무도 풀지 못할 문제를 만들어내듯 〈동풍도화〉 곡에 필생의 혼신을 쏟아부었다. 무희들이 〈동풍도화〉 곡에 미치지 못해 나가떨어지는 것을 볼 때마다 득의만만하면서도 한편으론 실망스러움을 금할 수 없었다. 대범하게도 그 어려운 문제를 풀 수 있다고 마지막으로 나선 사람이 바로 제희일 줄이야! 구운은 달갑지 않으면서도 한편 기대가 되었다.

지기를 만난다는 것은 참으로 어려운 일이었다.

‘그래, 낭자가 내게 무얼 가져다줄지 내 지켜보겠소.’

완성된 〈동풍도화〉 악보가 이황자 손에 들려 대연 황궁으로 들어갔다. 며칠 지나지 않아 이 무모하고 순진한 제희가 둘째 오라비와 함께 환대 강가를 찾아왔다. 남장을 하고서 몰래 나온 것이다.

그때 구운은 미산거에서 술을 마시고 막 나오던 참이었다. 마차를 타고 높은 구름 속에서 그녀를 내려다봤다.

'과연 하나도 변하지 않았어. 여전히 남장을 하면 사람들이 다 속을 거라 생각하는군.'

지난 열 번의 생애 동안 고통받는 모습을 연이어 지켜보아서 그런지, 근심걱정 없이 응석받이로 자라 보드라운 양볼에 천진난만한 미소가 걸려 있는 그녀를 보니, 오래전 주월국의 삼공주가 떠올랐다. '다행이야. 이번 생은 좋은 명운을 타고났다 하니, 이렇게 계속 웃으며 사시오. 영원히 변하지 않았으면 하오.'

그날 제희는 온종일 그를 기다렸지만 결국 코빼기도 보지 못하고 식식거리며 돌아갔다. 화가 나서 볼이 불룩해진 그녀의 모습이 구운은 마냥 사랑스러워 저도 모르게 그 뒤를 쫓아 마차를 몰게 되었다. 그런데 황궁에 도착할 때쯤 누군가에게 저지당했는데, 바로 미산군의 대사형이자 반선의 실력을 지닌 노스승이었다.

"공자제 선생, 여기까지 오신 걸로 충분합니다. 제희는 아직 어려서 선생의 수완을 당해내지 못할 것입니다."

노스승은 부구운이 마수라도 뻗쳐 순진한 제희를 꾀내려는 거라 생각해 급히 나온 참이었다.

구운은 오해받는 것을 가장 싫어했으며, 그보다 더 싫은 것이 변명을 듣는 것이었다. 그가 잔잔한 바람과 옅은 구름처럼 가벼운 미소를 띠고 물었다.

"만일 내가 반드시 제희를 꾀어야겠다면?"

노스승은 난처한 듯 구운을 바라보았다.

"늙은 소가 풀을 먹을 때도 이리하지는 않습니다. 선생을 소라고 한다면 너무 늙었으며, 제희가 풀이라면 너무 여린 풀이지요."

노스승의 재치 있는 비유에 구운은 마차에서 내려 성의를 다해 해명했다.

"저는 다만 제희가 지금 어찌 지내는지 보고 싶었을 뿐입니다. 다른 생각은 없으니 노스승께서 염려치 않으셔도 될 것입니다."

"제희가 고생하며 십생을 사는 동안 공자제 선생이 줄곧 그녀를 지켜보았다는 얘기는 얼핏 미산한테 들었습니다. 제희의 이번 생은 분명 매우 좋은 명운일 것입니다. 선생께서 개입하지만 않는다면 말이지요."

구운이 의아해하는 표정을 짓자 노스승이 덧붙여 말했다.

"선생은 인간 세상을 초월한 속세 밖의 존재로 그들과 관계된 부분이 전혀 없습니다. 한데 선생께서 제희의 십생을 지켜보는 동안 은연중 이미 악연이란 것이 생기게 되었지요. 여기서 또다시 그녀와 관계를 맺게 된다면 이번 생애 그녀의 명운이 어찌 될지는 알 수 없는 일입니다."

'지켜보기만 했는데 악연이 생겼다니! 어떻게 그럴 수 있지?'

마차에 올라탄 구운은 한참을 생각에 잠겼고, 다시는 제희를 보러 가지 않으리라 다짐했다. 애초에 둘은 아무 관계도 아니었다. 그녀에게 무슨 빚을 졌다고 매 생애마다 그녀를 들여다보겠는가.

하지만 막상 그런 다짐을 하고 나니 엄청난 공허감이 몰려왔다. 무얼 해도 흥이 나지 않았다. 마치 몹시 중요한 무언가를 놓친 채 살아가는 듯 마음이 편치 않았다.

구운은 밤중에 몰래 대연 황궁의 결계를 뚫고 공주의 경염궁으로 숨어들었다.

'몰래 잠시 보는 것쯤은 괜찮겠지. 게다가 우린 〈동풍도화〉를 두고 서로 내기를 건 것도 있지 않던가!'

치기 어린 변명을 내세우며 그는 어둠 속에서 몰래 제희를 들여다보았다. 아직 볼이 포동포동한 소녀인 제희는 이불 위에 두 손을 올린 채 자고 있었다. 백옥 같은 손가락이 어찌나 귀엽고 가지런한지! 구운은 조심스레 그녀의 한쪽 손을 들어 손바닥을 보았다. 손금을 살펴보니 이번 생애는 과연 좋은 명운을 타고난 듯했다. 부모의 사랑을 받고, 늙을 때까지 순탄한 삶을 살 것이며, 부부의 연 또한 도타울 운명이었다.

흡족해하며 손을 내려놓은 순간 그녀가 움찔했다. 잠에서 깬 것이다. 그는 몸을 숨길 새도 없었다. 어쩌면 처음부터 숨고 싶지 않았는지도 모른다. 그녀가 깨어나 자신을 봐줬으면 싶었는지도……. 이렇게 별 희한한 사내도 다 있다고, 그녀 몰래 그녀의 십생을 오롯이 들여다본 사내가 있다는 것을 알아줬으면 싶었는지도…….

설핏 깬 제희는 너무 놀라서 비명도 제대로 지르지 못했다.

구운은 술법을 부려 그곳에 작은 쪽지만 남겨두고 빠져나왔다.

'그대 원래 아름다운 사람이나 남장은 참으로 못났소! 춤에 대한 약속은 아무쪼록 잊지 않길 바라오.'

구운은 이런 장난으로 웃음을 주고 싶었는지는 모르나, 뜻밖에 제희는 이를 갈며 크게 소리쳤다.

"공자제! 내가 꼭 이기고 말 테니까 어디 두고 봐요!"

그는 하마터면 지붕에서 미끄러져 떨어질 뻔했다.

이번 일은 노스승도 매우 유감스러웠기에 환대 강가로 가서 몇 날이고 부구운을 기다렸다. 그러나 구운은 끝까지 스승을 피하며 나타나지 않았다. 솔직히 구운도 켕기는 마음이 없지는 않았지만, 설렘과 기대감에 가슴이 벅찬 것도 사실이었다. 그런 감정은 정말 오랜만이었다.

미산군과 술을 마시면서 구운은 감정을 주체하지 못하고 입을 열었다.

"이번에는 〈동풍도화〉가 진짜 주인을 찾을 수 있을 것 같네."

"주인을 찾으면 뭐? 제희를 각시로 삼기라도 하려고?"

그런 생각은 결코 해본 적이 없었던 구운은 할 말을 잃고 말았다. 미산군이 결국 웃음을 터뜨렸다.

"제희와 혼인하는 것이 뭐 그리 어렵다고! 황궁으로 날아가서 그냥 채오면 될 거 아닌가! 내가 두 사람 중매쟁이가 되어……."

"신미의 초상화는……."

이 말만 했는데도 미산군은 또 얼굴을 감쌌고, "자네 딱 기다려, 내가 아주……!"라고 성을 내며 달아나버렸다.

미산군의 보복은 기다려도 소식이 없었고, 고대 위에 오를 〈동풍도화〉의 그날이 드디어 찾아왔다.

고대 위에 많은 사람이 나와 있었다. 사실 구운도 알고 있었다. 그녀가 내기를 건 것은 단지 장난일 뿐이었으며, 춤을 추는 것도 자신을 위해서만은 아니라는 것을. 어쩌면 보좌에 앉은 저 사람을 웃게 하는 게 가장 큰 목적일 수도 있다는 것을.

'뭐, 그러면 또 어때서?' 구운은 또 한 번 스스로에게 물었다. '그럼 어때서?'

불꽃같이 찬란한 치맛자락이 고대의 백석 난간을 스쳤다. 고대 아래 피어난 수천수만의 꽃들도 그녀의 옅은 미소만 못했다. 구운은 속세인이 풀 수 없는 문제를 냈고, 그녀가 가장 좋은 답을 내놓았다. 그가 그토록 오랫동안 갈구했던 답이었다. 세상을 윤회하며 3천 년을 배회했다. 3천 년의 세월이 마치 이 한순간을 위한 것인 듯했다.

그녀와 마주치고, 그녀를 만나기 위한…….

마음속 안개가 순식간에 걷혔고, 알고 보니 그곳에 정말 그녀가 있었다.

지난번 답하지 못한 미산군의 물음에 구운은 비로소 대답했다.

"그러네, 내 제희를 원하네. 내가 제희를 데려갈 것이야."

그 말에 미산군이 당황한 목소리로 대꾸했다.

"저, 저기…… 진심으로 하는 말인가? 이번 생은 명운이 엄청 좋다잖아. 근데 자네는……."

"내가 제희를 더 행복하게 해줄 거야. 그녀의 명운을 바꾸고, 그 결과는 뭐가 됐든 내가 책임질 것이야. 제희는 내 여인이야."

미산군이 말리기도 전에 구운은 이미 자리를 떠나버렸다.

구운은 이제 뭘 어찌해야 할지 알 수 없었다.

'제희가 뭘 좋아하지? 싫어하는 건? 매번 그때처럼 야밤에 황궁에 쳐들어갈 수도 없고…….'

한나절을 고민한 그는 결국 다시 그녀의 방을 찾아 그림 두 폭과 쪽지 하나를 남겨놓았다. 방을 나올 때는 이마에 땀이 흥건했다. 그녀는 마치 깊은 바다를 유영하는 작은 물고기와 같았다. 과연 그가 놓아둔 미끼에 걸려들지 알 수 없었다.

구운은 환대 강가에서 한참을 기다렸다. 비가 내리자 기름 먹인 종이 우산을 펼쳐 들었다. 비 내리는 강가에 홀로 우산을 들고 서 있는 젊은 사내가 지나가던 소녀들의 눈길을 끌었다. 꽤 개방적인 대연의 풍속에 걸맞게 소녀들이 이따금 다가와 말을 걸었지만, 구운의 마음속에는 오직 제희뿐, 딴 데 정신을 팔 여유가 없었다.

빗방울이 강물에 떨어지며 울퉁불퉁한 흔적을 만들어냈다. 그 모습이 마치 그의 마음과 닮은 듯했다. 버들잎에 떨어지는 물방울은 마치 수정을 깎아 만든 것 같았다. 그는 방울방울 떨어져 내리는 물방울을 속으로 하나둘 세어보았다. 작은 물고기가 걸려들기를 바라고 또 바랐지만, 대체 언제쯤 그 미끼를 물어줄까? 막상 그녀가 나타나도 걱정이었다. 아직 어리고 순진한 그녀에게 무슨 말을 어떻게 해야 할까?

'그녀가 온다면 데려가서 명운을 바꿔줘야지! 그런데 순순히 나를 따라와 줄까? 그냥 혼절시켜서 둘러메고 가 버릴까? 아니야, 아니야. 그건 안 될 말이지……'

환대 강가에서 보름을 기다렸으나 제희는 오지 않았다. 허탈한 마음으로 고대를 찾았다가 그곳에서 제희와 좌자 진을 보았다. 둘이 서로 몸을 기대고 있었다.

그때 미산군이 말했다.

"자네가 이번엔 경솔하게 행동하지 않아 다행이군. 제희 가 신선계와 연이 있어. 좌자진과 제희는 하늘이 정한 인 연이야. 부부의 연을 맺은 뒤 훗날 수련을 통해 신선이 될 거야. 십생의 고난을 보상해주는 것이겠지. 그보다 더 좋 은 명운이 어디 있다고 자네가 바꿔준다는 게야? 그만 고 집부리게. 나도 자네를 돕는답시고 까마귀를 시켜 제희의 행적을 살피는 짓은 더 이상 하지 않을 것이네."

구운은 인생 최대의 난제에 부딪힌 기분이었다. 그녀가 신선이 된다고?

신선이 되면 수명이 길어질 것이며, 곁에 사랑하는 이가 함께한다면 그보다 더 좋은 명운도 없을 터였다. 귀하디 귀한 명운을 타고난 것이다.

'그럼 나는…… 나는 어찌하란 말인가!'

미산군이 긴 한숨을 내쉬며 말했다.

"휴, 도무지 믿기지 않아. 그 곡에 맞춰 춤출 수 있는 여인이 그렇게 없다니. 내가 나중에 꼭 더 잘 추는 여인을 찾아주겠네. 그러니 제희 생각은 그만하게. 벌써 십생이나 지켜보지 않았나. 그리 지켜봤으면 됐지, 무슨 미련이 그리 남는가?"

구운은 도무지 미련을 거둬낼 수 없었다. 애초에 좌자진이 그녀와 부부의 인연이었다니! 제희는 아직 천진하고 순진무구한 소녀였다. 누군가를 일편단심으로 연모하는 마음이 싹트기에는 아직 이른 나이였다. 지금 당장 그녀에게 공자제가 누구냐고 묻는다면 아마도 그 이름은 벌써 잊어버리고 말았을 것이다.

어쨌든 그녀는 지금 몹시 행복해 보였다. 그녀의 모든 것이 완벽했다. 구운이 줄곧 바라던 바였다. 애처롭게 두 사람을 바라보던 그는 결국 고개를 저으며 발을 돌려야 했다.

시작도 하기 전에, 그들은 이미 얻었고, 구운은 처음부터 끝이었다. 그들의 것은 인연이라 부르나, 그와 그녀의 관계는 악연이었다. 누가 더 춤을 잘 추는가는 아무 상관 없는 것이었다. 원래 큰 바다를 겪고 나면 웬만한 물은 물 같지 않으며, 무산巫山, 후베이, 충칭, 후난 성 일대에 걸쳐 있는 산의 구름을 보고 나면 다른 곳의 구름은 구름 같지 않은 법이었다. 구운에게도 그녀가 아니면 안 되었다.

구운은 자신이 실성한 게 아닐까 생각했다. 영문도 모

르게 한 여인의 십생을 지켜보았고, 영문도 모르게 그녀를 사랑하게 됐으며, 결국 영문도 모른 채 그녀를 떠나야만 했다.

지루하고 끝도 없는 윤회 속에서는 이 모든 것도 그저 잔잔한 물결에 불과할 것이며, 다시 수천 년이 지나면 그녀가 어떻게 생겼는지조차 기억하지 못할 것이다. 그걸 알면서도 이 씁쓸한 기분에서 영영 헤어나지 못할 것만 같았다.

떨어지는 물방울을 수천수만 번 헤아렸지만 끝내 그녀는 오지 않았고, 구운도 더는 기다리지 않았다.

구운은 향취산에 한번 다니러 갔다. 원래는 혼등을 가지고 제희와 함께 산 좋고 물 맑은 곳을 찾아 떠나 유유자적한평생 살고자 했다. 하지만 지금 생각해보니 천하가 이리도 큰데 어디에서 지내든 마찬가지라는 생각이 들었다.

향취산 여제자 청청이 요즘 울적해 보이는 구운을 보고 놀리듯 물었다.

"그리 오랜 시간 나가 있더니, 갑자기 성격이 바뀌었나 봐요? 며칠 전 괴산槐珊의 처자들이 청한 술자리에도 나타나지 않고, 대체 무슨 고민인 거예요?"

"원앙새를 쫓아버릴 막대기를 하나 만들까 고민 중이야."

구운의 대답에 청청이 웃음을 터뜨렸다.

"막대기가 무슨 필요가 있어요? 그쪽 길목에 구운이 가만히 서 있기만 해도 원앙이 알아서 날아가 버릴걸요? 다만 그런 부덕한 행동은 한 번이라도 줄이는 것이 낫지 않겠어요? 필경 이 세상에서 정인을 만난다는 건 결코 쉬운 일이 아니잖아요."

구운은 잠시 생각에 잠기더니 고개를 끄덕이며 말했다.

"맞아, 아주 맞는 말이야."

제희에게 행복은 꼭 그가 아니더라도 줄 수 있었다. 그녀가 다른 사람을 사랑하지 않았다면 구운도 그녀가 원하는 모든 것을 줄 수 있었다. 하지만 지금 그녀는 다른 사람을 사랑하고 있었다. 그녀에게 좌자진 외의 다른 사내는 모두가 지옥일 뿐이었다. 제희를 곁에 두고 그녀의 미소를 보고 싶지만, 그의 곁에 있는 제희는 눈물 지으며 살아가게 될 것이다. 차라리 자신이 조금 힘들고 그녀가 웃는 것을 보는 편이 나았다.

구운은 혼령이었다. 속세 사람보다는 견고한 마음을 지니고 있으니 지울 수 없는 상처에도 당당히 맞설 수 있으리라.

한동안 향취산에서 여유로운 나날을 보내고 있었다. 산주가 어디서 들었는지, 서쪽 경국 황릉에 동심경同心鏡이라는 보물이 있다는 것을 알게 되었다. 사랑하는 남녀가 그

거울 앞에 얼굴을 비췄을 때, 두 사람이 정말 하늘이 정한 인연이라면 둘의 모습이 거울에 그대로 비치며, 그게 아니라면 아무것도 비치지 않는다고 했다.

평소 기이한 보물에 관심이 많았던 산주는 동심경 또한 간절히 손에 넣고 싶었다. 마침 피폐하고 무료한 나날을 보내고 있던 구운이 자신이 보물을 가져오겠다고 나섰다. 뭐라도 해서 기분전환을 하고 싶었다.

황릉은 전쟁 귀신과 신미가 있는 곳이었다. 동심경을 훔치기 위해 황릉으로 간 구운은 일 년 넘게 두 사람을 기다렸으나 그들은 끝내 나타나지 않았다. 구운은 황릉의 푸른 자연을 감상하는 것도 점차 지겨웠다. 그래서 그들에게 쪽지 한 장 남겨놓고 길을 나섰다. 여기저기 둘러보며 쉬엄쉬엄 돌아갈 생각이었다. 해저 길로 해서 서북의 천원국까지 이르는 여정으로 구경할 계획을 세웠다.

한데 항구 주변으로 기병이 숱하게 깔려 있는 것이 아닌가. 마을 사람들은 급히 어디론가 뛰어갔고, 매일 산과 항구를 순찰하는 이들만 해도 수천 명이었다. 마치 강력한 적과 맞닥뜨린 것처럼 경계가 삼엄했다.

구운은 몰래 어린 병사 하나를 사로잡아 연유를 물었다.

"대체 무슨 일이오? 전란이라도 생긴 것이오?"

선법에 걸려 눈앞이 캄캄해진 병사는 온몸을 떨며 대답했다.

"천원국이요! 그 천명을 받았다는 태자가 요괴 대군을 이끌고 다른 나라들을 싹쓸이하고 있답니다. 경국 주변 작은 나라들 몇몇은 벌써 다 초토화됐고, 머지않아 동방 대연국도 멸하려 한답니다. 성상聖上께서 천원의 간사한 첩자가 경국 안으로 숨어들 것을 염려해 병사들에게 변방 지역을 지키게 하신 겁니다……."

구운은 '대연국도 멸하려 한다'는 말에 심장이 멈출 뻔했다. 대연국이 망한다 해도 10년은 더 지난 후에 있을 일이었다.

'천명을 받았다는 천원국의 태자는 무슨 재주로, 흩어진 모래알 같던 요괴들을 목숨 바쳐 일하게 만든 것일까?'

구운은 재빨리 영금을 불러 대연국으로 향했다. 하지만 대연국은 세상에서 이미 사라지고 없었다.

좌상이 나라를 배신했고, 천원국 태자가 요괴 대군을 이끌고 파죽지세로 대연을 휩쓸었다. 불을 놓아 대연 황궁을 불태웠는데, 그 불길이 족히 한 달 동안 지속되었다. 과거 화려하고 아름다웠던 궁궐이 잿더미가 되었고, 허물어진 담벼락만 남게 되었다.

동방의 그 제희도 이 엄청난 재난과 함께 세상을 떠난 것일까?

구운은 눈앞의 광경이 믿기지 않았다. 그녀의 이번 생애는 분명 지극히 좋은 명운이라 하지 않았던가. 신선계와도 연이 있다 하지 않았던가. 한데…… 나라와 가족을 잃고 맹렬한 불길에 타 죽는 것은 너무 가혹하지 않은가! 과거 생애들보다 훨씬 더 처참한 죽음이었다.

구운은 폐허 더미를 배회하며 한참 동안 제희를 찾았다. 불에 탄 시체들이 너무 많았다. 한 구 한 구 들춰볼 때마다 가슴이 덜컥 내려앉았다. 그녀를 찾으면서도 그녀가 아니기만을 바랐다.

화가 난 미산군이 도착했을 때도 구운은 계속해서 폐허 속을 뒤지고 있었다. 뭔가 기적이라도 일어나길 바라는 얼굴이었다.

"나도 잘못 짚을 때가 있다니!"

미산군은 얼굴이 시퍼렇게 질려 있었다.

"천원국 그 국사놈이 보통이 아니야! 둘도 없는 명운을 타고난 자를 누르면서까지 천명을 거스르며 명운을 바꿔놓고, 그 자리를 요괴가 대신 꿰차게 한 거야! 그러면서 많은 사람의 명운이 어지럽게 뒤바뀌어버렸어. 이번 일로 천하에 엄청난 혼란이 닥칠 거야!"

구운의 두 눈이 핏빛으로 물들었다. 그는 미산군을 거세게 붙잡으며 쉰 음성으로 물었다.

"제희는? 죽었는가, 살았는가?"

미산군이 그의 손을 떼며 대답했다.

"어디 있는지 찾질 못하겠어. 분명 대사형이 제희 몸에 주술을 걸어놓았을 거야. 자네가 다시는 엿보지 못하도록 말이야……."

구운은 이내 영금 등에 올라타고 사방으로 제희를 찾아다녔다.

어딜 가야 그녀를 찾을 수 있을까? 과거 그리 높은 곳에서 그녀의 명운을 들여다보면서, 언젠가 그녀를 찾지 못할 날이 있을 거라고는 생각해본 적이 없었다.

천하가 이토록 큰데 망망대해에서 모래알 하나를 찾으려면 과연 몇 년이나 걸릴까?

게다가 그녀의 생사조차 알 수 없었다.

마지막 희망을 안고 향취산에 돌아가 좌자진을 찾았다. 그런데 놀랍게도 그의 기억이 봉인되어 대연에서 있었던 일들을 전혀 기억하지 못했다. 게다가 눈도 멀어서 몸이 반 불구 상태였다.

그리고 그의 곁에는 제희가 아닌 다른 여인이 있었다. 아리따운 용모의 여인이나 표정이 거만하고 쌀쌀맞았다.

"제희를 말하는 건가요?"

그녀의 이름은 현주, 대연 제후국의 공주였다. '제희'를 입에 올리는 그녀의 낯빛이 차갑게 변했다.

"잘 모르겠네요. 아마 진즉에 죽고 없겠죠."

그녀는 제희에 대해 뼈에 사무친 원한을 품고 있는 듯 보였다.

구운은 산주를 찾아가 좌자진에게 무슨 일이 있었던 것인지 묻고 싶었다.

산주는 보물 창고 안에서 새로 들여온 보물에 흠뻑 취해 있었다. 그중에는 선화 두 폭도 있었다. 구운은 기억하고 있었다. 그 그림은 그 자신이 제희에게 주었던 선물이었다.

구운을 본 산주가 득의양양하게 말했다.

"이게 공자제의 선화란다. 황금 만 냥을 주어도 살 수 없는 진귀품이지. 과연 네가 눈을 흘길 만도 하지."

구운이 산주를 노려보며 물었다.

"⋯⋯그림은 어떻게 얻은 것이죠?"

산주는 조금 당황하는가 싶더니 살짝 노기를 띠고 대답했다.

"당연히 선물로 받은 것이지⋯⋯ 어찌 그런 것을 묻는 것이야?"

"누가 그림을 선물하면서 좌자진의 기억을 봉해달라 청하던가요?"

기억을 봉인하는 저주를 이토록 완벽하게 해낼 수 있는 자는 산주밖에 없었다. 그는 전부터도 이상한 저주와 봉인에 대한 술법에 능했다.

"구운! 참으로 무례하구나!"

"제가 한번 맞혀볼까요?"

구운은 산주의 노기가 조금도 두렵지 않았다.

"부친이 나라를 배신할 것을 좌자진이 알게 되었고, 좌상은 그 일이 밖으로 새어 나갈까 두려웠겠죠. 그래서 선화 두 폭을 산주께 바치면서 좌자진을 향취산에 가둬달라고 한 거겠죠. 제 말이 맞지 않습니까?"

산주는 버럭 성을 내며 막부 안으로 들어가버렸다.

구운도 더는 묻고 싶지 않았다. 묻지 않아도 이미 모든 것이 확실했다.

천원국 국사가 하늘을 거슬러 명운을 바꾸었다. 자신의 정혈로 흉신 기운의 요괴를 만들어 황후의 배를 빌려 낳게 했다. 전설 속 천명을 받은 자의 자리를 그 태자가 가로챘다. 그래서 천원국에 그리 많은 요괴 대군이 모여 중원을 휩쓰는 무적 군대를 이룬 것이었다. 이로써 대연국의 멸망을 10년이나 앞당겼다.

이것이 바로 제희의 명운에 생긴 첫 번째 변동이었다.

'*망국의 화*.'

그리고 당시 제희와의 내기에서 진 그가 선물한 그림 두 폭이, 좌상이 산주를 매수하기 위한 선물로 사용되었다. 만일 공자제의 그림이 없더라면 좌상이 산주의 철석같은 마음을 움직일 방법이 과연 있었을까? 필경 산주의 마음을 움직이는 보물은 천하에 그리 많지 않았다. 심지어 자신의 제자에게 손을 쓰는 일이 아니던가. 좌상이 다른 것으로 산주의 마음을 사기는 쉽지 않았으리라.

이것이 바로 제희의 명운에 생긴 두 번째 변동이었다.

'정인이 화를 당함.'

부구운은 노스승이 말한 악연이 무얼 가리키는지 비로소 깨달았다.

모든 것이 은연중에 일어났다. 이미 손을 거두었다고 생각했을 때에야 깨달았다. 모든 것이 너무 늦었다는 것을. 악연은 그가 제희와 내기를 시작할 때부터 이미 시작된 것이었다.

아무것도 되돌릴 수 없었다.

부구운은 온종일 무기력하게 미산거에 머물렀다. 평생 이토록 엉망으로 취했던 적이 없었다. 술에 취하면 그저 구역질을 했다. 만신창이가 되도록 구역질하는 모습이 마치 죽음을 작정한 사람 같았다.

미산군이 그를 위로하며 말했다.

"이 일은 자네와 무관한 일이야. 천원국 국사가 하늘을 거슬렀으니, 조만간 그에 맞는 보응이 있겠지. 자네가 그녀의 인생에 끼어들었다고 후회할 것도 없어. 어차피 올 일은 오게 되어 있으니까. 그 선화들 말고 다른 보물도 있다는데 어찌 그리 자책하는 것이야?"

미산군은 그나마 다행이라고 생각했다. 명운을 바꾼 이

는 구운이 아니었기에 천벌 또한 그에게 내리지 않을 것이었다. 그러니 이 오랜 벗도 계속해서 유유자적 자유롭게 살아갈 수 있으리라.

술에 취해 연못가에 누워 있던 구운이 그만 연못 속으로 굴러떨어졌다. 수면 위로 뻐끔뻐끔 물거품만 피어올랐다. 그의 긴 머리카락이 물속에서 넘실거리는 모습이 한껏 몸을 펼친 흑색의 연꽃 같았다.

'자책? 아니……'

흠뻑 젖은 구운이 수면 위로 떠올랐다. 수정을 깎은 듯한 물방울이 그의 속눈썹을 타고 똑똑 떨어졌다.

"……내가 자책하는 것이 있다면 그녀를 데려오기로 끝내 결심치 못했다는 것뿐이야."

마음이 동했다면 행동으로 옮겼어야 했다. 싸움터를 눈앞에 두고 뒷걸음치면 안 되는 것이었다. 뒷걸음치다가 결국 그녀가 이 지경에 이르는 모습을 속수무책 지켜봐야만 했다.

"그녀의 다음 생을 기다릴 것이야. 그때는 절대 다른 사람에게 양보하지 않을 것이야."

구운은 미소를 머금고 천천히 눈을 감았다.

미산군은 어이가 없었다.

"구운, 자네 그러면 안 되는 것이야. 일단 그녀의 일은 일체 자네가 간섭하면 안 되는 거라고. 이제 나도 그녀의 종적을 찾는 일에 더는 나서지 않을 걸세. 그리고 어차피 내가 도와주고 싶어도 도울 방법이 없을 것이야. 대사형이 그녀에게 주술을 걸어놓아, 윤회를 거쳐 생사를 반복해도 보이지 않을 테니까. 세상에 사람이 얼마나 많은데 자네가 어딜 가서 그녀를 찾겠나?"

"한 명 한 명 살피며 찾아보면 되지. 어차피 수명도 긴데 언젠가는 찾을 수 있지 않겠나."

미산군의 코끝이 붉게 변했다. 고개를 돌려 긴 한숨을 내쉰 그가 말했다.

"이것 봐, 자네가 이러니 내 입에서 무슨 좋은……."

구운이 물속에서 손을 뻗어 올렸다. 미산군에게 빈 잔을 건네며 술을 따라달라 눈짓했다.

미산군이 탄식하며 말했다.

"내가 볼 때, 그 낭자가 아직 살아 있지 않을까 싶어. 대사형이 곁에 있었으니 그리 쉽게 죽진 않았을 거야. 지금은 그녀의 흔적을 찾을 수 없지만, 그래도 일말의 희망은 품을 수 있을 게야. 아직 그녀가 살아 있다면 자네는 어찌할 생각인가? 그래도 이렇게 술에 잔뜩 취해서 죽은 사람처럼 지낼 것이야?"

구운이 입안에 털어넣은 술잔을 물가에 내려놓았다. 잠시 생각에 잠겼던 그가 옅은 미소를 지었다.

"그녀를 찾아서, 그녀와 함께해야지. 한번 순리를 역행

해보는 거지 뭐.”

구운은 또다시 물속으로 들어갔다.

더 이상 두려울 것도 없었다. 성인군자도 아니고, 한 번은 양보했으나 절대 두 번은 없을 것이다.

‘만약 그녀가 살아 있고, 그녀를 찾을 수만 있다면 기필코 붙잡으리라. 다시는 그 손을 놓지 않으리라. 그녀의 눈이 진정으로 나를 보게 만들고, 계속해서 나를 지켜보게 하리라. 악연? 그럼 뭐 어떤가? 내가 그녀 곁을 지키며 그녀가 행복하게 지낼 수 있도록 돕겠다는데. 그건 나만의 악연일 뿐, 그녀와는 상관없는 일이다. 그 모든 짐은 다 내가 짊어지면 되지 않는가.’

혼령의 마음은 견고하여 그 기다림과 중압감이 두렵지 않았다.

구운은 정말 아무것도 두렵지 않았다. 살아 있는 동안은 목숨을 걸고 그녀를 아끼고 사랑하리라 다짐했다.

그 어떤 것보다 좋은 것

미산군은 커다란 유리 술잔을 들고 맞은편 사내를 찬찬히 훑어보았다. 위아래 좌우를 살폈고, 앞뒤 모습까지 따져보았다. 새 부구운이 이전과는 뭔가 분명 달라 보였으나, 정확히 무엇이 달라졌는지 꼬집어낼 수 없었다.

미산군이 결론을 내리듯 내뱉었다.

"……왠지 전보다 더 부드러워진 것 같은데?"

"이제 겨우 열여덟 살의 몸이니 그리 보일 수도."

부구운이 미산군의 술잔을 뺏어 들며 놀리듯 말을 이었다.

"그래도 뭐, 다 우리 찌질한 신선 덕분 아니겠어? 갓난아이를 보름 만에 열여덟 청년으로 성장시키는 것도 여간 어려운 일이 아니었을 게야."

미산군이 눈을 휘둥그레 뜨고 노여워하며 말했다.

"부구운! 내가 자네를 도와준 게 놀림거리야?"

"미산, 설마 내가 고맙다는 말이라도 하길 바라는 건가?"

"어, 아니 뭐, 구…… 굳이 그럴 것까지야. 그, 그건 좀 낯뜨겁기도 하고, 우리 사이에 무슨……."

미산군은 부끄러운 듯 몸을 비비 꼬았다. 어쩔 수 없는 노릇이었다. 타고나기를 심약하고 낯가죽이 얇은 것을 어쩌겠는가. 미산군은 등을 돌려 묵묵히 눈물을 훔쳤다.

일전에는 담천이 주술에 걸린 일로 발바닥이 닳도록 온 천지를 찾아다녔으나 아무 성과도 얻지 못했더랬다. 하는 수 없이 얼굴에 철판을 깔고 전쟁 귀신이라 부르는 육천교陸千轎를 찾아가 그들의 조상 대대로 내려오는 단약을 구해 담천을 살렸다. 그러고 나서 제대로 숨을 돌리기도 전에 부구운의 일로 다시 애를 먹어야 했던 것이다.

사실 부구운이 살아 돌아오는 것에 대해 미산군은 그다지 낙관적이지 않았다. 담천이 아무리 독한 주술에 걸려 초주검 상태가 되었다 해도 어쨌든 이 세상에는 기인이 있는 법이었다. 영험한 약만 구하면 살릴 수 있는 일이었다. 하지만 부구운의 경우는…….

미산군은 다시 한 번 구운을 훑어보았다. 예전과 똑같이 운치 넘치는 눈매에 처연해 보이는 눈물점도 그대로였다. 다정한 듯하면서 무정한 분위기가, 삶에서 죽음으로,

죽음에서 다시 삶으로 이어진 격정적인 변화에도 아무런 영향을 받지 않은 듯 보였다.

"대체 혼등은 어떻게 꺼진 거야? 정말 기억나는 게 없어?"

보름이 넘도록 미산군의 이 의문은 하나도 해결되지 않았다. 신선계의 정보통인 그로서는 갑갑하고 괴로운 일이었다.

부구운이 머리를 갸우뚱하며 대답했다.

"실은 좀 희미하게나마 인상이 남아 있었는데, 지금은 더더욱 기억이 나질 않아."

부구운은 혼돈 속에서 밝혀진 혼등 속으로 빨려 들어가 깊은 잠이 들었고, 다시 혼돈 중에 잠에서 깨어났다. 그가 기억하는 것은 다만 혼등을 든 두 손이 유난히 여리고 차가웠다는 것과 짙은 흑색의 무덤덤한 두 눈동자를 보았다는 것뿐이었다. 혼등을 끈 그 사람이 사내인지 여인인지, 늙은이인지 아이인지도 알지 못했다. 후에 이황자가 미산군에게 보낸 서신에, 자신의 부인 호씨가 혼등을 꺼뜨렸다고 언급하지 않았더라면, 윤회를 몇 번이나 거듭한대도 그 실상은 제대로 알지 못했을 것이다.

"그 호 공주라는 여인은 분명 일반 사람일 텐데, 대체 무슨 재주가 있어 혼등을 꺼뜨린 거지?"

아무리 생각해도 짐작이 가지 않으니 미산군은 답답해

돌아버릴 것 같았다. 수련을 한 지 수백 년도 더 된 그는 온갖 사담과 난리에 관한 소문을 수집하는 데 열의가 대단했다. 심지어 같은 업계의 신선들도 스스로 꿰뚫지 못하는 문제를 만나면 그를 찾아와 도움을 청할 정도였다. 한데 이 일에서만큼은 아무리 머리를 쥐어짜도 알 수가 없으니 갑갑할 수밖에.

호 공주는 과거 경국이 아끼던 귀한 인재로, '신의 눈'이라는 명성을 지니고 있었다. 미산군도 까마귀를 보내 그녀를 살펴본 적이 있었으나 그저 음양의 눈을 지닌 어린 소녀에 불과했다. 신통한 능력을 발휘하는 속세의 사람은 많았으나, 그녀가 유독 멀리까지 이름을 떨친 것은 공주라는 신분 때문이었으리라. 하지만 그녀가 결국 혼등을 끔으로써 그 능력이 보통이 아니라는 게 증명되었다. 아니, 이렇게 차 마시며 여유나 부리는 신선들과는 비교할 수 없는, 상상을 초월할 정도의 수준이었다.

"며칠 뒤면 산주가 초청장을 뿌릴 것 같더군. 자네도 그 선화선주 대회에 함께 가서 한잔해도 되겠어."

혼자 생각에 빠져 있던 미산군은 부구운의 말에 정신이 번쩍 들었다.

"말로만 듣던 그 상봉한만과 취생몽사를 맛볼 수 있는 건가!"

부구운이 턱을 괴고 웃으며 말했다.

"얼마 전 우연히 유호 일족의 대승려를 만났는데, 내게 '천하무쌍天下無雙' 열 동이를 선물하더군. 어떻게, 구미가 좀 당기나?"

'천하무쌍! 전설 속의 그 천하무쌍!' 미산군은 꼬리라도 있으면 마구 흔들고 싶었다. 유호 일족은 최고의 양조釀造 기술을 지닌 오래된 옛 씨족이었다. 천하무쌍은 그중에서도 가장 귀한 미주로 백 년에 겨우 한 동이 정도 빚는다고 들었다. 과거에는 특별히 천신에게 이 천하무쌍을 바쳤는데 지금은 천신이 없는 관계로 여유가 좀 있긴 하지만, 백년에 한 동이면 많아봐야 수십 동이밖에 없는 셈이었다.

'세상에, 그런 술을 열 동이나 선물하다니! 대승려가 그 정도로 호방한 자일 줄은!' 미산군은 눈에 눈물이 그렁그렁했다.

"내가 사람을 잘못 봤던 게야! 대승려는 좋은 사람이 틀림없어!"

부구운이 재미있다는 듯 말했다.

"좋은 사람이라…… 글쎄, 그 정도까지는……. 실은 내게 청이 있어 선물한 것이야."

"대승려 같은 이도 부탁 같은 걸 한단 말이야?"

미산군은 조금 놀랐다. 유호 일족 자체가 고귀하고 신성한 데다 대승려는 그중에서도 특출난 인물이 아니던가. 천하의 그가 도움을 청할 일이 무엇이 있단 말인가.

"어떤 여인 때문에……."

부구운이 창가 쪽으로 걸어가며 말을 이었다.

"나의 풍류 기질이 천하에 미치지 않는 곳이 없다는 소문에, 과거 내가 한 번쯤은 그녀와 사통한 적이 있을 거라 생각했다더군. 내게 술을 뇌물로 주면서 그녀의 행방을 묻더라고. 그리고 앞으로 절대 그녀와 사통하는 일은 없기를 바란다고."

"여인? 그 신분으로 여색을 가까이하면 안 되잖은가? 대체 그 여인이 누군데?"

미산군은 아까보다 더 놀란 목소리로 물었다.

"좋은 질문이야. 나도 모르겠어. 이상한 건, 내가 그 여인을 만났던 것은 기억나는데 외양과 성격에 대해선 전혀 기억나지 않아……."

부구운이 창문을 밀어 젖혔다. 창밖은 초여름이 한창이었다. 눈이 닿는 곳마다 청록빛이었고, 햇살은 금빛이었으며, 하늘은 물에 씻은 듯 깨끗했다. 바람이 불자 은은한 등나무 꽃향기가 실려왔다. 혼등이 꺼진 뒤로 점차 요력을 회복한 향취산은 다시 환하게 반짝이며 생기를 되찾았다. 강가의 버들 정령들이 바람 속에서 가지를 흔들며 기지개를 켰고, 청청이 여제자들과 함께 나무 아래서 거문고를 튕기고 퉁소를 불었다. 머리카락이 가볍게 흩날렸고, 어렴풋이 웃음소리도 들렸다.

부구운도 옅은 미소를 지었다. 강가에 서 있던 가냘픈 몸매의 여제자가 갑자기 그토록 꿈에 그리던 여인으로 바뀌어 보였다.

세상에는 여전히 알 수 없는 의문과, 도무지 깨달을 수 없는 애정사들이 있으리라. 자신은 어떻게 혼돈에서 깨어났고, 대승려가 품은 그 여인은 또 얼마나 대단한 여인인지, 이 많은 질문에 대해 부구운은 관심 밖이었다. 그는 지금 살아 있음을 느꼈다. 햇살 속에, 가볍게 부는 바람 속에 자신의 몸이 존재하고 있었다. 입술로 사랑하는 이와 입맞출 수 있고, 두 팔로 그녀를 안을 수도, 피부로 느낄 수도 있었다. 그것으로 충분했다.

그녀가 보고 싶었다. 너무 보고 싶었다. 이전의 모든 시간을 합친 것보다 더 그리웠다.

"그러니까, 봤는데 기억이 나지 않는다는 거야? 그 정도로 평범하게 생겼다는 건가? 아니면 그 여인에게 뭔가 기이한 능력이 있어서…… 어? 어디 가나? 잠깐만, 구운! 물어볼 게 아직 한참이나 남았는데 어딜 가는 거야? 너무 궁금해서 질식할 것 같다고!"

구운이 문을 열고 나가려 하자 미산군이 급히 쫓아갔다. 제대로 물어보지 않으면 한 수백 년은 숙면을 취하지 못할 것 같았다.

"계속 시끄럽게 떠들면 천하무쌍은 냄새도 못 맡을 줄

알아.”

“미쳤어!”

미산군이 펄쩍 뛰었다.

“미산, 자네에게 고맙네.”

부구운이 고개를 돌려 싱긋이 웃으며 말했다.

“아니, 우리 사이에 그런 말은 필요 없다고 그리 말했건
만…….”

미산군은 부끄러운 듯 얼굴을 가렸다.

바람이 불자 강가의 악기 소리가 은은하게 날아오더니,
이름 모를 작은 꽃도 함께 날아와 부구운의 소매 위로 떨
어졌다. 여제자들이 노래 부르며 춤을 추고 있었다. 오래
전 〈동풍도화〉 곡이 생각났다.

얼마 남지 않았다. 이제 곧 그녀를 다시 만날 수 있다.

‘담천, 내가 왔어.’

…….

…….

“이렇게 해서 돌아오게 된 거야.”

부구운은 포도 껍질을 한 알 까서 입에 넣으며 담천을
바라보았다. 그의 대답이 별로 만족스럽지 않은 듯 담천
의 예쁜 눈썹이 찡그려졌다. 담천은 일부러 의심의 눈초리
로 구운의 위아래를 훑어보았다. 구운은 두 팔을 벌린 채
담천이 자신을 살피는 대로 무덤덤히 있다가 다시 온화한

목소리로 말했다.

"포도 좀 먹어봐. 아주 달아."

담천이 그의 소매를 잡아당기며 어리광을 부렸다.

"왠지 하나도 정확한 게 없어! 처음부터 다시 얘기해봐요!"

미산군과 함께 오래 지내다 보니 호기심 병이 전염되기라도 한 것일까? 구운이 그런 담천의 입에 포도 알을 넣어주며 말했다.

"알았어. 다시 얘기해줄게. 담천이 너무 보고 싶었고, 그래서 이렇게 돌아왔어."

이런! 담천도 이제 어찌할 수 없었다. 혼등을 꺼뜨렸다는 호 공주와 부구운에게 술을 선물했다는 대승려에 대해 온갖 궁금증이 쏟아졌지만, 요 며칠 무슨 질문을 던져도 그는 모른다고만 대답했고, 그 대신 보고 싶었다는 말만 계속했다. 이 사내는 예전과 달라진 것이 하나도 없었다. 이가 부들부들 떨리도록 밉상 짓만 했다.

"천아."

부구운이 담천의 잔머리를 넘겨주며 말을 이었다.

"한 번 더 들려줘?"

담천이 말없이 째려보자 그가 목청을 가다듬고 말했다.

"그러니까 서른일곱 번째로 다시 말하면, 상황이 이렇게 된 거야. 당시 난 혼돈 중에 깨어났는데, 어떤 차가운 손이 혼등을 들고 있는 듯한 느낌이 들었고……."

"그만해요!"

담천이 그의 손을 세게 꼬집었다.

"아야! 내 손가락! 천이가 비틀어서 부러졌잖아."

담천은 식식거리다 웃음을 터뜨렸다. 웃다 보니 구운과 시선이 마주쳤다. 봄물이 흐르는 듯한 따뜻한 눈빛이었다. 처음 보았던 그때처럼. 구운의 뜨거운 숨결이 그녀의 머리카락 사이를 스쳤다. 그의 몸이 연기처럼, 안개처럼 사라졌던 그날이 그저 하룻밤의 악몽인 것만 같았다. 담천은 그의 얼굴을 어루만졌다. 손바닥에 그의 피부가 분명히 느껴졌다. 흩어지지도, 사라지지도 않고 여전히 그 자리에 있었다. 구운은 담천을 꼭 끌어안으며 이마를 맞댔다. 코끝이 서로 만나면서 그의 기다란 속눈썹이 그녀의 눈꺼풀 위에서 가늘게 떨렸다.

"다시는 사라지지 않을게."

구운의 한마디가 담천의 눈물샘을 자극했다. 아마 사흘 밤낮을 고백해도 구운은 매번 다른 말로 사랑을 표현할 수 있으리라. 하지만 그 어떤 말도 다시는 사라지지 않겠다는 약속을 대신하지는 못할 것이다.

"다시 사라지면 그땐 안 기다릴 거예요."

"정말?"

"……거짓말이에요. 영원히 기다릴 수 있어요. 내게 생이 있는 한."

담천이 그의 코끝을 살짝 입에 문 채 웅얼거렸다.

"나도 알아. 그래서 더는 기다리게 하지 않을 거야. 안 그랬다가는 우리 천이 예쁜 청춘 다 날릴 테니."

담천이 몸을 곧추세우며 눈을 흘겼다.

"지금 나 늙었어요?"

사실 미산군을 따라 수행도 하고 단약까지 먹은 터라 늙었다고 할 수는 없지만, 구운이 사라진 그때로부터 이미 여러 해가 지난 터라 어떻게 봐도 더 이상 열여덟 살의 소녀는 아니었다.

구운은 그녀의 얼굴을 꼼꼼히 살펴보았다. 눈썹에서 코로, 코에서 입술로 시선을 옮겨가던 그의 얼굴에 웃음이 번졌다. 결코 좋은 의미의 웃음이 아닌 것을 담천도 눈치챘다.

"그만 봐요!"

담천의 손이 그의 두 눈을 가렸다.

구운이 그녀의 두 손을 떼내며 말했다.

"에이, 여기 눈가 좀 봐……."

구운이 뭐라도 발견한 듯 일부러 애석해하는 목소리로 말했다. 순간 담천은 얼굴 피부가 팽팽하게 당기는 느낌이 들었다.

"뭐, 뭔데요?"

"눈가에 머리카락 한 올이 붙었잖아."

'부구운!' 담천은 속으로 내질렀다. 그의 코를 세게 한입 깨물어주고 싶었다. 구운이 그녀의 뒷머리를 감싸더니 부드럽게 입술을 포개었다. 예전처럼 정신을 쏙 빼놓는 입맞춤이 아니었다. 입술을 맞댄 채 한동안 미동도 없이 가만히 있었다.

"바보……."

맞붙은 입술 사이로 그의 목소리가 희미하게 새어 나왔다.

담천은 두 팔을 뻗어 그를 껴안고 자신의 입술로 그의 입술을 어루만져주었다. 보드랍고 섬세한 두 사람의 입맞춤에는 솟구치는 정욕이나 얼굴에 번지는 홍조, 가슴 뛰는 아찔함은 없었다. 구운은 다만 이 한 번의 입맞춤으로 그간의 기다림의 고통과, 자신이 사라지며 겪은 모든 혼란의 감정을 털어내고 싶은 듯했다.

얼마나 지났을까, 어느새 두 사람은 볼을 맞붙인 채 서로의 숨소리를 듣고 있었다. 시냇물 위로 청량한 바람이 부는 것 같았다.

"담천, 우리…… 아이 낳는 거 어때?"

"좋아요."

담천은 조금도 주저 없이 대답했다.

구운이 조금씩 뒤로 물러나며 담천의 눈을 응시했다.

"아들이면 되겠군. 천이를 닮은 아들."

"난 딸이었으면 좋겠어요."

"딸이 나를 닮으면 너무 예뻐서 말이야. 별의별 놈들이 찾아와서 뺏어간다고 난리치면 내가 화가 나서 제 명에 못 죽을 거야."

담천이 손가락으로 그의 얼굴을 찍어내며 말했다.

"어떻게 그런 자화자찬을! 부끄럽지도 않아요?"

두 사람은 한바탕 웃고 떠들었다.

"우리 둘의 아이면 딸이든 아들이든 다 좋아."

부구운은 지난 3천 년간 홀로 세상을 떠돌며 유유히 살았다. 그림을 그리고 곡을 만드는 것 외에는 특별히 세상에 남기고 싶은 것이 없었다. 그렇게 유유자적한 삶을 사는 것도 꽤 괜찮았다. 하지만 담천을 만난 뒤로는 범인들의 평범한 삶이 부러웠다. 소소한 노동과 자식을 낳고 기르는 일, 백발이 되도록 함께 늙어가며 또 죽어서는 함께 묻히는 것, 그 기쁨을 조금이라도 더 일찍 누리지 못한 것이 한스러웠다. 담천이 옆에 없다면 길고 긴 인생이 자유롭고 유유자적한들 무슨 의미가 있겠는가.

사람들은 남녀 간 애정이 영웅의 기개를 꺾는다고들 하지만 부구운은 애초부터 영웅이 되고 싶은 마음이 없었다. 아름다운 이를 품에 안고 서로를 향해 웃을 수 있으면 그만이었다. 그런 삶이야말로 진심으로 만족스럽고 행복했다.

13년 후……

연일 내리는 보슬비로 미산거 주변 산들이 구름에 파묻혔다. 문지기 영귀만 고생이었다. 날마다 문 앞에 고인 빗물을 쓸어내고 또 쓸어내야 했다.

문지기는 주인이 새로 만들어낸 영귀여서 주인의 과거일에 대해 조금도 알지 못했다. 다른 고참 영귀들은 멀리 다른 산으로 가서 패왕 노릇을 하거나 미산거에 남아 유유자적한 삶을 즐기기도 했다. 사람만 해치지 않는다면 그들이 어디서 무얼 하든 주인도 상관치 않았다. 그런데 어제는 한 고참이 하는 말을 들었는데, 이 산에 비가 그치지 않는 것도 다 이유가 있다고 한다. 이렇든 저렇든 주인도 신선이기에 그의 선기仙氣가 일정 부분 날씨에 영향을 미친다는 것이다. 날이 청명한 날은 주인의 기분이 좋은 것이고, 매일 비가 내린다는 건 주인에게 뭔가 속상한 일이 생겼다는 증거라고 했다.

신선에게도 상심할 일이 있단 말인가? 영귀는 이해할 수 없었다. 감히 주인의 마음을 헤아려볼 염도 내지 못했다. 주인은 까마득히 높은 분으로, 자신이 할 일은 그저 주인을 공경하고 소임을 다하는 것뿐이었다. 지금 그의 소임이란 문 앞에 고인 빗물을 쓸어내는 것이었다. 잠시만 내버려둬도 금세 물웅덩이가 생겨버렸다.

그때 건너편 나무 다리 위에서 경쾌한 말발굽 소리와 마차 소리가 들려왔다. 고개를 들어보니 정교한 장식의 작은 마차가 천천히 다리를 건너오고 있었다. 마차를 끄는 동물은 말이 아니라 비쩍 마른 당나귀였다. 창문 위로 정향색 비단 가림막이 쳐져 있었고, 희고 고운 손 하나가 가림막 밖으로 나와 손바닥에 떨어지는 빗물을 받았다.

"비가 아직도 오는 거야?"

마차 안에서 놀란 듯한 목소리가 들려왔다. 목소리가 부드럽고 은은한 것이 분명 젊은 처자였다.

영귀는 두 손을 맞잡고 공손한 어조로 말했다.

"손님, 어서 오십시오. 마차에서 내리시겠습니까."

마차 문이 열리자 수묵화가 그려진 비단 우산이 제일 먼저 마차 밖으로 모습을 내밀었다. 그리고 어린 숙녀가 우산 아래에 섰는데, 이제 겨우 열한두 살밖에 되어 보이지 않았다. 구불구불 긴 머리에 눈에 웃음이 서려 있고 피부가 새하얬다. 그림 속에서 방금 튀어나온 것처럼 예뻤다. 소녀가 씨익 웃어 보이더니 느릿느릿 걸어와 영귀 머리 위로 우산을 씌워주며 물었다.

"비가 이렇게 오는데 춥지 않아요?"

분명 어린 나이인데도 태도에 있어서는 조금도 앳된 느

낌이 들지 않았다. 얼굴이 달아오른 영귀는 그저 고개를 숙이고 축축하게 젖은 자신의 발끝만 내려다봤다.

"들어요."

소녀가 우산 손잡이를 영귀에게 내밀었다.

"아, 아닙니다. 아, 아씨께서 쓰십시오……."

영귀가 연신 손사래를 쳤다. 소녀는 우산을 건넨 손을 거두지 않고 말없이 미소만 지었다. 영귀는 하는 수 없이 우산을 받았다. 미처 고맙다는 말을 건네기도 전에 갑자기 마치 마술이라도 부린 듯 그녀의 다른 손에 옥색 비단 우산이 나타났다. 각자 우산 아래 나란히 선 두 사람은 옥처럼 흩날리는 빗방울을 바라보았다.

'정말 주인님을 찾아온 손님일까? 무슨 일로? 왜 아무 말도 하지 않지…….'

영귀는 혼란스럽기 그지없었다. 문지기 영귀로서 손님의 방문 목적을 정확히 여쭈어야 했으나, 어쩐지 이 소녀 앞에서는 한 마디도 나오지 않았다.

"지난번 왔을 때는 못 본 것 같은데, 새로 왔나 봐요?"

소녀가 빙긋이 웃으며 물었다.

'설마 미산거에 자주 오는 손님?' 확실치 않았다. 하지만 그는 이곳 문지기로 온 지 석 달도 되지 않아 미산거 손님들을 잘 알지 못했다. 다만 교우관계가 그리 넓은 편이 못 되는 주인이 이렇게 어린 소녀와 교분이 있다는 게 믿기지 않았다.

"왜 아무 대답도 없어요? 기분이 언짢으세요?"

소녀가 고개를 갸웃했다. 칠흑 같은 눈동자가 눈부시게 빛났다.

"아, 아닙니다……."

영귀는 고개를 절레절레 저었다.

영귀를 바라보는 소녀의 눈빛이 따뜻하고 부드러웠다.

"저는 부운사傅雲思라고 해요. 문지기님은 이름이 뭐예요?"

영귀는 이름이 없었다……. 괜히 침울해진 영귀가 뭐라고 말하려는데, 건너편 다리 끝에서 또다시 소리가 들렸다. 이번에는 아주 큰 마차가 한 대 들어왔는데, 비범한 자태의 준마 두 필이 끄는 마차였다. 눈 깜빡한 사이에 마차 밖에 또 다른 작은 형체가 보였다. 흰옷을 입은 준수한 외모의 소년으로 열 살 남짓 되어 보였다.

소년이 다가와 소녀를 향해 눈을 흘기며 말했다.

"흥, 너무해."

부운사가 히죽거리며 웃더니 마차를 향해 소리쳤다.

"아버지, 어머니! 말들이 왜 이렇게 느려요! 어떻게 제 나귀보다 느릴 수 있죠!"

부구운이 우산을 받쳐 들고, 마차에서 내리는 담천을 부축했다. 그가 소녀를 향해 고개를 돌리더니 애틋한 표정으로 말했다.

"네가 두 시진 먼저 떠났다는 건 어찌 쏙 빼놓고 말하는 것이냐?"

부운사가 익살스러운 표정을 지었다. 그제야 진정 열한두 살 먹은 소녀 같았다.

담천이 웃으며 말했다.

"네가 산사山畔 혼자 버려두고 먼저 가는 바람에 산사가 아직도 화가 잔뜩 나 있던데. 동생 좀 달래줘야 하지 않겠어?"

부운사가 산사를 향해 눈을 가늘게 뜨고 웃으며 말했다.

"진짜로 화난 건 아닐걸요. 장난이겠죠."

부산사도 누나를 향해 익살스러운 표정을 지었다. 운사가 산사를 가볍게 잡아끌며 두 남매는 우산 하나를 함께 썼다. 홀로 한쪽에 서 있던 영귀는 갑자기 외롭고 추운 느낌이 들었다.

부구운은 익숙하게 나무 막대로 문을 두드리고 영귀를 향해 말했다.

"대체 비가 며칠이나 내린 것이냐? 설마 자네 주인님, 허구한 날 방에 틀어박혀서 울고만 있는 건가?"

영귀는 소심하게 고개를 내저었다. 주인의 뒷담화를 함부로 말할 처지는 아닌 것 같았다.

"저, 저도 잘은 모르옵니다. 혹 주인님을 찾아오신 거라면, 안으로 드셔서 먼저 목욕을 하신 뒤 옷을 갈아입으시고, 그다음……."

"말 안 해도 다 아네."

그러자 담천이 탄식하듯 말했다.

"사숙께서 이번엔 상심이 엄청나게 크신가 보네요."

"그거야 미산이 너무 소심한 탓이겠지."

부구운이 개의치 않는다는 듯이 말했다. 때마침 대문이 열리고, 붉은 치마와 흰 상의를 입은 똑같이 생긴 영귀 한 쌍이 그들을 향해 예를 갖췄다.

"구운 대인께, 그리고 제희께 인사드립니다. 안으로 드시지요. 주인님이 오래 기다리셨습니다."

문지기 영귀는 두 눈이 휘둥그레졌다.

'그러니까…… 그 말로만 듣던 주인의 절친한 벗, 부구운과 제희?'

그때 부운사가 영귀를 향해 미소를 지어 보였다. 그 미소에 영귀는 또다시 얼굴이 붉어졌다.

미산군은 연화지蓮花池 옆에서 술을 마시며 훌쩍이고 있었다. 목 놓아 펑펑 울지 않는 모습을 보는 것도 오랜만이었다. 그의 손에 서신 한 통이 들려 있었는데, 이미 눈물에 젖어 글자가 흐릿했다.

부구운은 서신부터 뺏어 들고 대충 훑어보았다. 분명

신미라는 여인이 보내온 서신일 터였다. 서신에는 최근 몇 년간 새해랍시고, 또 중추절 월병을 선물한답시고 여러 번 그를 찾았지만 그때마다 미산이 만남을 피한 것 때문에 몹시 보고 싶다는 등등의 내용이 적혀 있었다. 그리고 경국이 멸망한 사실도 언급하며, 천원국이 옛 황릉을 중건하려는 바람에 육천교가 황릉 요괴들을 이끌고 바다 너머 기슭으로 가서 새 보금자리를 만들 계획이라 했다. 그 길이 멀고 험하여 어쩌면 다시는 만나지 못할 수도 있으니, 술을 적게 마시라는 등 덕담과 함께 잘 지내기를 바란다고 적혀 있었다.

미산이 고개도 들지 않고 술을 들이켰다. 얼굴 위로 실떨어진 구슬처럼 주르륵 눈물이 흘러내렸다. 얼마나 눈물을 흘렸는지 마치 연화지 연못 물이 곧 밖으로 흘러넘칠 것처럼 보였다.

부구운은 평소 신미에 대한 미산군의 감정을 그리 심각하게 여기지 않았더랬다. 그래서 신미 때문에 징징대는 미산군을 곧잘 놀려먹곤 했다. 일단 신미는 혼인한 부인이었고 부부지간도 좋아서 미산군과는 이루어질 가능성이 전혀 없었다. 게다가 신미는 평범한 인간으로 신선과는 달랐다. 그녀는 이미 서른 살을 넘긴지라 몇 년만 더 지나면 금세 노부인의 모습이 될 터였다. 하지만 미산군의 눈에 신미는 영원히 열여섯 살 소녀인 듯했다.

처량한 미산군의 모습에 부구운은 그의 옆에 자리를 잡고 앉아 그의 잔을 채워주었다.

"미산, 2년 만이군. 일단 이 한잔으로 인사를 대신하겠네."

넋을 놓고 있던 미산군은 그제야 정신을 차리고 고개를 들었다. 부구운의 두 아이가 뚫어져라 그를 보고 있었다. 못 본 2년 사이에 운사는 벌써 아가씨 티가 나며 고운 자태를 자랑했고, 산사는 한결 의젓한 소년이 되어 있었다. 미산군은 부끄러운 마음에 소매로 급히 얼굴을 닦고 코맹맹이 소리로 말했다.

"운사와 산사가 벌써 이리 큰 것이야? 이렇게 왔으니 내 집이다 생각하고 실컷 놀다 가거라."

운사가 싱긋 웃으며 다가와 미산군의 소매를 끌어안고 말했다.

"미산 삼촌, 너무 힘들어하지 마세요. 제가 크면 삼촌께 시집갈게요, 네?"

술을 넘기던 부구운이 사레가 들려 캑캑거렸다. 담천도 애써 웃어 보였으나 속에서는 부아가 끓었다. 그녀는 구운이 숨을 고를 수 있게 등을 쳐준 다음 아이들을 향해 말했다.

"운사야, 미산 대인은 네 어미의 사숙이니 항렬로 따지면 네가 사숙 할아버지라 불러야 한단다. 그리 버릇없이 굴면 되겠니?"

운사는 고개를 끄덕이고 다시 미산군을 향해 말했다.

"사숙 할아버지, 너무 힘들어하지 마세요. 제가 크면……."

"그만!"

구운이 즉시 손을 휘저으며 딸의 말을 끊었다.

미산군은 거의 넋을 놓은 듯 입을 크게 벌린 채 잠시 담천을 쳐다보았다가 구운을 바라보았고, 이어서 운사를 향해 시선을 돌렸다. 얼굴에 감동의 눈물까지 흘리고 있었다.

구운이 급기야 아이들에게 엄히 말했다.

"운사, 산사, 너희는 나가서 놀아라."

구운은 딸내미가 행여 또 애먼 짓을 할까 겁이 났다. 두 아이가 멀어지는 것을 보고 나서야 비로소 안도의 한숨을 내쉬었다.

잠시 후 구운이 다시 입을 열었다.

"참 오래됐어. 그만하면 이제 자네도 포기할 때가 된 거야. 그 신미라는 여인이 서른이 훌쩍 넘었지 아마?"

미산군은 긴 한숨 소리를 내더니 고개만 내저었다.

구운이 그의 어깨를 토닥이며 말을 이었다.

"인간 세상에서 서른이 넘은 여인들은 자네나 나나 지금껏 많이 봐왔지 않나. 아무리 타고난 미인이라 해도 열

대여섯 미모로 돌아올 수는 없는 걸세. 어쩌면 얼굴에 주름이 가득해졌을지도 모르네. 자네도 그런 모습은 보고 싶지 않을 거야. 다시 이삼십 년이 지나면 이가 다 빠질지 누가 알겠는가. 그때가 되면……."

"닥쳐! 내가 어디 외모 보고 좋아하는 줄 아는가!"

미산군이 술잔을 냅다 연못으로 집어 던지고 구운의 멱살까지 잡았다.

미산군은 자신이 신미의 어떤 점을 좋아하는지, 언제부터 좋아했는지 스스로도 정확히 말할 수 없었다. 벼락을 맞고 다 쓰러져가는 우차 안에서 오도 가도 못하던 날, 신미가 거침없이 그를 업고 계단을 올랐더랬다. 정말 보기 드문 호쾌한 여인이었다. 하지만 그는 신선이고 그녀는 범인이었다. 그 부분은 미산군도 처음부터 분명히 인지했던 바였다. 하지만 그녀와 같은 범인은 수백 년간 단 한 번도 본 적이 없었다. 그녀는 미산군을 두려움이나 경외의 눈빛으로 바라보지 않았고, 많은 사람이 그러하듯 무언가를 기대하는 표정으로 다가오지도 않았다. 그녀는 늘 평범한 벗을 대하듯 미산군을 대했다.

하늘 아래 무수한 일들이 일어나고 수많은 비밀이 숨겨져 있으나, 신미는 그런 것들을 결코 대단하게 여기지 않았다. 많은 사람들이 그가 '미산군'인 것 때문에 그를 달리보곤 했지만, 유일하게 신미만이 미산 그 자체로 대해주었다. 그가 세상만사 일을 속속들이 꿰뚫고 있는 것처럼 남녀 간 정에 대해서도 꿰뚫고 있었다면 이런 번민과 괴로움도 없었을 것이다.

하지만 남녀 간 정이란 도통 알 수 없는 것이었다. 그날 그녀의 소맷자락에서 흐르던 은은한 향을 결코 잊을 수가 없었다. 그녀가 자신의 손가락 상처에 발라줬던 쓴 약의 향기도 잊을 수 없었다. 그 향기들은 여러 해가 흘러도 여전히 뼛속 깊이 새겨져 매일 밤낮 그의 주변을 맴돌았다. 대체 언제쯤 가야 그 향이 옅어지는 것일까?

"내 하나 묻지. 어느 날 제희가 그런 노부인으로 변한다면 자네는 제희를 보기 싫다 여기겠나?"

미산군이 붉게 물든 눈으로 구운을 노려보며 물었다.

"미산, 그건 다르지……."

"다르지 않아! 그녀에 대한 내 감정도 그것과 꼭 같은 거라고!"

부구운은 그저 침묵하는 수밖에 없었다.

담천은 묵묵히 두 사람의 잔에 술을 채운 뒤 자리를 떠나 아이들을 찾아 나섰다. 한참이 지나서야 구운이 입을 열었다.

"……어쩌면 자네가 할 수 있는 가장 좋은 일은, 이번 생에 그녀가 행복하게 살아가는 모습을 가만히 지켜보는 것일 게야."

미산군의 양미간이 서서히 펴지는가 싶더니 이윽고 씁쓸한 웃음소리가 흘러나왔다.

"자네 말이 맞아. 신미가 이번 생에 근심 없이 살아갈 수만 있다면 그것 말고 더 좋은 것이 있겠나."

부구운이 웃으며 물었다.

"그래서, 자네는 계속 울고?"

"뭐하러 울어? 쳇, 누가 운다고! 자, 술이나 들게!"

그때부터 시작한 술자리는 달이 중천에 뜰 때까지 계속되었다. 보슬보슬 내리던 비도 어느덧 그쳐 있었다. 미산군은 진즉에 취해 고주망태가 되어서는 변변치 않은 발음으로 영괴를 불렀다. 술을 더 가져오라 분부하는가 싶더니 돌연 비틀거리며 연못으로 나자빠질 뻔했다. 구운이 그의 몸을 붙들며 영귀들에게 말했다.

"어서 침상으로 모셔라. 한 이삼 일은 깨어나지 않을지도 모르겠다."

담천이 빙긋이 웃으며 남은 술을 정리했다.

"사숙이 또 계속 울까요?"

"미산이 바보는 아니니까. 답은 이미 알고 있었을 거야. 다만 누군가를 붙잡고 하소연하고 싶었을 뿐이지. 그것 봐, 비가 진즉에 그쳤잖아."

오랫동안 내리던 비가 어느새 뚝 그쳐 있었다. 오늘따라 달도 유난히 밝아 보였다. 구운은 달빛 아래서 미인을 보고 있으니 특별히 더 애틋한 감정이 들었다. 그는 담천의 머리로 흐르는 향기에 취한 채 나지막이 물었다.

"아이들은?"

"잠들었어요. 운사가 갈수록 당신을 닮아가네요. 제발 큰 말썽만 부리지 않기를 바랄 뿐이에요."

담천이 구운의 턱에 거뭇거뭇 자란 수염을 만지며 대답했다.

"걱정이 너무 앞서는 거 아니야? 운사는 그저 아이 같은 심성으로 대하는 것뿐이야. 모든 사람에게 차별 없이 친절한 것이 그 아이의 장점 아니겠어? 나와는…… 아주 다른 장점."

담천은 심술궂은 얼굴로 그의 귀를 꼬집으며 말했다.

"뭐가 그렇게 다를까요? 우리 풍류 넘치고 자유분방하신 구운 대인이 대체 어디가 나쁘다고?"

구운이 담천의 손을 붙잡으며 가볍게 웃었다.

"설마 아직도 모르는 게야? 아니면 내가 제대로 한번 다시 보여……."

담천이 흰자위를 뒤집으며 그의 손을 붙잡고 손님방으로 들어갔다. 산사는 바깥 손님방에서 자고 있었다. 안방으로 들어가니 이불을 휘감고 누운 운사가 무슨 꿈을 꾸는지 자그마한 얼굴에 웃음꽃이 피어 있었다. 아무런 걱정도 시름도 없는 얼굴이었다. 사실 부구운의 말이 맞았다. 운사는 누구를 대하든 차별 없이 상냥하고 친절했다. 예법에 얽매이지 않고 한없이 자유분방했던 아버지와는 달랐다. 다만 어머니 된 입장에서, 아이가 사람들에게 마냥 친절하게 대하다가 혹 나중에 뜻하지 않은 상처를 받지는 않을까 걱정이었다. 사람의 마음이 헤아리기 어려운 복잡한 것이란 걸 모를 때에는 순수한 자신의 행동으로 인해 아픔이 찾아올 수도 있다는 걸 모르지 않는가.

"너무 깊게 생각하지 마. 우리 아이들은 잘할 거야."

속을 꿰뚫어 보기라도 한 듯 구운이 말했다.

담천이 웃으며 살짝 고개를 끄덕였다.

미산군은 그렇게 사흘간 잠에 취해 있었다. 사실 앞으로도 사나흘 더 잘 수 있었지만, 갑자기 불청객이 찾아오는 바람에 평소 잘 하지도 않던 세수를 하고 옷도 갈아입었다.

대청으로 가니 구운과 담천이 먼저 와서 앉아 있었고, 그 맞은편에 흰옷 차림의 사내가 앉아 있었다. 얼굴은 여느 행인과 다를 것 없이 평범했다. 다만 몸에 걸친 흰옷은 언뜻 보면 단조로운 격식이나, 소매에 금색 문양이 수놓인 것이 솜씨가 일품이었다. 더 나아가 그에게 가까워질수록 은은하고 아득한 향이 났는데, 소매춤에서 새어 나오는 향기 같았다. 미산군과 부구운, 담천 모두 그 향이 낯설지 않았다. 보통 유호 일족이 즐겨 피우는 향인데, 평범한 신분이 아닌 유호 일족의 대승려가 쓰는 향이니 이 얼마나 고급스러운 향이겠는가.

미산군은 두 손을 합장하고 예를 갖췄다. 속으로 의아한 마음이 들었지만 얼굴에 미소를 잃지 않은 채 물었다.

"대승려께서 어쩐 일로 이리 찾아오셨습니까?"

대승려는 소탈하게 웃던 이전의 모습과 달리 잠시 머뭇거리다 무겁게 입을 열었다.

"미산, 하나만 묻겠네. 상고 적 천신은 이미 사라지고 없는 것인가?"

너무나 뜬금없는 질문에 미산군은 순간 멍한 표정을 지었다. 유호 일족이야말로 천신과 가장 가까이 지냈던 씨족이 아니던가. 그런 일족의 대승려가 천리 길을 마다 않고 달려와 묻는 것이 뜻밖에 천신의 일이라니! 그런 것이라면 확실히 미산군보다 대승려 자신이 더 잘 알고 있을 터였다.

"지금은 신은시대神隱時代, 신이 사라진 시대로 천만 년 전 모든 천신이 신마神魔 대전 중 악마들과 함께 사라지지 않았습니까. 대승려께서 어찌 그런 질문을 하시는 것입니까?"

대승려는 잠자코 손가락으로 팔걸이를 두드렸다. 한참이 지나서야 웃으며 입을 열었다.

"허허, 그냥 자네를 놀려먹으려고 아무 질문이나 던져

본 것일세. 우연히 이 근처를 지나다가 잠시 들른 것인데, 뜻밖에 구운도 함께 있더군."

대승려가 부구운 쪽으로 얼굴을 돌리며 말을 이었다.

"그래, 지난번 자네에게 보낸 천하무쌍은 맛이 어떻던가?"

구운이 눈썹을 추켜올리며 대답했다.

"과연 소문으로 듣던 천하무쌍이 맞더이다. 어떻게, 대승려께서 몇 동이만 더 나눠주시지 않겠습니까?"

"욕심이라는 것은 끝이 없다더니, 몇 동이를 더 달라? 지금 우리 일족에도 쉰 동이밖에 남지 않았네. 이 술은 재료 배합이 어렵고, 양조 방식도 굉장히 복잡하지. 자네, 그런 술을 그리 쉽게 얻을 수 있을 성싶은가?"

그러자 구운이 놀리는 어조로 받아쳤다.

"그리 말씀하시니 생각이 나는군요. 지난번 제게 어떤 여인 때문에 천하무쌍 열 동이를 주시지 않았습니까. 어떻게, 그간 줄곧 천원국에 계셨는데 그 여인은 찾으셨습니까?"

대승려가 소리 내 웃으며 대답했다.

"한마디로는 설명하기 어렵네."

대승려는 그리 말하고 시선을 담천에게로 옮겼다. 대승려는 지극히 평범한 외모였으나, 두 눈이 사심 없이 맑고 깨끗했다. 담천은 뜻밖에 자신이 주목을 받자 갑자기 긴

장이 되어 자세를 바로했다. 이상하게도 이 대승려는 앉은 자세가 정자세도 아니었는데, 그 모습이 조금도 거슬리지 않았다. 오히려 그의 주시를 받은 담천이 지레 겁먹고, 정중하지 못한 태도로 보일까 허리를 곧게 폈다.

"여기 계신 분은 필시 대연국 제희가 틀림없군."

대승려의 목소리가 온화했다. 그가 두 손을 합장하며 담천을 향해 예를 갖췄다.

"처음 뵙겠습니다. 먼저 인사드리지 못해 송구합니다."

담천도 급히 합장하며 답례했다. 다시 뭐라 말을 꺼내기도 전에 대승려는 이미 일어나 밖으로 나가고 있었다. 그가 앉았던 자리에 은은하고 아득한 향기만 남겨둔 채로.

"사랑의 결실을 이루어 부부의 연을 맺었군. 구운, 자네는 참으로 운이 좋아."

대청 밖으로 그를 배웅하려던 차였는데, 대승려는 자신의 말을 채 끝내기도 전에 이미 마차 안으로 들어가고 없었다. 그리고 이내 마차의 극락조 네 마리가 날개를 푸덕이며 하늘 높이 날기 시작했다. 눈 깜빡하는 사이에 멀리까지 날아가 작은 점만 아스라이 보였다.

"…… 뭐야, 그 이상한 질문을 하러 여기까지 왔단 말이야?"

미산군이 믿을 수 없다는 듯이 말했다. 대승려는 겉으로 보기에는 상냥하고 너그러울 것 같지만, 사실 몹시 까다롭고 별난 자였다. 하지만 이 정도로 별날 거라고는 생각도 못 했다.

"어쩌면 이미 답은 알고 있지만, 자네에게 와서 다시 한 번 확인하고 싶었는지도 모르지."

구운도 대충 전후 사정을 알겠는지 저도 모르게 고개를 내젓고 있었다. 그가 담천을 돌아보며 말했다.

"아이들 데려올까? 우리도 이제 돌아가야지."

"지금 가게? 다음엔 혼자 와서 사흘 밤낮 같이 퍼 마시자고."

미산의 말에 구운이 웃으며 대답했다.

"혼자는 아니 될 말씀! 처자식은 곁에 두는 것이 좋은 것이야."

미산군은 순간 마음이 동했는지, 조금 전 대승려의 말이 생각나 가슴이 뜨거워졌다. 그가 부구운의 어깨를 토닥이며 탄식하듯 말했다.

"……참 운이 좋아. 시간 되면 자주 오게."

뒤에서 웃음꽃이 핀 듯 재잘대는 소리가 들렸다. 담천이 두 아이를 데려오고 있었다. 운사의 손에 정교한 장식의 복주머니가 하나 들려 있었는데, 아마도 미산거 영귀가 그녀에게 가지고 놀라고 만들어준 모양이었다. 운사는 어딜 가든 쉽게 벗을 사귀었다.

"사숙 할아버지."

운사가 빙긋이 웃으며 계속해서 미산군을 바라보았다. 미산군은 괜히 부끄러운 마음에 얼굴을 매만지며 작은 소리로 물었다.

"어찌 그러느냐?"

"오늘은 사숙 할아버지 기분이 좋아 보여서 저도 기뻐요!"

미산군의 얼굴이 발그레해졌다.

"사숙 할아버지, 속상한 일이 있으면 앞으로는 시원하게 한바탕 울어버리세요. 울고 나면 좋아질 거예요. 만약 외롭다고 느껴지면…… 저도 조금만 더 크면 혼자 외출할 수 있거든요. 그땐 제가 와서 할아버지 곁에 오래 머물며 말동무가 되어드릴게요. 아셨죠?"

미산군은 코끝이 시큰거렸다. 네 가족이 소란스럽게 마차에 올라 떠나는 모습을 지켜보며 그는 또다시 외로움이 몰려오는 것을 느꼈다. 발을 돌려 안으로 들어서는데 그 커다란 저택에 영귀들 외에는 간간이 들리는 바람 소리뿐이었다.

'에휴, 아무 말도 안 했으면 모를까, 그 말을 듣고 나니 정말 외로움이 느껴지네. 아, 지지리 운도 없는, 이 팔자 사나운 신선이여!'

"어머니, 저희 이제 바로 집으로 가는 거예요?"

운사가 가림막을 젖히고 흘러가는 구름을 보며 아쉬운 듯이 물었다.

"왜 더 놀고 싶어? 집에 가기가 싫은 거야?"

담천은 틀어 올린 운사의 머리를 꼼꼼하게 매만져주었다.

"다른 곳에 또 놀러 가도 돼요? 가고 싶은 곳이 너무 많아요. 책에서 봤는데, 만란산 쪽에 엄청나게 큰 황릉이 있대요. 그 안에 여러 종류 꽃들이 핀다는데, 어머니도 예전에 전쟁 귀신이라는 장군과 그 부인이 그곳에 산다고 하셨잖아요. 맞다, 아버지가 해저에도 집이 있다고 했는데, 거긴 언제 보러 가요?"

담천이 눈을 가늘게 뜨고 웃으며 구운을 보았다. 딸아이의 환심을 사고 싶은 구운은 괜히 목청을 가다듬고 말했다.

"그럼 지금 바로 갈까? 해저에서 이틀 더 놀다가 해저 길을 따라 집으로 가면 되니까."

운사는 기분이 좋아서 아버지의 목을 끌어안고 놓을 줄을 몰랐다. 담천이 아들 산사의 머리를 쓰다듬으며 물었다.

"산사는 어디로 놀러 가고 싶어?"

"향취산에 가고 싶어요. 저도 신선이 될 거예요. 가서 산주 할아버지를 스승으로 모시고 싶어요."

아들의 대답에 담천이 웃음을 터뜨리며 물었다.

"왜 신선이 되고 싶은 거야?"

"신선은 뭐든 할 수 있고 수명도 길잖아요. 저도 신선처럼 실력을 키워서 어머니와 누나를 보호해줄 거예요."

부구운이 산사의 머리를 어루만지며 말했다.

"바보, 신선이 되고 싶다며 산주는 찾아서 뭐하게? 산주가 널 가르칠 수 있다면 그건 기적에 가까운 일일 게다."

산사가 눈을 휘둥그레 뜨고서 물었다.

"그럼…… 미산 삼촌…… 아니, 사숙 할아버지는요?"

구운이 일부러 정색하며 고개를 젓자 담천이 웃으며 말했다.

"등잔 밑이 어둡다고, 신선이 되고 싶으면 아버지께 배우면 되지. 아버지가 산주 할아버지보다 훨씬 능력이 뛰어날걸?"

산사는 믿을 수 없다는 듯 구운을 위아래로 훑어보았다. 구운이 웃음을 참지 못하고 산사의 볼을 꼬집으며 말했다.

"바보, 조만간 이 아버지가 얼마나 위대한지 알게 해주지."

향취산을 언급하자 운사도 급히 다가와 말을 보탰다.

"저도 향취산에 가고 싶어요. 자진 삼촌이 저 열여섯 살되면 함께 놀러 나가겠다고 약속했단 말이에요."

좌자진의 이름이 나오자 담천의 얼굴에서 미소가 거두어졌다. 좌자진은 모든 기억을 지우기로 결심한 그날 이후 지금까지도 과거의 일을 기억하지 못했다. 담천을 알아보지도 못할뿐더러 현주가 누구인지도 몰랐다.

이전의 모든 얽히고설킨 일들이 한순간 연기처럼 사라져버렸다. 누군가는 그런 좌자진에 대해 비겁하게 현실을 도피했다 여길지도 모른다. 하지만 지금의 좌자진이 과거보다는 훨씬 더 자유롭고 행복하게 살고 있다는 것은 누구도 부인할 수 없는 사실이었다. 좌자진은 점점 산주가 믿고 신뢰하는 대제자로 변모하고 있었고, 선법도 이룬 성과가 꽤 많았다. 이제 그도 독자적으로 신선의 땅을 개척해나갈 날이 멀지 않은 듯했다.

물론 과거의 일은 기억 못 하지만, 담천과 부구운을 대하는 좌자진은 늘 친절하고 공손했다. 운사와 산사 모두 그를 좋아했기에 향취산에 갈 때마다 찾아가 함께 시간을 보냈다.

"운사야, 이 아버지랑도 나가서 놀고 싶지 않니?"

아들과 딸이 좌자진에게 특별한 호감을 갖고 있으니 구운은 괜히 서운한 마음이 들었다.

운사가 한참을 고민하며 눈알 돌리기를 하더니, 드디어 결론을 내린 듯 대답했다.

"아니요. 자진 삼촌이랑 산사랑 같이 놀고 싶어요."

부구운은 운사의 볼을 꼬집으며 어설프게 웃어 보였다.

아름다운 부인이 곁에 있고, 금쪽같은 아이들이 슬하에 있었다. 그러니 이런 서운한 일쯤이야 그가 누리는 행복에 비하면 발톱의 때만큼 하찮은 것이었다.

한쪽 어깨가 살짝 내려간다 싶더라니, 담천이 그에게 몸을 기댄 까닭이었다. 부구운은 팔로 그녀의 어깨를 둘렀다. 마음 깊은 곳에 평온과 따스함이 번졌다. 기다림을 두려워하지 않았던, 중압감을 무서워하지 않았던 그 혼령의 심장이 마침내 꼭 맞는 자리를 찾아 들어갔다. 모든 것이 이처럼 완벽한데, 무엇을 더 구하겠는가.

하늘이 점차 어둡게 내려앉았다. 광풍이 울부짖는 소리를 냈고, 어지럽게 흩날리는 눈송이가 하늘을 가득 메웠다.

문을 열고 밖으로 나온 정연은 눈보라가 얼굴을 덮치면서 살을 에는 추위에 살갗이 다 쓰라릴 지경이었다. 고개를 들어 동쪽, 가장 높은 고대를 올려다보았다. 마치 영원히 그곳을 점령하고 있을 것처럼 짙은 먹구름이 일대를 가득 채우고 있었다. 무서울 정도로 어둡고 음산했으며, 처량하게 울부짖는 바람 소리는 죄다 그쪽에서 불어오는 것 같았다.

5년 전 천원국 황궁에서 혼등이 밝혀진 뒤로 다시는 고도에서 햇빛이란 것을 볼 수 없었다. 사계절 내내 어둡고 음침했으며, 큰 눈이 내리지 않으면 폭우가 쏟아졌고, 그것도 아니면 돌풍이 불었다. 농지는 진즉에 황폐해졌으며, 살아남은 사람도 대부분 초주검이 된 상황이었다. 천도를 요구하는 신하들의 상소가 삼층 높이만큼 쌓였다고는 하나, 이상하게도 부황은 가타부타 말이 없었다. 어쩌면 또 어느 도사의 입에서 기이한 괴담을 듣고 온 것인지도 몰랐다. 혼등과 같은 신물이 부황을 장수하게 해줄지도 모른다고 말이다.

정연은 등롱을 들고 홀로 고대 쪽으로 향했다.

당시 불이 밝혀진 뒤로 혼등은 줄곧 허공에 떠 있는 상태로 있었는데, 오랜 기간 감히 혼등에 접근하는 자가 없었다. 도사의 거짓 참언에 속은 부황이 혼등을 침궁에 들여놓으면 자신의 생명이 연장된다고 믿고, 호위를 시켜 강제로 혼등에 손을 대게 한 적이 있었다. 가엾은 그 호위는 사다리를 놓고 올라갔다가 혼등에 손을 대기도 전에 푸른 연기가 되어 사라져버렸다. 이 일로 부황은 놀라서 혼절까지 했다.

그 후……

정연은 들고 있던 등롱을 아무렇게나 던져버렸다. 이렇게 돌풍이 부는 날에는 등롱을 들어봐야 아무 소용 없었다. 두 걸음만 걸어도 곧장 불이 꺼져버렸다. 다행히 하늘이 그리 어둡지는 않았고, 고대 층계 위로 새하얗게 덮인 눈이 약하게나마 빛을 밝혀주었다.

한 걸음 한 걸음 고대 위로 올라갔다. 텅 빈 고대 위, 난간도 등도 없는 정중앙 바닥에 칠흑 같은 색으로 둥글게 주술이 새겨져 있었다. 혼등은 그 주술의 테두리 안쪽에서 허공에 뜬 채 위아래로 몸을 흔들었고, 불쾌한 느낌의 기괴한 빛을 뿜어내고 있었다.

"저기!"

정연이 손을 입가로 가져가 멀지 않은 곳에서 앞을 향해 소리쳤다.

"오늘이 섣달 그믐날입니다. 5년의 시간을 약속드렸지요. 찾고 있던 사람은 찾으셨습니까?"

휑하게 넓은 고대 가장자리에 갑자기 눈꽃이 맺히는가 싶더니, 흰옷의 사내가 모습을 드러냈다. 눈보라가 심해 형체가 제대로 보이진 않았고, 바람에 나부끼는 새카만 머리카락만 보일 뿐이었다.

"……그럼 이제 혼등을 끄시오."

무덤덤한 목소리에 깊은 시름이 느껴졌다.

당초 혼등에 가까이 갈 수 있는 사람이 없어, 궁 안은 한동안 혼란 그 자체였다. 그렇게 보름 넘게 지났을까, 갑자기 흰옷 입은 한 사내가 찾아와 무슨 수로 부황의 마음을 설득시켰는지, 오래된 옛 양식의 고대를 반년 안에 급히 짓게 했다. 그리고 그 사내가 고대 위에 친히 주술을 새겼고, 아무도 접근하지 못한 혼등을 직접 위로 받쳐 올렸다. 그렇게 혼등이 그곳에 자리한 지도 벌써 5년의 세월이 흘렀다.

정연이 크게 숨을 들이켰다. 드문드문 궁 밖에서 들려오는 희미한 폭죽 소리에 눈보라의 기이한 울음소리가 뒤섞이면서 말소리조차 제대로 들리지 않았다. 오늘은 섣달 그믐날로 얼마 안 있어 곧 새해를 맞이할 것이었다. 하지만 궁 안이나 밖이나 고도 전체에 죽음의 기운이 가득 드리워 있어 이제는 진저리가 날 정도였다.

"그럼 진짜 꺼뜨리겠습니다."

정연이 웃으며 말을 이었다.

"그런데 지난 5년간의 기다림이 수포로 돌아가지 않겠습니까."

사내는 아무 말도 하지 않았다. 사실 고대 위에서 5년을 보내는 동안 그가 입 밖에 꺼낸 말이라고는 다섯 마디도 채 되지 않을 것이다.

5년 전 고대가 완성되고 혼등을 안치한 그날 밤, 흰옷의 사내가 직접 정연을 찾아왔더랬다. 그때 비로소 사내의 얼굴을 제대로 볼 수 있었다. 뜻밖에 아주 평범한 얼굴이었는데, 고도 길에서 길 가는 사람 아무나 붙잡아도 이자보다는 두드러진 외모의 소유자일 것 같았다. 하지만 유난히 담백한 그 얼굴 위로 엄청난 기세의 두 눈이 시선을 끌었다. 그의 시선에 들어온 그 어떤 사람도 그 앞에서는 감히 자유로울 수 없을 것 같았다.

"나는 유호 일족 사람이오. 유호 일족의 대승려요."

흰옷의 사내가 낮은 음성으로 자신을 소개했다.

정연도 유호 일족과 전사 일족에 관해서는 들은 적이 있었다. 오래전 천신과 관계를 가졌던 일족은 이제 몇 남지 않았는데, 과거의 영광이 아무리 쇠했다 할지라도 필경 그 지위는 다른 것이었다. 일국의 황자도 그들을 향해서는 깍듯한 예로 대해야 했다. 정연이 합장을 하고 공손히 예를 갖췄다.

"대승려께서 제게 하실 말씀이라도 있으신지요?"

대승려가 무거운 마음으로 입을 열었다.

"이곳에 '신의 눈'이 있다는 것을 아오. 그녀가 혼등을 꺼뜨릴 수 있을 것이오. 다만 바라기는 나에게 5년간의 시간을 주었으면 하오. 여기서…… 누군가를 기다리려 하오. 혼등이 밝혀져 있으면…… 그이가 올지도 모르겠소."

정연이 웃으며 되물었다.

"한데 어찌 저를 찾아오셨습니까? 호 공주는 태자가 데려온 사람이라 지금은 부황의 연단각煉丹閣에 거하고 있습니다. 제게 말씀하셔봤자 무슨 소용이 있겠습니까?"

대승려의 얼굴에 옅은 미소가 번졌으나, 정연의 물음에는 아무 대답도 하지 않았다.

정연은 한동안 가만히 그를 응시하다 입을 열었다.

"들리십니까. 바깥에 바람이 엄청납니다."

대승려가 눈썹을 추켜올리며 가만히 그를 바라보았다.

정연이 다시 입을 열었다.

"저는 저렇게 이상하고 요사스러운 것이 싫습니다. 고도가 칙칙하고 어두컴컴한 요괴 무덤이 되는 것은 더더욱 싫지요. 5년을 드린다면 대승려께서는 제게 무엇을 주시겠습니까?"

대승려가 담담한 어조로 되물었다.

"무엇을 원하시오?"

정연은 곰곰이 생각하다 웃음을 터뜨리며 말했다.

"그리 물으시니 제가 진정 뭘 원하는지 생각이 나질 않네요."

"그럼 생각이 나면 내게 말해주시오. 내가 그대에게 소원 하나를 빚진 것이오."

그의 모습이 점점 희미해지는 것이, 마치 눈꽃이 녹아내리는 것 같았다.

정연이 호기심 어린 눈으로 물었다.

"어떤 소원도 다 가능한 것입니까?"

"내 능력 범위 안에서는 무엇이든 가능하오."

사실 정연은 유호 일족 대승려에게 어떤 능력이 있는지도 알지 못했다. 그래서 왠지 밑지는 장사 같았지만, 어찌

됐든 그렇게 5년의 세월은 흘러갔다. 태자와 국사가 죽고
그 5년 동안 적잖은 일들이 있었는데, 정연이 호 공주와
부부가 되었고, 요괴 대군을 잃은 천원국은 매번 어렵게
승전을 이어갔다.

5년간 많은 것이 변했으나, 고대 위에서 누군가를 기다
리는 대승려만 유일하게 변함이 없었다. 그는 조금도 달
라진 것이 없었다. 심지어 기다림의 자세마저 5년 전과 동
일했다. 침울했고, 말이 없었으며, 무거운 마음으로 시름
하고 있었다.

"보아하니, 기다린 사람이 오지 않은 모양이군요"

정연이 눈보라 속에서 옷깃을 끌어올리며 다시 물었다.

"……사내입니까, 여인입니까?"

대승려는 여전히 아무 대답도 없다가 잠시 뒤 입을 열
었다.

"5년이 지났소. 무엇을 원하는지 생각은 해보았소?"

정연은 또 실소를 금치 못했다.

"또 그렇게 물으시니 여전히 뭘 원하는지 생각이 나지
않네요."

대승려의 얼굴에 흔히 볼 수 없는 미소가 번졌다.

'이황자는 둘도 없는 명운을 타고나 주변 3척 이내에는
어떤 위력이나 사악한 세력도 영향을 미치지 못할진대, 일
전에는 압박에 억눌려 제대로 세상에 나서지도 못했지. 그

런 자가 자신이 무엇을 원하는지도 모른다고 하니, 그 마음의 깊이가 얼마나 깊을지 가히 상상할 수도 없군.'

그는 소매춤에서 금빛 반짝이는 작은 상자를 꺼내 정연에게 가볍게 던졌다.

"증표로 남기는 것이오. 훗날 생각이 나거든 그걸 가지고 날 찾아오시오."

정연은 상자를 열어보았다. 붉은 융단이 한 겹 깔려 있고 그 위에 은백색 깃털 한 가닥이 놓여 있었다. 어떤 새의 깃털인지는 모르겠으나, 깃털 위에 몇 방울 이슬방울이 떨어져 있었는데 맑고 투명하기 그지없었다.

"그럼 나는 이만 가겠소."

대승려가 긴 한숨을 쉬며 말했다.

"잠시만요! 혼등이 어떻게 꺼지는지 보고 싶지 않으십니까?"

대승려는 잠깐 생각에 잠기는가 싶더니, 얼굴에 궁금한 기색이 조금씩 더해졌다. '신의 눈'에 관해서는 소문만 들었지, 그도 직접 본 적은 없었다. 반년 전 이황자가 그녀를 부인으로 취했다는 말을 들었다.

하지만 두 사람에게서 부부의 정 같은 것은 느껴지지 않았다. 그들 황족에게 있어 혼인은 사랑보다 권력의 이익을 더 크게 고려할 테니 말이다. 어쨌든 천하에 이름을 날린 '신의 눈'을 부인으로 두었으니, 앞으로도 여러 영역에서 득이 되는 것이 많을 것이었다.

정연이 품에서 엄지손가락 크기만 한 흰 소라를 꺼내 들었다. 그리고 소라에 대고 웃으며 말했다.

"아호阿潮, 호공주의 별칭, 지금 올 수 있겠소?"

아무런 대답이 없었다. 그때 눈보라가 점점 더 거세지더니 함박눈이 온 땅과 하늘을 뒤덮었다. 두 사람은 고대 위에서 그렇게 한참을 기다렸는데, 순간 대승려가 무엇을 감지한 듯 급히 몸을 돌렸다. 설야 속에 홀로 움직이는 텅 빈 수레가 하늘을 가르고 달려오고 있었다. 얼마 지나지 않아 수레가 눈앞에 당도했고, 고대 위에 가볍게 내려앉았다.

작고 가는 하얀 손이 가림막을 젖혔다. 하늘을 뒤덮은 눈보라도 그 순간은 잠시 멈칫하는 듯했고, 울부짖던 바람 소리도 서서히 잠잠해지는 것 같았다. 대승려는 정체를 알 수 없는 압박감이 자신을 압도하는 것을 느꼈다. 하지만 그 압박이 선의에서 오는 것인지, 악의에서 오는 것인지 분간할 수 없었다.

"이황자."

수레 안에서 들린 낮고 유약한 목소리가 뜬구름처럼 비현실적으로 느껴졌다.

"이황자가 제게 처음으로 요청한 일이군요."

정연은 부인도 인정도 하지 않았다. 그저 한쪽에 비켜서서 얼굴에 옅은 미소를 띠고 있었다.

수레의 가림막이 형태도 없는 어떤 손에 의해 양쪽으로 걸어 올려졌다. 대승려도 그 전설 속 '신의 눈'이 어떤 모습일까 머릿속에 그려본 적이 있었다. 아마 이삼십 대의 얼굴일 것이고, 아름답고 신비스러운 모습의 여인이거나, 아니면 깡마른 체형의 얌전한 무녀巫女일 수도 있겠다 싶었다. 하지만 제아무리 상상해보아도 '신의 눈'이 열두세 살 어린 소녀처럼 보일 거라고는 생각도 못 했다.

곱고 가녀린 자태로 농밀하게 내려뜨린 긴 머리카락이 구름 같았다. 금빛 문죽文竹, 온대성 화초로 아스파라거스라고도 한다이 수놓인 짙은 자색 장삼長衫, 품과 소매가 넓은 긴 웃옷을 입고 있었다. 강한 눈보라에 날려 금방이라도 날아갈 것 같았으나, 그녀의 걸음은 마치 유령이 걷는 것처럼…… 아니, 걷는 것이 아니었다. 보이지 않는 누군가가 그녀를 받쳐 들고, 안아 든 것처럼 나는 듯이 혼등 앞까지 도착했다. 그녀가 가냘픈 두 손을 내밀어 전설 속 신물을 천천히 손에 받쳐 들었다.

갑자기 바람이 거세지기 시작하더니, 음귀들이 탄식 소리를 내며 울고불고하거나 애걸복걸했다. 제발 이 고해苦海에서 벗어날 수 있게 해달라고 그녀에게 요청하는 것이었다.

호 공주가 혼등의 창백한 불꽃을 응시하자 가장 어두

운 밤보다 더 칠흑 같은 그녀의 두 눈에 영롱하게 반짝이는 불꽃 두 개가 파닥파닥 타오르기 시작했다. 혼등을 마치 평범한 촛대인 양 가볍게 들어올린 그녀가 입을 오므렸다. 그리고 희미하게 휘청거리는 불꽃을 향해 후 하고 입바람을 불었다. 그 순간 통곡하며 슬피 울던 울음소리가 멈췄고, 주변이 고요하기 그지없었다. 혼등 속 네 불꽃은 달갑지 않은 듯 타닥타닥 비틀거리며 아무 전조도 없이 금방 꺼져버렸다.

대승려는 넋을 놓은 채 시간 감각을 잃었다. 문득 돌풍과 눈보라가 멈췄다는 사실을 깨달았다. 아름다운 얼굴의 초승달이 하늘 위에 모습을 드러냈다. 오랜만에 만난 달빛이었다. 지난 5년간 단 한 번도 보지 못했더랬다.

궁 안에서도 누군가는 소리를 지르고, 누군가는 뛰어다녔다. 궁 밖에서는 사람들의 함성 소리가 들리는 듯했다. 눈과 바람이 그치고 달이 나온 것을 사람들이 모두 알게 되었다.

'이게 꿈이야, 생시야!'

호 공주는 가볍게 혼등을 내려놓고 피곤한 표정으로 말없이 수레로 돌아갔다. 수레가 공중으로 오르더니, 올 때보다 더 빠른 속도로 날아갔다. 눈 깜빡할 새에 사라지고 없었다. 정연이 한숨을 내뱉으며 대승려를 향해 어색한 미소를 지었다. 그러고는 어깨를 으쓱이며 말했다.

"⋯⋯너무 이상합니다. 정말 이해할 수가 없네요."

대승려는 고개를 절레절레 저으며 몸을 돌려 걸음을 옮겼다.

오늘 그가 본 모든 것은 한 번도 듣도 보도 못한 것이었다. 그들이 천신과 관계한 오래된 일족이라 하지만 어쩌면 지금껏 그저 우물 안 개구리였던 것은 아닐까? 세상에 어떻게 '신의 눈'이라는 자가 생기게 된 것이며, 그녀는 대체 어떤 존재인 것일까? 그 많은 의문들에 대해 대승려는 하나도 답을 할 수가 없었다. 씨족 안에 가장 연로한 어르신이라 할지라도 그 물음에 대해서는 쉽게 답을 할 수 없으리라. 아니, 세상 모든 사람에게 묻는다 하여도 답해줄 수 있는 이는 아무도 없었다.

대승려는 하늘 끝에 걸린 초승달을 바라보며, 곱게 휘어진 삭월이 어떤 이의 아름다운 눈썹과 같다는 생각을 했다.

그녀라면, 알 수 있지 않을까?

하지만 대체 어디 있는 것인지⋯⋯.

그는 안타까운 마음을 긴 한숨으로 풀었다.

심천아살 2

1판 1쇄 인쇄 2021년 4월 19일
1판 1쇄 발행 2021년 4월 28일

지은이 십사랑
옮긴이 서미영
펴낸이 김기옥

문학팀 김세화 **l 마케팅** 김주현
경영지원 고광현, 김형식, 임민진

표지디자인 강수정 **l 일러스트** 라 **l 본문디자인** 고은주
인쇄·제본 (주)민언프린텍

펴낸곳 한스미디어(한즈미디어(주))
주소 04037) 서울시 마포구 양화로 11길 13(서교동, 강원빌딩 5층)
전화 02-707-0337 **l 팩스** 02-707-0198 **l 홈페이지** www.hansmedia.com
출판신고번호 제313-2003-227호 **l 신고일자** 2003년 6월 25일

ISBN 979-11-6007-601-1 04820
　　　 979-11-6007-599-1 04820 (세트)

한스미디어 소설 카페 http://cafe.naver.com/ragno **l 트위터** @hans_media
페이스북 www.facebook.com/hansmediabooks **l 인스타그램** @hansmystery